⊙明 徐渭 荷花

⊙细井徇所绘《诗经》中的植物

⊙清 罗聘 山鬼图

⊙徐悲鸿 九歌 国殇 局部

⊙顾恺之 洛神赋图 局部

⊙仇英 桃园图卷 局部

⊙清 沈周 秋山策杖图 局部

⊙齐白石 半亩方唐一鉴开

清闲浮生慢读诗

三千年古诗的精致与风华

刘杲 著

中国工人出版社

目录

01 最短的诗

——《弹歌》的炼字、礼乐，以及史诗

吴越弹歌——最短的诗背后的故事

中国古代文学史上最短且最早的诗歌，是载于《吴越春秋·勾践阴谋外传第九》的《弹歌》。全诗四句，每句两字，共计八字，内容如下：

断竹，续竹；
飞土，逐宍。

《吴越春秋》里，为何出现这首诗?

这首诗的背景故事是：

越王勾践想要击败吴国，报仇雪恨，向大夫种询问方法。大夫种说："破吴灭敌者，有九术"。"九术"中第九种，是"利兵甲以承其弊"，即提升军事力量。于是，范蠡先为越王勾践找来了一位女剑士，教授将士"越女剑"，又找来楚国弓师陈音。

越王勾践问陈音射箭之道。陈音说："臣闻弩生于弓，弓生于弹，弹起古之孝子。"

勾践不禁好奇，弓箭是武器，为何会跟孝子有关?

陈音对越王讲了缘由，他说：

"古者人民质朴，饥食鸟兽，渴饮雾露，死则裹以白茅，投于中野。孝子不忍见父母为禽兽所食，故作弹以守之，绝鸟兽之害。故歌曰：断竹，续竹；飞土，逐宍。”

这段文字，大意是说，古时候，人民生活简单，饥饿时，捕食鸟兽，口渴时，就近饮水，如果有人死去，就会被茅草包裹尸体，放置在原野之中。有孝敬父母的人，不忍心看见死去父母的身体被鸟兽啃食，于是制作“弹”驱散鸟兽。这是“持弹吊丧”。

丧礼生于孝心，是《弹歌》的文化背景。

古时候的“弹”，到底是什么？

“弹”，读音 dàn。弹是以竹做的弓，专门射出陶土或石头制成的弹丸。《说文解字》说：“弹，行丸也”，弹与弓不同，弹射丸，弓射箭。甲骨文的“弹”字如同英文字母“B”，在B的“l”上有个“·”，像弹丸。因就地取材，南方的弓多用竹制，北方用木制。故《弹歌》里咏唱“断竹，续竹”。

弹驱散的鸟兽，被称为“宍”。

“宍”，读音 ròu。宍是“肉”的异体字。

汉代《吴越春秋》里的《弹歌》，原文不是“逐宍”，而是“逐害”。宋代《太平御览》写作“逐肉”。明代冯惟讷编《古诗纪》，收录《弹歌》，自注曰：“宍，古‘肉’字。今《吴越春秋》作‘害’，非。”《吴越春秋》的版本，在流传中，发生改变，“宍”被改为“害”。《吴越春秋》陈音说：“故作弹以守之，绝鸟兽之害”，想来“逐害”由此讹传。

从诗歌艺术来看，“宍”比“害”好。

逐宍，是顺着“飞土”来写，飞土，是射出弹丸。对弹丸来说，鸟兽是宍，不是害；对人来说，鸟兽才是害。如果用害，从飞土到逐害，动作没有传递，内容没有形象，表达显得突兀，会毁掉《弹歌》精简的和谐。

字数最少的诗歌，炼字极其精妙。接下来，我们品味《弹歌》的炼字艺术。

炼字之艺——探幽古诗炼字艺术的极境

一首《弹歌》，短短八字，节奏紧促却起伏有致，一气呵成又意蕴丰富，动作变换但目标一贯，情绪激烈而意味深远，堪称炼字的极致。

炼字，是在诗歌创作中，通过对字的锤炼选择，让字有更佳的表达效果。炼字重点在炼动词。动词用于表现运动，故而炼动词可以使诗歌的形象生动，意境悠远。

《弹歌》的四句诗，是四个动宾短语。

开始，“断竹，续竹”，表达出制作弹的坚定与急促。从“断”竹到“续”竹，宾语一致，而断与续，本身意思对立，这样的动作，有一贯性和节奏感。断和续的声律，发音如斩钉截铁般决断，读来似有弹丸随声音飞出，**动作的情境，融入韵律美**。

《中国民间歌曲集成·江苏卷》收有一首《砍竹歌》。《砍竹歌》将“断竹”唱作“砍竹”，“续竹”唱作“削竹”。如此改变，语言张力锐减。失去“断”与“续”的《弹歌》，不是《弹歌》。

接着，“飞土”，是用弹弓射出土制的弹丸。“飞土，逐宍”的平仄，正好和“断竹，续竹”相反，诗的节奏，一下从短促急促的跳跃，转变为疾速飞驰的畅快。

最后，“逐宍”，是拟人。用一“逐”字，仿佛让弹丸有了自己的意识，知道自己在驱赶鸟兽。弹丸怎会有意识？是射出弹丸的人，把自己的意志融入弹丸。

《弹歌》的画面，如同小电影，镜头感十足。

“逐”字，和“飞”字，是不同视角。“飞”的视角跟着弹丸走，“逐”的视角跑到弹丸前面，跟着目标走。“飞土，逐宍”连起来，带读者看到了射击的整个过程。

《弹歌》四句，都省略主语。省略主语，是因为主语不言自明。例如“断竹，续竹”，主语自然是射弹之人。

在诗歌中，省略主语，有两个效果。第一个，使诗歌简洁凝练，第二个，**使动作反过来塑造主体的形象**。从“断”和“续”，“飞”和“逐”，看得出，制弹射丸的孝子，意志坚定果敢。

在现实世界里，动作的发出者，不会因为发出了动作，而变得不是他自身。

但是，在意义世界里，如同人不能两次踏进同一条河流一样，动作的发出者在发出动作之后，其实已经不是发出动作之前的自己。

所以，说一种具体的事物在运动，就是在说，运动在改变这一具体事物，赋予它新的意义。这是一切事物在运动中的“无常”。

诗的炼字，正是在这种运动的意义世界里，凝练出开阔的诗境。

毫厘千里——《弹歌》的主旨在于“礼生于情”

读到“逐宍”，不得不说《弹歌》的主旨。

《弹歌》短短八个字，究竟要说明什么事情，表达什么思想？

目前学术界，关于《弹歌》的主旨，有两种说法。一种认为，《弹歌》是狩猎歌谣，再现狩猎劳动场景，《弹歌》是艺术的劳动起源论的证据；另一种认为，根据《吴越春秋》提供的语境，《弹歌》是孝歌，其场景是持弓吊丧，“狩猎歌谣”是对《弹歌》的误读。

本书的观点是：

《弹歌》的主旨是礼，不是劳动，因为土弹不足以杀死鸟兽，所以弹丸不能狩猎，但是，《弹歌》说明了劳动和礼的同源关系。持弓吊丧是《弹歌》的应用场景，应用场景不是本质，故孝歌不是《弹歌》的本质。“礼”是感情的自然表达，丧礼生于孝心，《弹歌》是这一发生的历史记忆。《弹歌》说明了中国古代诗歌艺术起源的多元论特点。

首先讨论《弹歌》的主旨——礼。

说到“礼”，难免会联想到“封建社会”的“吃人与礼教”。《弹歌》无关这“吃人的”礼教。礼的本义，是“所以事神致福也”，这是一种信仰文化。《礼记·祭义》云：“众生必死，死必归土：此之谓鬼。”礼的本义，是祭祀死去祖先的仪式。《论语·八佾》：“子曰：祭如在，祭神如神在。”祭祀祖先，如同祖先真的存在。没有真心相信，礼就只是形式过场。《弹歌》的故事，讲述的是礼生于真心。

仔细品读陈音的话，会发现，“礼”不是形式，而是真心的自然流露。

陈音说：“孝子不忍见父母为禽兽所食，故作弹以守之，绝鸟兽之害。”

父母虽死，子女的孝心犹在；是故子女心中，父母仿佛尚未死去。孝子自然不忍心看父母被鸟兽所食。若是死去的人与活着的人没有了感情，鸟兽啃食尸体，也不会让活着的人看着难受。所以，孝源于人的亲情，礼是人真心的情感的自然表达。

因此，**《弹歌》是丧礼生于孝心的历史记忆。**《弹歌》的炼字艺术，渲染出孝子的心境，让礼与心的连接，能够传承。唯有有心，礼才有生命。《弹歌》不是简单地用于“持弓吊丧”这一场景，它有更走心的文化记忆。

《弹歌》传承的文化记忆，究竟产生于什么时候？早于神农氏的农耕文明。

《周易·系辞下》记载了从神农氏到黄帝，农耕文明丧葬习俗的演变：“古之葬者，厚衣之以薪，葬之中野，不封不树，丧期无数。后世圣人易之以棺椁，盖取诸大过。”

大意是说，古时候的丧葬方式，是给死者的身体包裹厚厚的木柴，放置在原野之中，没有用土掩埋，也没有任何标识，亲人服丧的期限，也没有约定俗成的时间限制。

这段文字，和陈音的说法进行比较。陈音讲《弹歌》的丧葬习俗：“古者人民质朴，饥食鸟兽，渴饮雾露，死则裹以白茅，投于中野。”

《周易·系辞下》里的“厚衣以薪”，与《弹歌》语境里的“裹以白茅”，区别在于，茅草随手可得，“薪”是用于生火的木柴，需要专门砍伐捡拾。据此推测，“厚衣以薪”，晚于“裹以白茅”。

《弹歌》时候的丧葬之礼，有弹和裹以白茅，神农氏时候有弓箭和厚衣以薪。弹早于弓箭，裹以白茅早于厚衣以薪，**《弹歌》的形成早于神农氏。神农氏开创农耕文明，所以，《弹歌》早于农耕文明。**

但是，就文献年代而言，记载《弹歌》的《吴越春秋》，是汉代文献，记载神农氏的《周易·系辞下》，是先秦文献，除《吴越春秋》

外，尚无其他文献录有《弹歌》。是否《弹歌》是古人伪造？

这是历史观的问题。历史是一种集体记忆，我们讨论的历史，只可能是依据文本讨论的集体记忆。《弹歌》记载的历史记忆，早于《周易》记载的神农氏的历史记忆。

劳动与美——《弹歌》与弓箭的历史

《弹歌》的丧葬之礼，探讨比劳动更深层的问题——生死的意义。

人失去了生存的意义，将无异于行尸走肉。但是，生存的意义究竟是什么？这是一个没有标准答案的问题。人只有通过追问死亡的意义，以此反思生存的意义。安葬死者，守护尸体，便是在用礼仪追问死亡的意义——它用情感与礼仪，让死成为生的延续，以此，不至于让死变成烟消云散，把生的意义带向虚无。

一首《弹歌》，无法长篇大论地说明生死背后的终极意义。生死的意义，本来也无法用语言直接揭示。**《弹歌》的诗歌艺术**，在于用凝练的语言，**传承着心与礼的钥匙，让人可以打开生与死的门**，追问意义的漫漫大道。

对于劳动起源论，本书持谨慎的态度。

弓箭的制作必须劳动，但制作弓箭的目的和动机，未必是劳动。所以不能笼统地说弓箭起源于劳动。劳动不是万能的造物主。

《系辞》和《吴越春秋》关于弓箭的历史记载，相互之间存在着矛盾，但都和劳动没有关系。

《系辞》认为，弓箭的发明，在神农至黄帝时期，用途是战争武器，目的是用武力威慑，维护统治。《吴越春秋》承认，弓箭由神农制造，但古人先发明弹，然后由神农改进为弓箭，弹的用途是驱逐鸟兽以免啃食亲人尸体，动机是孝心的自然需求。

由《周易·系辞下》的时间来看，自神农至黄帝时期，古人才开始制作弓矢。《周易·系辞下》记载神农至黄帝时期的事件说："弦木为弧，剡木为矢，弧矢之利，以威天下，盖取诸《睽》。"弧矢就是弓箭。可见，**弓箭制作，用于战争和威慑**。

"弧矢之利"，是说弓箭所代表的军事力量，能带来的稳定局面。有《睽》卦为证。

《周易·象·睽》："上九：睽孤。见豕负涂，载鬼一车，先张之弧，后说之弧。"

《周易正义》的解释是："载鬼一车，先张之弧，后说之弧"者，鬼魅盈车，怪异之甚也……见怪若斯，惧来害己，故"先张之弧"，将攻害也。物极则反，"睽"极则通，故"后说之弧"，不复攻也。

所以，《周易·系辞下》的"弧矢之利，以威天下"，意思是：弓箭作为武力，是一种威慑，借助这种威慑，让天下呈现和谐的局面。这是在说国家强制力维持着社会稳定。所以，《周易·系辞下》认为弓箭的产生是强制力的体现。这属于政治和法制的范畴，与"礼"相去甚远。

《弹歌》讲弹的礼，《周易》讲弓的威。弹是弓的前身，可知礼先于法存在。

《吴越春秋》关于《弹歌》的记载，可以这样解读：人在驱逐鸟兽时，练习了用弹丸命中目标的能力，确证了弹射原理的可行性，进而依据原理制作弓箭，用于狩猎生产。正因人体有了使用弹丸的技能，才有使用弓箭、制作弓箭的可能。

在《弹歌》的故事里，我们读出了心与礼，诗与歌，也有劳动与弹弓，这些文化要素，一同构建起多元的生态。劳动，与诗和美，一同在这个多元生态中发生，很难说谁创造了谁。**诗与礼，不是谁生于谁的关系，而是同源共生的关系。**

诗歌的起源，是多元论的起源。

诗史肇始——多元论的中国古代诗歌起源

《弹歌》讲述的故事，早于三皇五帝，早于农耕文明与仪式伦理，《弹歌》，这首最短的诗，是中国古代诗歌历史的肇始。

中国古代诗歌的开端，没有史诗的鸿篇巨制，赞美英雄的征战，称颂神明的创世。

平凡的人，终究一死。人死了，而活着的人，还可以为他做些什么？比如“断竹，续竹；飞土，逐宍”。这便有了《弹歌》。《弹歌》里没有哀号连天，只有一种怀念：射出弹土，将鸟兽驱逐，让自己可以在亲人身旁守驻，愿以此不离，换永不分离。

丧礼生于孝心。《弹歌》在记录和传递的，是意义世界里的初心。

这就是中国古代诗歌的肇始——《弹歌》——所具有的文化意义。

诗歌艺术的曙光，并非只在史诗里绽放，以诗歌记述的历史，也并非只有史诗一种形式。没有史诗的诗史，会同时有不同的发端。《弹歌》是中国古代诗歌历史肇始的一端。**诗的多元论起源，是中国**

古代诗歌史的特点；《弹歌》是中国古代诗歌在心与礼层面的起源。

有人说，所谓历史，其实是集体记忆。《弹歌》传承着礼生于心的历史记忆。但是，历史的意义，在于启示当下的生活，所以历史的存在，是对现实时间施加过往时间的影响，它不会像记忆那样，被安静放置于尘封的角落，它在鲜活地参与我们的现实世界。诗歌传承的心，能超越时间限制，让历史与当下交织。

02 帝力虚伪

——《击壤歌》里的王道荡荡

日出而作——《击壤歌》里的平易诗意

清晨日出，最宜读书。杂念都淹没在梦的深海里，心思清净如映着晨曦的露水滴。不必煮咖啡、煎浓茶，风过时，自然清醒。

但凡伺候花草，照料庄稼，施水和肥，都是清晨日出时候的事情，因为此时，万物正蓬勃生长。日出对于人，有着与草木鸟虫相仿的影响。是故说“一日之计在于晨”。

很难想象，夜空中满天繁星，该如何牵动大地上人类的命运纺线，不过我们可以清楚地说，太阳这颗恒星，牵动了人类的整个生活。这便是“日出而作，日入而息”了。

人们对于开始，总会寄托太多美好。对日期如此，对季节如此，对历史亦复如是。传说中三皇五帝的上古治世，也有着被诗化的“日出而作”和“日入而息”。有这么一首，出现在尧帝时期的诗歌，名为《击壤歌》，歌辞是这样：

日出而作，日入而息。
凿井而饮，耕田而食。
帝力于我何有哉！

《击壤歌》大意是说，人的作息时间和日出日落有关，人的饮食来自自己的劳动生产，**所以人的生活与生存，都不依赖于统治者的**

力量。

《击壤歌》背后，有儒家和道家对“王道”理解的分歧。尧舜禹，对于先秦的诸子百家，都太过遥远，材料稀疏，难以定论。正因如此，才有了这一章，我们将要“侦破”的《击壤歌》背后的“文化阴谋案”。

不过，先让我们暂时放一放分歧和阴谋，来读读《击壤歌》。

“日出而作，日入而息”，《击壤歌》一开头，就丢出两句大白话。

大白话在说，日升日落带来的昼夜交替，会影响人的作息规律，太阳出来，起床工作，太阳下山，收工睡觉。这意思纯粹就是字面意思，没有任何华丽辞藻和高深境界，读者们不禁想问一句：这，能叫诗吗？

自然与逍遥，是《击壤歌》的思想内核。自然与逍遥，这样的生活状态，不是很有诗意吗？

意义直观——《击壤歌》的精妙诗艺

说完诗意，该说“诗艺”。《击壤歌》是最早用意象创造境界，引导人在诗境中直观地认识事物的诗歌。**诗歌，是对意义世界的直观，而不仅是对物理世界的模仿。**引发直观，是《击壤歌》的“诗艺”特点。《击壤歌》的诗艺可以拆解成四点。

第一点，用字极具概括性。

日出而作，日入而息。“出入”和“作息”，全面地概括了太阳和人的所有行为。

太阳对于古人，只有两种状态：日出和日落。人的日常生活，也只有两种状态：劳作和休息。因此，出入与作息，可以完全覆盖太阳和人的所有行为。这种概括，会让人的思考清晰明确，这是引发直观的必要条件。

第二点，用虚词表达关系范畴。

出入作息，都概括状态，而不描述具体行为。进而，读者关注的重点，被一个虚词“而”，吸引到日的“出入”与人的“作息”的对应关系上。于是，人的作息，顺应着日的出入，作息与出入的对应关系，清晰而直观地呈现在读者面前。

在诗歌语言里，陈述具体事物，非常容易，而表达关系范畴，却十分困难。《击壤歌》借助概括性的动词，再用虚词将动词进行连接，巧妙而形象地表达关系范畴。

第三点，暗藏丰富的言外之意。

出与作、入与息，不是并列关系，也不是转折关系，更不是顺承关系。“而”连接不同主体发出的不同动作。

思考不同动作的联系，可以读出“日出而作，日入而息”里，丰富的言外之意：

太阳的运动和人的行为有关，而且是全部有关，那么，人的生活，只和太阳的运动有关，于是，人的生活，不和太阳之外的其他人有关，这说明，人本身只和太阳所代表的自然生态有关，随着太阳运动而活动的人，也是自然生态中的一部分，所以，自然是以上所有关系的核心要素，人的本质是在自然中。

《击壤歌》的意象联系，引发直观中的言外之意。

第四点，用具体意象呈现事实。

“凿井而饮，耕田而食”，这两句，在写饮食来自人的劳动生产。

讨论饮食的来源，必须落实到具体的劳动生产，才会让人明白，生产不是由“帝力”这种看不见摸不着的东西决定。

如果说“日出而作，日入而息”是大处落笔，“凿井而饮，耕田而食”就是小处着墨，一粗一精，一虚一实，一广阔一具体，简短四句诗，交织出包罗万象的意境。从此生出“帝力于我何有哉”的感叹，就是水到渠成。

光宅天下——贪天之功的帝王

人的活动和行为那么多，《击壤歌》为什么非要写“日出而作”和“耕田而食”？

为了回应《尚书·尧典》里的一段记载：“乃命羲和，钦若昊天，历象日月星辰，敬授人时。”

时节历法，对于农业耕耘，意义重大。这段记载的意思，就是说，尧帝命令羲和之官，掌管四时历法，农业生产的发展，是尧的功绩。《击壤歌》在说，没有尧帝和历法，只要看日出日入，人也能劳作休息。

如果一个统治者要神化自己，他该怎么做呢？他该“贪天之功”。

人民要生活，就需要生活资料，生活资料来自劳动生产，劳动生产的必要条件是历法，历法需要统治者组织专人制定，于是，统治者直接无视劳动，说：你们能够生活，是因为我。这就是统治者的贪天之功。

“日出而作”和“耕田而食”，是对贪天之功的回应：农业耕耘是自然和劳动本身的结果，无关于统治者的力量。

这就有了《击壤歌》的最后一句，“帝力于我何有哉”！

这句在不同记载里，有不同版本。在《古诗源》里面，就是“帝力于我何有哉”。在《论衡》里，记作“尧何等力”。在《帝王世纪》里，载为“帝何力于我哉”。在《高士传》里，写成“帝何德于我哉”。版本不同，但文义一致。

《击壤歌》的直观的诗艺，正是要让人反思“帝力于我何有哉”。

汉代王充的《论衡·艺增》里，讲述了《击壤歌》的历史背景：

《论语》曰：“大哉，尧之为君也！荡荡乎民无能名焉。”传曰：“有年五十击壤于路者，观者曰：‘大哉，尧德乎！’击壤者曰：‘吾日出而作，日入而息，凿井而饮，耕田而食，尧何等力！’”

《论语》那两句子曰，出自《泰伯》篇，是孔子对尧帝的评价，大意说尧的王道，如同天一样伟大而无处不在，民众不能用言语记述他的治理之道。

春秋时期的孔子，没有生在尧帝时代，他怎么知道尧帝的王道？于是，汉儒为《论语》作传，需要以史事为例，具体展现“王道荡荡”。这个例子是：

尧帝时候，有位五十多岁的老人，在路边击壤。击壤是一种古代游戏，现在失传了，有考证说，击壤大致是用大棍子打小棍子。围观群众发出感叹：“尧帝的德好伟大啊！”听人这么说，击壤的老者就唱了《击壤歌》。

这个例子，有两个问题。第一，为什么围观群众看游戏不感叹人游戏玩得好，非要扯上尧帝？第二，《击壤歌》前四句，明显在说，我们的生产生活，都和尧帝没关系，最后赞叹尧的统治效力强大，这难道不是讽刺？

《论语》传里的《击壤歌》故事，不能充分说明孔子对尧帝的王道的理解。

《尚书》第一篇《尧典》的第一句，这样评价尧帝：“昔在帝尧，聪明文思，光宅天下。”

对于尧帝的“聪明文思，光宅天下”，《尚书正义》里有古代官方的权威解释：

“言昔日在于帝号尧之时也，此尧身智无不知聪也，神无不见明也。以此聪明之神智足可以经纬天地，即‘文’也；又神智之运，深敏於机谋，即‘思’也。‘聪明文思’即其圣性行之于外，无不备知，故此德充满居止於天下而远著。”

简而言之，就是说，尧帝啥都能知道，还很懂谋略，他用自己的聪明，可以全方位地治理社会。

尧帝的政治智术超出了普通民众的经验范围，统治所覆盖的社会层面超出语言可以概括描述的范围，所以，尧帝的王道“荡荡乎民无能名”。

王道荡荡，是一种直观体验，无法用语言定义、用故事诠释。这也是《击壤歌》要说明的问题。

自然逍遥——《击壤歌》歌者的“道”

《击壤歌》的支柱，是道家思想。世人喜好将儒道当作对头。道家思想的《击壤歌》，不仅没有怼儒家思想，还顺着儒家思想的方向，对“王道”作更深入的诠释。下面，结合《老子》和《庄子》，来读《击壤歌》里的道家思想。

《老子》第十七章云：“太上，下知有之……悠兮其贵言，功成事遂，百姓皆谓我自然。”

汉代河上公，对第一句的注释是：“太上，谓太占无名之君也。下知有之者，下知上有君，而不臣事，质朴也”；对最后一句的注释是：“百姓不知君上之德淳厚，反以为己自当然也”。

河上公对《老子》注释的大意是：百姓知道尧帝，但百姓自己的生活，还是本来的生活，君民互不打扰，两不亏欠，天下太平。这是王道荡荡。尧帝是太古之君，《老子》推崇太古王道。太古尧帝时期，百姓不知道尧帝的德，反而以为治世是自己造就的结果，所以，“百姓皆谓我自然”。《击壤歌》的“帝力于我何有哉”，与《老子》的“百姓皆谓我自然”，文义相通。

《老子》说明《击壤歌》的道家思想支柱是“自然”，《庄子》说明《击壤歌》的道家思想支柱是“逍遥”。

《击壤歌》里的“日出而作，日入而息”，出现在《庄子·让王》。《让王》讲，上古尧舜禅让王位，但德行高尚的人不愿当帝王，于是推辞。“日出而作”，是出现在尧帝之后的舜帝时候，故事原文是：

舜以天下让善卷，善卷曰：“余立于宇宙之中，冬日衣皮毛，夏日衣葛絺；春耕种，形足以劳动；秋收敛，身足以休食；**日出而作，日入而息，逍遥于天地之间而心意自得。**吾何以天下为哉！悲夫，子之不知余也！”遂不受。于是去而入深山，莫知其处。

善卷推辞舜帝的禅让，给出的理由是：我的行为，跟随着自然的变化，没有其他束缚，顺应自然，自由自在，这种畅快，在我心里，明了而知足，我凭什么去治理天下呢？**逍遥自得，是对“日出而作，日入而息”的进一步诠释**。

善卷的世界里，只有天地和他自己合一，没有百姓和君王对立，他让舜帝明白，他没有做帝王的套路和把戏，做帝王也刺激不到他的爽点。

舜帝当然见过各种套路，他会反过去想：你善卷不是真心不懂套路，你说这话不就是在套路我吗？你这么会套路，我不找你找谁？于是，善卷干脆隐居山林，直接把舜的禅让之路堵死。

贤者如善卷，对王道的“不知”，不是真心的“不知”，只是不得不说的“不知”。

《击壤歌》文辞练达，意象明确，说理通透，结构紧密，可见歌者的文化水平不低，是个聪明人。聪明人又会说话，难道他真的说不出尧帝的“王道荡荡”？

《击壤歌》的歌者，对“王道”的“不知”，是选择性不知。看破却不说破，凭自然与自心做出选择，这就是《击壤歌》歌者自己的“道”。世间道路万千条，并不都是殊途同归。你有你的王道荡荡，我有我的逍遥自然，如此泾渭分明，亦复各自安好。

如此这般，不正是“王道”该有的样子？而不是白话一句“大哉”，拍一通彩虹屁。

《击壤歌》究竟是在赞颂尧帝的王道，还是在讽刺对统治的虚假歌颂？

《击壤歌》在讽刺对统治的虚假歌颂，引导人直观地认知生产和生存所依赖的自然生态。**只有在自然逍遥中，王道才不会异化**。同时，《击壤歌》的背景故事说明，普通民众不会体验到王道的实在。

《击壤歌》的思想支柱，是道家思想。

喑者之言——拍帝王马屁的正确方式

就《击壤歌》对尧帝歌功颂德一事，《论衡》的作者王充也给出了犀利的批评：

1. 说尧帝伟大，可以，但说民众说不出他的伟大，就是错误的说法，那个喊“大哉，尧之德”的人难道不是民众吗？这又印证了我们的猜想：如果不是民众，肯定是托儿。

2. 儒家的人又说：尧帝时候的民众，都很牛，每家每户都够资格封官。既然民众这么牛，难道还没本事说清楚尧帝牛在哪里？

3. 老人五十岁，他说不清楚尧帝的政治伟大在哪儿，那他该怎么教他的子女了解社会？

4. 尧帝的政治很伟大，尧帝的官吏也很能干，但是民众连尧帝怎么伟大都不知道，尧帝的官吏岂不是没做好工作？这还怎么叫伟大！

王充认为，《论语》传拿《击壤歌》说尧帝的王道，说不通。王充提出，俗人的毛病，就是说事情喜欢言过其实，为什么？因为俗人喜欢奇特的东西，不管好事坏事，如果不言过其实，听着不爽。这一传播现象，王充称为“艺增”，他写的《论衡》里，专门有一篇《艺增》，认为**《击壤歌》是艺增的产物**。

西晋皇甫谧的《帝王世纪》，讲述《击壤歌》后续一年的故事，是"艺增"的极致：

"于是景星曜于天，甘露降于地，朱草生于郊，凤凰止于庭，佳禾孳于亩，醴泉涌于山，有焦侥氏来贡没羽，厨中自生肉脯。又有草夹阶而生，随月生日，王者以是占。始封稷、契、咎、繇，褒进伯禹，纳舜于大麓。"

这段文字，充满玄幻色彩的天人感应。

尧帝只有以一个常人的身份，做出帝王的伟业，才是真正的伟大，如果尧帝的伟大都是上天气运加持的结果，那尧帝自己都干吗去了？我们何必歌颂尧帝！直接歌颂上天不更省事？

王充鄙视艺增式的拍马屁，但对王充本人，真正的讽刺，是《论衡》的《须颂》篇。《须颂》篇，表达王充向汉章帝献媚邀宠的心态。《须颂》篇认为，击壤之民，不懂尧帝的德，就像瞎子哑巴一样，他说："涉圣世不知圣主，是则盲者不能别青黄也；知圣主不能颂，是则喑者不能言是非也。"

没有读进书里的人，也有王充。

《击壤歌》不是"拍马屁"的正确打开方式。拍上古圣人的彩虹屁，或对太平盛世歌功颂德，都为《击壤歌》所非议。当文化被削弱得只剩歌颂，思想还能保留几分清醒去审视社会现实？**《击壤歌》与荡荡王道一同在汉代文化出场，是一场阴谋的开始**。阴谋提供的选项里，没有正确答案，错误的拍马屁和正确的拍马屁，都是畸形的文化，也是对《击壤歌》的误读。

王道荡荡——观感化物，百姓自服

王道与礼乐，本是一体。王道沦丧，必然礼崩乐坏。诗，是对王道衰微的补救。在《诗经》补救王道之前，已有《击壤歌》提出王道的问题。因此，《击壤歌》是诗的文化源头之一，是中国古代诗歌多元论起源的一端。

《史记·太史公自序》说："幽厉之后，王道缺，礼乐衰，孔子修旧起废，论诗书，作春秋，则学者至今则之。"由此可见，礼乐与王道一体，诗与书，是对王道与礼乐的衰微进行补救，孔子编《诗》，使王道得以在学者中传承。《自序》又说："尧舜之盛，尚书载之，礼乐作焉。"尧帝命夔典乐，以教胄子。尧舜之道，表现为礼乐教化，尧舜王道与礼乐教化，实为一体。

尧帝时期，礼乐教化，以胄子为对象。胄子，谓帝王长子，及卿大夫长子，长子继承父业。尧帝的礼乐教化，没有直接施行于所有民众。尧帝是否对所有民众，都有王道荡荡，如今未可知。《击壤歌》是对王道的反思与追问。

《弹歌》是诗与礼的历史开端，《击壤歌》是诗与王道的历史开端。

"王道荡荡"的判断标准是什么？

古人认为，如果要了解王道的成绩，就看宗庙祭祀的情形，在宗庙的各种祭祀里，盥礼是最重要的考核项目。所谓"王道之可观者，莫盛乎宗庙。宗庙之可观者，莫盛于盥也”。古人对盥的记录，见《周易·观卦》。

观卦的“观”字，古代通“盥”，盥，指用水或酒从上浇下的一种祭祀礼仪。这种“盥”礼，在原始巫术或西方宗教中很常见，被称为“浇奠”。观卦，巽上坤下，巽是风，坤是地，所以，观卦是“风行地上”。古人以此比喻王道教化在地上盛行，发挥作用。

《周易·观卦·象》曰：“风行地上，观。先王以省方观民设教。”省方，是说省察各个地方，观民，意为观看民风民俗，设教，是制定礼仪用于教化民众。

因此，教化是一个动态过程，不是静态结果。**王道荡荡，不是政治的结果，而是教化的过程。王道荡荡，没有具体量化的标准。**

《击壤歌》是王道实现的重要环节。

古人“易学”正版教科书，《周易正义》，解释说：“观天之神道，而四时不忒。圣人以神道设教，而天下服矣。”符合尧帝命羲和之官掌四时之序一事。《击壤歌》中，“日出而作，日入而息”的诗句，是对这事的批驳。

《周易正义》又说：“统说观之为道，不以刑制使物，而以观感化物者也。神则无形者也。不见天之使四时，‘而四时不忒’，不见圣人使百姓，而百姓自服也。”这里描述的“王道”，不是统治者一厢情愿，而是让百姓由衷信服。《击壤歌》的歌者明显不服：我“耕田而食”，我又没吃你尧帝家的米，凭什么称颂你的帝力！通过《击壤歌》，尧帝可以观民，然后设教。

“王道荡荡”，最初的意义，迷失在世俗的赞叹里。经过不着痕迹的歪曲，削落漫无边际的迷雾，埋进悄无声息的泽泥。王道荡荡，被遗忘了。最大的文化悲剧，莫过于让历史，成为一场蓄谋的遗忘。

梦中童年——“人类的童年”时代的诗歌

如果没有“王道荡荡”的语境，没有《论语》与老庄的对话，没有《论衡》的诠释和《帝王本纪》的误读，我们便无法在时间的长河里，为《击壤歌》寻找到属于它的历史位置。

我们的童年都有过噩梦，但我们都希望梦里的童年，是一场美梦。我们用同样的态度，对待“人类的童年”。

人类的童年，有偷食禁果前的伊甸园，有诗酒终日的乌托邦，也有远古圣人的王道乐土。

然而王道乐土，绝不是伊甸园或乌托邦。王道荡荡之下，也有枯骨与流放，有避世与赤贫，有权术与阴谋。

当后来人歌颂王道乐土的时候，他们的粉饰和滤镜，早已让他们歌颂的不是王道，而是专政。

中国古代诗歌史，从开始，便伴随着王道的历史。《击壤歌》让我们看到了王道乐土里的意见分歧。正是这种不完美、不理想的分歧，让王道乐土失去了乌托邦的色彩，变得现实。

正是王道的现实，将诗的命运与王道，紧紧捆绑在一起。下一章，我们将从祭祀与卜辞，讲中国古代诗歌的历史。

03 咒语通天

——成汤祈雨的祝祷辞与诗的巫术起源

兼爱天下——商汤时期的天下大旱

河流干涸，空气燥热，土地龟裂。初生的禾苗露出焦黄。人们举起衣袖挡住太阳。灾年的征兆让人绝望。

一位须发花白的贞人，正用火烘烤着一块龟壳。龟壳背面，钻着一排整齐的浅孔，只有拇指宽。孔没有钻透龟壳，但每一个浅孔，都显得深邃吸人。

蓝色的火焰，静静地舔舐着龟壳上新钻的一个孔。火焰从孔的中心，一圈又一圈，最后慢慢环绕在孔的边缘。呲呲，孔的边缘出现了一道道细短的裂纹。随着火焰升温，龟壳上，转瞬间，撕裂出曲折盘寰的纹路，它们细微的缝隙里，似乎透露出另一个世界的声息。

这声息是对未来的判决。

贞人眉头紧锁，目光沿着龟壳上的细缝游走，最后发出一声听不见的叹息，他看向一旁的丞相。龟壳占卜结束。丞相用沉默压制住失落的神情，开始思考着复杂的局势。

这是三千六百年前的一天。商朝都城，丞相伊尹。

商王成汤，拜伊尹为相，出兵讨伐暴君夏桀。当时商国的民众很是疑惑，为何要耽误人民的农耕与生活，去讨伐其他国家的君主？成汤说："天命。"伊尹辅佐成汤建立商朝。他们重新制定律法礼制，天命，是商朝礼法文化的核心。

夏朝覆灭，商朝建立，正是伴随着民众对夏王的绝望，伴随着商国强盛而生出的野望，伴随着小国贵族争取利益的愿望，伴随着百官对太平治世的期望。每个人，都有自己的心思，但当民心汇集在一起，就成了不可违逆的天意。

成汤和伊尹，都知道民心与天意的可怕，因为他们的成功，正是源于对民心和天意的把握。

如今，天下大旱，把成汤和伊尹，乃至他们一手建立的商朝，推到了民心与天意的审视前。

天下大旱，莫不是天意不满成汤，甚或是天命将灭殷商？危局面前，伊尹还有多少底牌？

伊尹可以祭祀祈雨吗？祈过，没雨。礼，所以事神致福也。商朝的礼制以祭祀与巫术为核心，重大事件无不与祭礼相伴，而今记录祭祀的甲骨文中，伊尹的名字有着相当高的曝光率。但这次的危机公关，显然没有那么灵验。

这个死局，该怎么破？

《墨子·兼爱下》记述了成汤破局的办法：

汤曰："惟予小子履，敢用玄牡，告于上天后曰：'今天大旱，即当朕身履，未知得罪于上下。有善不敢蔽，有罪不敢赦，简在帝心。万方有罪，即当朕身。朕身有罪，无及万方。'"

成汤举行了一场祭天之礼。商朝都城，商王成汤，在祭天仪式上，诵出了上面这段中国古代历史上最重要的祝祷辞。

祭天的木柴燃起熊熊烈火，轻烟把精诚带向天帝。

成汤名履，祭天时，向天帝自称"小子履"，故言"予小子履"。祭天礼要用黑色公牛，名为"玄牡"，故言"敢用玄牡"。成汤祭天的祝祷辞大意是这样：

现在天下大旱，是因为我成汤，不知道哪里做错，得罪了上天。

善良的人，我不敢掩盖，有罪的人，我不敢擅自赦免。这一切，上天心中都清楚地知道。如果天下各地民众有罪，罪责都在我一个人身上。如果我本人有罪，不要牵连天下百姓。

墨子说，这是“兼爱天下”的“圣王之道”。上对苍天，下对百姓，百姓之于苍天，皆是芸芸众生，本无亲疏之别，是故圣王当效法苍天，不对百姓做等级之分，不生亲疏的对待区别，这就是“兼爱天下”。**兼爱让圣王将自己的私利抛在天下公利之后**。圣王之所以能如此，是因为“爱”，而不是因为“利”。唯有如此，才是“万民之利”。

祝辞与诗——对话上天的商汤

让我们慢慢读这段“祝祷辞”。

首先要说成汤祝祷辞的态度。

成汤讨伐夏桀，奉的是天命，天命让成汤赢得天下百姓的民心。成汤当了王，自然要在天下百姓面前维持自己的人设，继续奉命于天。天必须是正确的，成汤奉天命称王，才是合理的。但是，**成汤这段祝祷辞，明显在和天讲道理**，言下之意，在说天做事不厚道。

怎么不厚道？我成汤当王，凡事都很公平，所以你，天，为什么要用大旱来惩罚我？我没错，你不能罚我。那会不会其他人做错了，我不知道，没有处罚，所以你要用大旱来处罚他吗？我的天啊，你何止处罚他啊，你把天下的好人坏人全部一竿子打死了！他有错，你别罚无辜啊。

话到这里，是时候展示成汤真正的实力了。成汤说：来啊，罚我啊！我不遭天罚，谁遭天罚？我是王，这是我应该承担的。

成汤的“祝祷辞”里没有祈祷与请求，反而有着说理与宣告——向天帝说理，向天下宣告。甚至可以说，成汤以人伦之理指责着天的不义，用自己的舍身忘我与君王身份，与天帝分庭抗礼。

所以，**成汤的祝祷辞，之所以重要，是因为它的说理，已经超越了巫术咒语的范畴**。

巫术咒语是什么？是在语言中注入巫术施术者的灵力，以特定的语言符号作为媒介，调动超自然力量的话语。如果超自然力量没有意识，则咒语的声音是在模拟超自然力量的结构，来调动超自然力量，比如婆罗门教的三字根本咒“唵啊吽”；如果超自然力量有意识，那么咒语就用内容与它说明给它的回报或者威胁，比如葛洪《抱朴子》里讲的“临兵斗者皆阵列前行”。

成汤的祝祷辞明显不属于上述情况。

其次，这段祝祷辞，虽然没有诗歌的韵文形式，也没有文学技巧作为标志，但它的语言表达，反而更接近于诗。

这首祝祷辞表面说理，背后却情深意切。

成汤是孤独的。整个天下的兴衰，都与他有关，他是天下第一人，这份责任，他推诿不掉。孤独，是无人分担的责任。成汤是坚定的。如果这份责任会伤害自己，他也会承担，只要能换来天下人的安康。

这首祝祷辞无一字沾上“兼爱天下”，却叫人读来便为成汤的兼爱与忘我而动容。

最后，这段祝祷辞，把各种意思表达得合情合理——这是不露痕迹的语言艺术啊！

成汤既表达了对天的敬奉，又说了天帝的不合理；既表达了对天下人的关切，也表明了自己的无可奈何；既撇清了自己的责任，又承担着自己的责任。

这是一种语言的艺术，但它不属于艺术手法的范畴。对此，《文心雕龙》里有段精妙的论述。

刘勰在《文心雕龙·祝盟》里总结了祝祷辞的修辞特点："凡群言发华，而降神务实，修辞立诚，在于无愧。"意思是，平时的修辞，应当要有美感，但是向神明祝祷的文辞，必须要诚恳质朴，这种质朴不是文辞的审美趣味，而是内心真诚的自然流露。

如果没有真诚，诗歌是否只剩下矫揉造作？一望历史长河，多少作诗的人，其实在作（zuō）诗。

诗被捧上神坛，便是诗堕入虚无的开始。**成汤的祝祷辞恰巧将神拉下了神坛**，但诗也正因向神明的祝祷，而脱离了尘世的桎梏，可以飞向彼岸。诗的僭妄与虚无，从历史的开端便已然存在。

祝祷辞伴随着祭祀与巫术，被认为是诗歌的源头。我从成汤的祝祷辞里，却看不出任何诗歌的影子。祝祷辞并不都是诗歌的形式，所以诗歌的形式起源不全在巫术。

但是，诗歌独有的认知方式，却和祝祷辞、和巫术密不可分。

祝辞简史——从礼与巫，到人的存在

根据《文心雕龙》的《祝盟》一篇，我们可以为古人理解的祝祷辞编一段简史：

1. 伊耆氏作《蜡辞》。

2. 舜帝作《祠田辞》。

3. 商汤祭天的祝祷辞。

4. 周朝设立太祝，掌六祝之辞。

5. 春秋时期，滥用祭祀，文辞谄媚。《楚辞·招魂》是最早讲究文采的祝辞。

6. 汉武帝时期，祭祀礼将儒学和方术杂糅。秘祝官把罪过推卸给别人。

下面，让我们读一读《蜡辞》和《祠田辞》。

《蜡辞》记载于《礼记·郊特牲》，是很简短的四句诗：

土反其宅，
水归其壑，
昆虫毋作，
草木归其泽。

蜡，音 zhà，蜡祭是年终祭祀之名。《蜡辞》据说是伊耆氏所作。根据郑玄对《郊特牲》的注，蜡祭有八神：先啬一，司啬二，农三，邮表畷四，猫虎五，坊六，水庸七，昆虫八。

除第五的猫和虎，第八的昆虫，其他六个神分别是：（1）先啬：神农。（2）司啬：后稷。（3）农：田官之神。（4）邮表畷（chuò）：田间庐舍和阡陌之神。（6）坊：水边堤岸。（7）水庸：田间沟渠。

《蜡辞》描写水土返归，昆虫不作，草木归根。写水土返归其宅，读着如同水土有自己的生命。再写昆虫与草木，让人仿佛看见了自然生命背后天时秩序的运作影响。

《郊特牲》对蜡祭有这样的解释：在周礼里，每年的十二月，祭祀万物。猫捕食田鼠，虎捕食田猪，以免庄稼受田鼠和田猪损害。古代的君子，对于有助于自己的事物，都心存感恩，有所回报，所以会祭祀它们。蜡祭体现的是人的仁义之德。

人之所以为人，究竟因何而致？是因祭祀，是因诗歌，还是因仁义？抑或祭祀、诗歌与仁义，本就是无可分割的整体？

春生，夏长，秋收，冬藏。冬天隐藏着生命的新一轮开始。

所有生灵终将死亡，但生命总会延续。寒冬的深雪下，有种子暗藏嫩芽，等来年春天破土而发。在生活的迷失里，人一开始就没有自我，肉体本自尘土。在苍天之下，每个人都是自然的一部分。自然是一切生死，故自然本身没有生死。没有自我的人，该向何处去寻觅那个迷失的自我？如果找到了，被找到的自我又该是什么？

《蜡辞》宣告着人的自我，在绝情的天地间诞生。

水土与生命，背后不仅仅是“万物有灵”观念的体现，它呈现出世间万物的交感相应。水土生灵，与人一同，在冬季归藏，但这也不仅仅是“交感巫术”，它通过祝祷辞的吟唱，在天地间宣告着人的主体地位，用语言将人的文化观念赋予了人眼中的自然万物。于是，人看到的世界不再是物理世界，而是文化造就的意义世界。

从蜡祭的祭祀，到《蜡辞》的诗辞，最后是仁义的意义，这个过程，完成了人的自我的塑造。

人之所以为人，如此。

或有一天，人类也许会迷失自我。那时，祭祀早已被埋进文化的尘埃，仁义或者也只是静静安详在棺椁般的旧书里。但只要有诗，迷失的自我，便终有被寻回的希望。

人之所以为人，不应无诗。

再读传说中舜帝作的《祠田辞》：

荷此长耜，
耕彼南亩，
四海俱有。

祠是春天的祭祀，祭品不多，但祭辞丰富。《说文解字》说："春祭曰祠，品物少，多文辞也。""荷此长耜"，耜，读音 sì，是中国古代曲柄起土的农器，即手犁。"耕彼南亩"，南亩，谓农田。南坡向阳，利于农作物生长，古人田土多向南开辟，故称。

天子带着农具，亲自下田，在春天的第一个月，这是一直流传的祠田礼。《吕氏春秋·孟春纪》记载了周礼里的祠田："是月也，天子乃以元日祈谷于上帝。乃择元辰，天子亲载耒耜，措之参于保介之御间，率三公、九卿、诸侯、大夫，躬耕帝籍田。"

天子亲自耕田，祈求让天下百姓都有耕种后丰收的利益，这是"兼爱天下"。祝祷辞的巫术性质，会让它描述的内容，突破自己本身的限制，蔓延到其他事物的意义中，比如耕耘一方田地，便想其利益蔓延至全天下之田地。

巫术式的蔓延，也蔓延在诗歌的世界里。情景交融，物我两忘，不也如此？

文化的意味总会在历史中变味。

历代帝王，都会祠田，但历朝百姓，谁又敢分得天子家的利益?祠田，从兼爱，退而变成一种希望，最终沦为行为艺术式的作秀，名不副实。

诗，恰如巫术咒语，让美好，停留在一个不现实的世界。或许正因如此，成汤的祝祷辞，才会打破虚妄的美好。

彼岸有诗——中国古代诗歌的多元论缘起

诗的美好，在现实面前，很虚。巫术探索着虚的现实化。在巫术的世界里，诗以咒语的形式，实现了自己的最高梦想——化虚为实。

仿佛所有的事情，都可以通过咒语驱使其发生，仿佛所有的神明，都可以依靠咒语去沟通交流，仿佛所有的生命，都可以在咒语承载的力量里和谐融洽。咒语连接着彼岸世界。

从祝祷辞开始，中国古代文化，便孕育完成了关于诗的心智模型：用语言超越语言本身的限制——用语言沟通形而上的存在，传递形而上的信息，引入形而上的意义世界——用语言一窥彼岸的世界。这样的语言，方可以为诗。

我们总会在这样的世界观图景里讨论诗歌起源：有一种文化形态，类似于宇宙大爆炸的奇点，或者第一推动力的上帝，它是之后所有事物的源头，而之后所有事物，都是它在精神上的退化和在形式上的进化。而我们要做的，就是找到它，并说明诗歌来源于它。

中国古代的文献，不能向我们指明这个“文化的造物主”一般的文化形态。中国古代诗歌的源头，一直没有证据指明。人们总想寻找事物的起始。试问何处是大海的源头？无数条江河汇集在一起，才有大海的浩瀚。一切水源，不也来自大海？所以大海是自己的源头。中国古代诗歌也是如此。**为中国古代诗歌寻找起源，徒劳无功。**

这一章讲祝祷辞与诗，不是为了讲诗歌的巫术起源论。文化人类学鼻祖泰勒认为，诗歌等原始文化，起源于原始巫术。原始巫术祝祷辞具有诗歌的性质，但是，我们不能因此说诗歌从巫术中产生，也不能说祝祷辞的文本就是诗歌的文学文本。**巫术起源论对于中国古代诗歌，毫无意义。**

一颗种子发芽开花，不是单一条件决定。阳光温暖，雨水滋润，空气充裕，土壤肥沃，无病虫戕害，有岁月静待。待种子慢慢发芽，茁壮成长，花开满树。若有这一切条件，而没有种子，又哪来一树花开？

是故诗歌的起源，并非取决于单一条件；**没有诗歌的起源，只有诗歌的缘起。**咒语与巫术，是中国古代诗歌缘起的因素之一。

中国古代诗歌有着多元论的缘起。多元，不是终极答案，也不是历史事实。它是我们现有文献和理性思考所能达到的尽头。然而诗歌，在一切尽头之外的彼岸，不生亦不灭。

当我们说诗歌起源的问题时，我们究竟在说什么？

当我们追问诗歌的起源时，我们究竟是在为诗歌寻找一个逝去的起源，还是想为诗歌寻找一个当下的意义呢？抑或是通过追问诗歌的意义，反思着我们自己存在的意义？

04

鹤鸣于阴

——诗用《周易》的感应认知世界

香酒共享——《易经·中孚卦》里的“诗”

《周易》是六经之首，《易经》的一些辞句，具有诗的形式。诗的缘起，能在《周易》中寻找到痕迹。在《易经·中孚卦》的爻辞里，有一首《鸣鹤在阴》，形式最接近“诗”：

鸣鹤在阴，
其子和之；
我有好爵，
吾与尔靡之。

阴，本义是山北水南。山南水北，是阳。阳面较阴面，日照更充足。《易经》中唯一一处关于“阴”的文字，仅出现于这句“鸣鹤在阴”。易学“一阴一阳之谓道”，是易传《系辞》中对《易经》的诠释，而非《易经》文本固有。

鹤，大型涉禽，多栖息湿地，便于觅食。《诗经·小雅》有《鹤鸣》一篇，以鹤比喻隐士，言“鹤鸣于九皋，声闻于天”，九皋（gāo）是深泽。甲骨文未见“鹤”字。篆字的“鹤”多将隺写作“隺”。鹤作为文化符号，应是春秋战国时期的事。

《鸣鹤在阴》，出自《中孚卦》，所以，《鸣鹤在阴》的含义，无法脱离《中孚卦》来理解。

“鸣鹤在阴”，意思是鹤在水南面鸣叫。《易经》中孚卦，上风（巽）下泽（兑），风行泽上。鹤栖息于泽。由中孚卦象和鹤的习性推断，鸣鹤在阴的阴，指水南，而非山北。

巽，是风。风行无所不入，故巽为入。**中孚卦的风，描述鹤的鸣与和**。鹤鸣和的声音，随风而行，流通相闻，这是巽之象。

中孚卦的意思，是“信发于中，谓之中孚”。诚信之人，希望有同类相应，鹤子对鹤鸣的回应，表达诚信之人得偿所愿。所以，《中孚卦·象》曰：“其子和之”，中心愿也。

兑，是泽。泽是水积聚的地方。悦万物者莫悦乎泽，故泽为悦。古代“说”与“悦”通用，故易学书籍中多用“说”。泽是水，润生万物，所以万物皆悦。

“我有好爵，吾与尔靡之”，体现兑卦的润生欢悦。

爵，古代饮酒的器皿，有三足，用不同形状，来显示使用者的身份。《说文解字》的解释是：“爵，礼器也。象爵之形，中有鬯酒，又持之也。所以饮。”

爵字在甲骨文中很常见，是鸟形饮酒器的象形图案。鬯（chàng）酒，指用于祭祀的香酒，祭祀用酒的芬芳引来神示的降临。鬯字在甲骨文中也很常见。

靡，意为“散”，引申为：权利不为牟取私利而用。靡爵的“爵”，一定不是爵位。礼教等级森严，爵位不可僭越，靡散爵位，岂不是以下犯上，于礼不合。靡散的对象，不可能是天下人。爵是祭祀礼器，盛放鬯酒。古人祭祀，只祭祀本族祖先神灵，而神灵也不会保佑不是自己后人的异族。所以，靡爵，是靡散与同族亲人。

兑为悦，以水泽滋润万物生长，而使万物欢喜愉悦。周朝通过王室联姻，与周边部族建立亲属关系，通过分封建制，让王室血亲管理本国领土。联姻和封建，都是礼，都需要礼器。因联姻和血亲，各个部族与诸侯，都和王室有了共同的祖先神灵。从王室的角度来看，这就是祭祀礼器爵的靡散，也是神灵荫蔽的分享。

“吾与尔靡之”与“其子和之”，是同构的自相似关系。

兑的礼教，巽的相和，结合在一起，产生了新的意义，即中孚的诚信。祭祀的灵验，需要祭神者对神灵的诚信，联姻与封建所施行的王道与礼教，需要诚信，真正教化于人心。诚信，是王道与礼教的实现，鹤鸣子和与好爵靡之，是诚信的体现。

象物见赜——《鸣鹤在阴》对于中国古代诗歌的意义

《鸣鹤在阴》，有两个语境，一个是《中孚卦》，另一个是《系辞传》，皆出自《周易》。

《周易》是《易经》和《易传》的统称。《易经》文辞古奥，字面意思费解，须结合《易传》解读。《易传》共有十部，统称“十翼”，包括《系辞传》上下两篇，传为儒家圣人孔子所作。《史记》载孔子晚年，勤于读《易》，韦编三绝。后世因圣人之作，故将《易传》与《易经》一同，并称《周易》。

《中孚卦》的卦辞，属于《易经》。**“卦”是挂，意为悬挂物象，以示于人，故谓之“卦”。**《系辞传》说“八卦成列，象在其中矣”，说三画之象，形成八卦。八卦虽能表示物象，但不能穷尽万物变通之理，于是将三画重叠为六画，由八卦衍生出六十四卦。因重在对变通的呈现，《周易》六十四卦，重在讨论事物之“用”，而不深究其“体”。

下面来看“鸣鹤在阴”的两个语境。

其一，在《中孚卦》里，是“诚信”：“立诚笃至，虽在闇昧，物亦应焉，故曰‘鹤鸣在阴，其子和之’也。”

中孚的“孚”，《说文解字》释为“孵”，“鸟之孚卵皆如其期，不失信也”，以此引申为“信”的意思。但查甲骨文与金文，可以确定含义的“孚”，通“俘”，表示战争俘虏，由此不可以牵强于“信”。中孚的诚信之义，当属殷商以后产生的意思，是周礼文化的思想体现。

中孚卦，下兑上巽，中间两爻为阴，上下各两爻皆为阳。阴是柔，阳是刚，故《彖》传曰：“中孚，柔在内而刚得中”，如此，则**物无巧竞，敦实之行著，而笃信发乎其中**。

其二，在《系辞传》里，是“善言行”：“言行，君子之枢机。枢机，制动之主。枢机之发，荣辱之主也。言行，君子之所以动天地也，可不慎乎？”

这段话，大意是讲，权贵的社会地位，会让他们的言行产生广泛的社会影响，所以要求权贵慎重对待自己的言行，尽量发挥好的社会影响。鹤鸣子和，比喻权贵的言行影响社会。

易学讲感应，依感应而言，权贵的言行是“感”，社会的影响是“应”，**鹤鸣子和是感应的表现**。鹤是善的化身，鹤与鹤子是同类，感应讲究“同气相求”，所以善的言行有善的影响。

《鸣鹤在阴》的两个语境，其实相通。有感必有应，这是感应的诚信。

《系辞》在引“鸣鹤在阴”讲“善言行”之前，论述了“象物见赜”的问题。赜，读音 zé，深奥玄妙的意思。

《系辞》说：“圣人有以见天下之赜，而拟足其形容，象其物宜。”意思是，对于难以用语言准确完整地说明的道理，圣人用直观的意象来模拟其状态，以此让人恰如其分地体证那个道理。

从这一层面来看，鹤鸣子和，就是一套意象，用来说明幽微玄奥的道理，这些玄奥的道理，本来属于形而上的世界。**意象与道理的映射关系，只是文化约定俗成的结果。**当文化语境嬗变，映射关系会随之解构。王道沦丧与礼崩乐坏，必然破坏《周易》的映射关系。但是，《周易》提供的认知方式，会保留重构意义世界的途径。诗，是重构的世界。

那么，读者是否真的读懂了“鹤鸣在阴”？

这是由《周易》而提出的问题，关于诗的诠释。

我们不必非要读懂“鸣鹤在阴”。也许时间的腐蚀，早已摧毁诗句本义的证据，也许诗句的作者，都会迷惑自己一开始想说什么。也许我们永远无从读懂一些诗句，但我们能从不懂之中，读懂如何读诗。不是每一个问题，都有一个标准答案，不是每一首诗，都有一个正确的意思。你是独一无二的自己，也不妨有很多个自己。

我们注定永远读不懂“鸣鹤在阴”。

因为它本不是诗，而是卦辞，但它却有着诗所特有的认知方式。不是诗的文本，却娩出诗的真谛。如同镜子，给人一个颠倒的世界：你在镜中看到的左边，永远是你自己的右边。鸣鹤在阴潜进历史的长河，让我们的凝视必然有水面的倒影相隔。

真诚，感应，意象——从此，中国古代诗歌，不再像西方诗歌那样祈求缪斯神馈赠的灵感，它让**诗人的灵魂凭借直观，与天地万物的**

精灵相往来——另一个世界的大门，打开了。

感而遂通——中国古代诗歌的认知方式

诗，无从定义。天下皆知美之为美，斯为不美。是故诗的黄金时代，本来无诗：把日子过成诗，却浑然不知。彼时无诗胜有诗，便是诗的缘起。

有人说，诗起源于易。他们认为：周易的语言具有诗的形式，有时还会押韵；卦辞形式简单，诗复杂，事物发展都是从简单到复杂；周易是六经之首，地位高于诗；易经年代早于诗经；易经是卜辞，巫术文化产生诗歌。

这种论断，经不起反思。韵文形式便于思想的传播，更引发对思想的反思，非独诗可以是韵文，思未尝不可以是韵文。但不是所有的韵文，都等同于诗。文化中的事物，在一方面从简单到复杂，就必然在其他方面从复杂到简单。从简单到复杂的发展，并不是所有事物都奉守的律法。

历史中有无数的断层，也无时无刻不在发生着起源。历史是一条河，我们固然无法抽刀断水，无法做出历史的细胞切片；却也无法两次踏进同一条河流，无法从不同的文本看出同样的历史。诗，在历史中不断发生，不断重新开始自己的历史。诗与诗论，并不能一览诗的历史。

诗承载着人认知世界的方式，没有认知方式，就没有真正的诗。

以易读诗，恰是观诗的思的基础，探索诗的认知根源。

与其说诗起源于易，倒不如说诗与易，有着共同的思想文化土壤。

人们总想在历史里，挖出诗起源时候的样子，仿佛把诗学当作考古学，挖出一块头盖骨，便指认它是人类的祖先，真是太缺祖先了。比起诗的头盖骨，我们难道不应该更加关注创作诗的认知方式吗？

周易提供的诗的缘起，关注诗在认知方面的问题。

“鸣鹤在阴”的诗史价值，在于提供了诗在认知方面的缘起，以此建立了诗与易的连接。“鸣鹤在阴”讲了三种认知方式：诚信，感应，意象。

现代汉语的“诚信”，是诚实和信用，接下来讲的“诚信”，是真诚和确信。真诚不赘述，我们说“信”。

我们讨论了《中孚卦》的“诚信”，下面讨论“意象”。

意象属于形而上者，它不同于具体的、现实的器物在人脑中的反映。意象的显现似乎取决于意象本身的意志，并非人的主观意愿可以造作。即使造作出来一个，也不会准确。意象的自我显现，如花开遍野，都只在春雨一夜。

《周易》里的意象并非只是意象。《周易》的意象必须“感应”。

事物有生，必然有死。穷则思变，变则亨通，通则长久。事物如果要相互通达，就必须交流，这种交流，就是感应。

感应，是为了让事物在变通中持续发展。正如《彖传》所说：“咸，感也。柔上而刚下，二气感应以相与。是以亨也。”《周易》的咸卦讲感应。咸，艮下兑上。艮是山，兑是泽，山淹没泽中，是咸。《易经》被汉儒划分为上经和下经，上经三十卦，自乾卦始，讲天道；下经三十四卦，自咸卦起，论人事。

根据咸卦的爻辞来看，人放下自己心中的成见，认识外界事物，与他人心意沟通，恰如其分地体证人事，然后形成语言，这就是感应的过程。在感应中形成的语言，是走心的语言，也是真实的语言，这样的语言，是真正的诗！

对人而言，感应是人的认知方式，这种认知让人与天地万物实现同一，让人在同一中体证世界的真实。

《象》曰："山上有泽，咸。君子以虚受人"，讲的是如何感应。

抛开成见与外物的束缚，虚心感受事物，体证世界的本真，一如《周易正义》解释："空虚其怀，不自有实，受纳于物，无所弃遗，以此感人，莫不皆应"。

易学的诚信、意象、感应，在中国古代诗歌史上，奠定了诗的认知基础。

易是对诗的成全。诗的成全，也是现实生活的成全。

巫术简史——《周易》与巫术的稀疏关系

《周易·系辞上》说："《易》有圣人之道四焉：以言者尚其辞，以动者尚其变，以制器者尚其象，以卜筮者尚其占。"**巫术只关涉《周易》占卜的方面，《周易》与诗歌的关系，在辞、变、象三个方面。**

按巫术索《易经》之骥，只是管中窥豹。

《周易》之前，中国古代巫术，经历三个发展阶段，"礼"和

“巫”的关系，是贯穿三个阶段的主要线索。“礼”一开始并非“礼貌”和“礼节”之意，而是“事神以致福”，这是礼与巫术的交集。

第一个阶段，绝地天通。绝地天通，标志着中央集权政治，掌握巫术的话语权，官方巫术具有权威的规范性，民间巫术不再具有政治合法性。王道与礼教同一。“礼”和“巫”同出而异名。

“绝地天通”出现在《国语·楚语》和《尚书·吕刑》中。《楚语》将绝地天通放置于巫术的文化语境，《吕刑》将其放置于刑法的历史语境。

《吕刑》说：“乃命重黎，绝地天通，罔有降格。”重黎是羲和之官，命羲和之官掌管四时，是尧帝时候的事情。绝地天通，意味着法律的权力收归国家，由羲和之官管理，而羲和之官同时掌管四时，则意味着人间法律具有如自然规律一般的自然法的性质。

第二个阶段，礼乐教化。礼乐教化，意味着权力的层级分化使巫术转变为宗教教化的“礼”，“礼”随着政治等级和应用场景，发生细分。巫术从业人员在官僚编制上形成特定群体。礼的实质是道术。

第三个阶段，礼崩乐坏。礼崩乐坏，表示“礼”从等级秩序中剥离，被剥离的礼和巫术发生割裂，巫术转化为方术。方，原意是“道”。道术将为天下裂。方术遂沦为江湖术士之术，无关于王道与天道。

由巫术的文化史可见，先秦巫术不具有自性，没有形成界限清晰的范畴，所以，将《周易》定性为巫术文化文本，将无从诠释《周易》的文化内涵。

生生谓易——易，诗，与生命

每一颗星辰终会消失，天地间的生命却生生不息。也许时空的坍缩，终将一切生命，带入意义的虚无。但是，生命的存在，本身不就是意义吗？

时间会有尽头。也许所有的时间，都不足以穷尽万物一切的变易，也许时间里的变易，也不过是一切变易的一个方面，尚有那不变易的存在，在时间尽头之外。

百年寿岁，千年历史，万年演化，亿年混沌。我们为花开花落动情。我们何尝不是时间长河里的花开花落。开落是花的诗，吟唱出花的存在。花开花落之间，怎能无诗？生命的变易与不易之间，怎能无诗？

唐代学者孔颖达，在《周易正义序》中，概述“易”，说：**“夫易者，象也。”诗以意象，表达情思。诗以象达意，是诗以易明义**。这便是易与诗的关系。

《周易正义序》第一论，论“易之三义”。《序》云：“云易者，谓生生之德，有易简之义。不易者，言天地定位，不可相易。变易者，谓生生之道，变而相续。”易的生生之德，是在说《系辞》里那句“生生之谓易”。

《系辞》传为儒家圣人孔子所作。孔子的时代，暴力冲破了王道与礼教的制约。礼崩乐坏与百家争鸣，是权贵的争夺与士人的计较，如此喧嚣之下，有多少生灵涂炭？变易的权贵，不变的争权，变易的诸子，不变的说辞，那么阴暗，那么耀眼。《周易》探讨的，是生命的存在之道。

中国古代诗歌，因为易，以生为根本。中国古代诗歌史中的佳作，无不与生命相关。

“鸣鹤在阴，其子和之。”诗中有易，以和生生不息。

05 诗本清物

——从《诗经·野有蔓草》谈诗的清净

邂逅一生——兵荒马乱时代的爱情

远山消融于暮色，归牧时牧笛声涩。原野上年年春草生，朝露总不见旧时人。渠水里两颗浮萍相遇，风中有乱红碰撞。曾经紧紧相依的蒲公英的种子，落地时是否天各一方？

有一天，会邂逅一个人，从此生活不再是一个人。从此心里有了一个人，人才是一个完整的人。邂逅一个人，是在邂逅自己的归宿。不论相遇之后，能否一生厮守，那相遇的美好，足以让随缘流转的心，于期许中停驻。

只是这短暂相遇的美好，怎堪寄托一生的重负？

若是人世红尘万丈，我便只好在诗的世界里安放你的清婉。

说到这邂逅与清净，便不得不说《野有蔓草》了。

《诗经·郑风·野有蔓草》，讲述了与美人的美妙邂逅：

野有蔓草，零露漙兮。
有美一人，清扬婉兮。
邂逅相遇，适我愿兮。
野有蔓草，零露瀼瀼。
有美一人，婉如清扬。
邂逅相遇，与子偕臧。

蔓草有露水，大概这时节是在孟春，郑玄的《毛诗笺》说，“草始生，霜为露也。”既然草刚刚开始生长，这“蔓草”的“蔓”，便是作蔓延的“延”来讲了，不应是“茂盛”的意思。野草茂盛的时节，已不见朝露。

漙，音 tuán，是指露水漙漙然盛多的样子。自《野有蔓草》始，漙便是专属于露水的形容词。

后人诗词里，如许浑《酬康州韦侍御同年》诗“桂楫美人歌木兰，西风袅袅露漙漙”句，东坡《沁园春》词“云山摛锦，朝露漙漙”句，皆是以漙漙然状露之盛。

说起来，这种专属感极强的形容词，是《诗经》一特色。要体物至微，情思极细，才会在语言上作这种词语。让我们带着这种细腻敏感，来读下面的诗句吧。

“有美一人”，开始写男子遇到了自己喜欢的女子。朱熹《诗集传》认为这首诗讲述的是“男女相遇于野田草露之间”。美人的美，以“清扬婉兮”作描述。

“清扬”指“眉目之间婉然美也”。《诗经·猗嗟》有“美目清兮”之句，也有和《野有蔓草》同样的“清扬婉兮”之句。这“清扬婉兮”，是从眼睛落笔，写美人之美。

时逢乱世，民皆穷于兵革之事，穷困之至，男女难得配偶，思得不与期约而相遇。乱世里的个体生命是卑微的，然而再怎么艰难，生活终归要有那些该有的，比如爱情，比如家。

在原野里，青年遇到了心仪的美人，这美人让他动心的，是眉眼间那份温婉。温婉本不属于这兵荒马乱，如同人的生活，本该温婉。

野草上的朝露还残留着春夜的凉意，纵使清净，却也不想亲近。而美人眼眸里的清净，净如朝露，却又温婉动人，让人愿寄予一世的

安宁。

于是，有“邂逅相遇，适我愿兮”。适，本义是安便自得。《玉篇》说，适有“女子出嫁”的意思。对照第二章“与子偕臧”，臧，读音 zāng，诗经里高频出现，都是“善”和“好”的意思。偕臧，是各得所愿。所以适，与女子出嫁无关。

《野有蔓草》至此，境界突然清净得温柔起来。仲春百草萌发，那万物中的生命力也萌发于心中。这时，我的世界里只有你，而你是我的世界里的春天。

仿佛这一相遇，可以成全我一生所有的美梦，而我所有的美梦里，都只是你。这仲春清晨终因你而清净温婉，你我的邂逅，消融于这清净温婉，遁于蔓草零露而无影无踪了。

我漂泊无依的生命，终在你的清婉里安驻。我愿用诗歌来吟咏，将你的清婉护佑于这草露里，让它只有我找得到。

诗本清物——《野有蔓草》是最早写“清”的诗

美好的相遇，让心得以清净。于是心中为世间的清净所触动，便也会反过来让人珍惜这份美好的邂逅。**清，蕴着生命所渴望的成全。**

世间喜欢诗的人，想来心中对美好的念想，与名利之徒是不一样的。那是一种借诗以自明心性的追求。

清代熊士鹏《贺昉汀嵇麓集序》说：“诗，清物也。勿嚣勿杂，勿昏而浊，勿粗而肤，勿冗而散。”

这论诗的话，听起来也像在说做人呢。而这“清”的高妙超脱，还不止是在诗与人，它也是“天”的秉性。

且看《礼记·乐记》：“清明象天，广大象地，终始象四时，周还象风雨。”在先秦文献里，清既是说水的清澈，也是说天的清明，而这时的清与明，是同一个意思。《老子》谓“天以一而清”，这“一”是“道”，清正是天道的体现。**清自道出。**

《彖》讲《易》的“豫”卦，认为“豫顺以动，故天地如之”，若圣人也如此，则“刑罚清”。《彖》讲究“明”。这“清”，是谓“明”。

这话细细品来，是在说明，事物具有了“清”的品性，才能具有自己独立的品格，才能不受外物所左右。

要说这“清”，本是形容水的，后来便形容美人了。古时文人尚“清”，以“清”为人格之美，诗品之美，境界之美。可是，越是“尚清”，莫不越是在说这世界是浑浊的？

清扬婉兮，这句诗里有多少美好，那背后便有多少人世的艰辛苦痛。尘世里有清必有浊。

文人雅士多有期望遇上明君的。古人有太多怀才不遇的诗。不过，今人邂逅一首清雅动人的古人诗，这不也会是一种知遇？说到做到这“思遇”，便要说《野有蔓草》的主旨的问题了。

思遇不得——直观未知的美好

说到野有蔓草的主旨，历来有“情爱说”“思遇说”二者为主流。

朱熹的《诗集传》主张情爱说，《毛诗序》主张思遇说。情爱说被批为肤浅，思遇说被批为附会。

这说来本就是诗的奇妙，这首诗的作者已无法澄清任何问题。不过在以此诗为思遇而吟咏的人，在他们自己的世界里，这首诗不也是“思遇”？

而另一个问题，则在于，这首诗的情爱主旨，之所以会演绎出思遇的主旨，说明这首诗本身，包含着让这种意义发生转变的因素。这因素是什么？

美人“清扬婉兮”，让男子心仪。**这种邂逅中一见钟情、愿一生相伴的情感，是由直觉产生**。这种直觉不同于经验和理性，它是一种快速的、无意识的直观判断。

直觉的产生就在于“野有蔓草，零露漙兮”，这是起兴，将邂逅的环境融入对美人美目的触动中，形成了人与境的交融。**意象交融中生出的直觉，正是这首诗在认知上的特点**。

一次相遇不足以让老板看好一个员工并委以重任。所以知遇不可能通过经验与理性来实现。于是爱情里一见钟情的直觉认知，便成了文人们心向往之的知遇情境。

一个人的品格才学需要一段很长的时间来证明，但要证明，就需要有证明的机会，这个人能否得到这个机会，取决于一种直觉的判断，因为经验与理性对未来的判断都不可能有绝对的准确性。

当文人以清为自己的人格，自己的品行学识便都通过“清”这一外化于气质风貌的状态来体现了。文人尚清，正是以清这一风貌，让自己得到明君的认可。

《野有蔓草》还真被用于表达“相知”之意了。

《左传·昭公十六年》载郑“六卿赋诗”：

夏四月，郑六卿饯宣子于郊。宣子曰：“二三君子请皆赋，起亦以知郑志。”子齹（cī）赋《野有蔓草》。宣子曰：“孺子善哉！吾有望矣。”

这是一次郑国和晋国的外交场合，宣子是晋国重臣韩宣子，出使郑国。韩宣子离开时，郑国六卿为他送行，他请六卿赋诗，希望从中了解郑国的意图。六卿之一的子齹，赋的是《野有蔓草》。韩宣子的反馈，说郑国公卿世子德行美好，他对于和郑国的外交，有好的希望。

言语可以隐藏内心，但赋诗，竟会暴露无意识领域里的意图。这是诗引出人内心真实的能力。《野有蔓草》，便与人内心期望相知邂逅的真情，紧紧相连。

野有枯草——邂逅的清婉，终走进现实的硝烟

写到这里，不禁在想，那位吟唱这首诗的男孩，后来有怎样的故事呢？

也许邂逅之后，再难重逢，便是野有芳草，白露沧沧，思美人兮，清霜为凉。抑或是她为了谋生，做了贵族府上的浣衣女？箨兮漂兮，宜彼缁衣。而他从军，跟随官宦，操戈纵放，驷介旁旁。各自遭遇不同的人生，各自在生活的艰辛里挣扎，他们还会记起彼此吗？他

们还是曾经邂逅时的彼此吗？野有枯草，白露凄凄。忆美人兮，改彼缁衣。

郑国的动乱，列强的征伐，民众的苦难，让相知相惜，都成了梦幻。活着都难，爱更难。野有衰草，无时以生。艰难里，越发觉得曾经的邂逅，那么美好！美好如朝露，似珍珠，终消散。有美一人，曾驻我心。邂逅相遇，零露过往。

他也终将走上战场吗？清人在彭，胡不归兮。

也许这世间所有美丽的邂逅，那美丽，都只是邂逅。相遇若不能为彼此停留，终也只是擦肩而过。人生几多无可奈何，待我转身，你已远去。

你是否会因邂逅一个人，而遇见了自己？是否会因邂逅一个人，而遇见一方未知的天地？

他将她的清婉安放在诗里。他仍在世间漂泊无依。愿世间所有美丽的邂逅，都有一生琴瑟静好。

06 郑诗之淫

——《诗经·褰裳》只有不成体系的主旨

反复涵咏——《诗经》文本的正确打开方式

诗经里的作品，古人理解的主旨，和今人认为的主题，差别极大。

郑风有一首《褰裳》，古人的主流观点是“思见正”，但是诗本身很难读出“思见正”，于是今人几乎一致认为，《褰裳》只是爱情诗，或者，用朱熹的说法，是淫奔之诗。

两方观点，都是考据，不是读诗。按考据来说，两方的理由，都不够充分。按读诗来说，《褰裳》里的诗意，竟被两方疏忽了。《褰裳》简短的诗篇里，总有嚼不尽的意蕴。读《诗》当如读诗而不是读经，则读诗与考据，本没有泾渭分明。诗歌文本本身，如明灯，照见旧说里的阴影。

汉代儒生董仲舒说：**“诗无达诂”**。**虽无达诂，所诂必诗**。就算一千个读者有一万个哈姆雷特，但绝不可能有一个是哈利波特。古人读《诗》，或者以史解诗，或者以经解诗，或者以诗解诗，视域不同，结论各异。读《诗》的方法，不必拘泥经史，**只在反复涵咏**，慢慢读诗歌文本，也慢慢读诗歌的文化语境，其义自见。

每一次慢读诗，都是传统文化的一出侦探剧。让我们慢慢读《诗经·郑风·褰裳》：

子惠思我，褰裳涉溱。子不我思，岂无他人？狂童之狂也且！

子惠思我，褰裳涉洧。子不我思，岂无他士？狂童之狂也且！

读诗，总要读得细，才好养心思，浮躁的时光总觉庸庸碌碌。细读始于认字。认字权当训诂，好过自己望文生义。

第一个要仔细的字，是“惠”。持爱情诗观点的人，将“惠”讲成“爱”，解第一句大意，作“你若爱我想念我”。此解有误。

对照“子不我思”的“不”来看，“子惠我思”中的“惠”，也是虚词，仅强调“思”。但此解无古书为凭。若真是对应，便该作“子惠我思”，而不是“子惠思我”。下面，我们说“惠”在古书中的意思。

《诗经》中的“惠”，不论传、笺、疏，都讲作“惠，爱也”。非但《褰裳》，其他经典，如《尚书》与《左传》，也将惠讲成爱。

古人讲爱，义于今人有别。今人说的“爱”，是动词，表示行为。但“子惠我思”的惠，不是动词。“子惠我思”的谓语动词是“思”，与“子不我思”相对照而知。“不”不是动词，“惠”与“不”相对应，故惠的词性不是动词。

一个完整没毛病的句子，不能同时有两个谓语。“子”是主语，“我”是宾语，“思”是谓语，如果“惠”也是谓语，应当用虚词连接，作“惠且思”，而不是“惠思”。**故“惠”不是谓语**。若惠是谓语，则此句，句意不通。

朱子《诗集传》释曰：“子惠然则思我”，文义通达。是以“惠”为“惠然”，作修饰谓语“思”的状语讲，属副词词性。

是故这个**“爱”，实为“惠然”**，它不指那种被称为“爱”的行为，而**是表明一种唤作“惠然”的精神状态**。

一个字在特定的历史时期，是一系列观念的集合，这些观念，具有“家族相似”性。解释一个字，不能脱离使用这个字的语境。解释的结果，不会脱离字的观念集合。通过解释，这个字的各种意义，会发生更深层的连接。同一历史时期，一个字的使用，会受该字在其他语境中的意义的影响。

因此，要脱离《褰裳》中的“惠”的各种意义，去自己独立解读出一种“惠”的合理诠释，比如“爱情”，真为难了人类的想象力。

让我们来看“惠”字在其他语境中的意义。

《逸周书·谥法》：“柔质慈民曰惠。知其性，爱民好与，曰惠。与谓施。”我们可以这样理解：

惠，爱民也，亦即爱人。仁者，爱人。则仁者，可谓惠然。仁者与天地万物为一体，此其同也，通也。故惠然，似言爱，实言同。**所谓惠然，求同之心。**

《玉篇》解“惠”曰：“爱也，仁也，从也，慈也”。可见，古人也这么理解。

又有清代段玉裁的《说文解字注》，认为：“惠，仁也，仁亲也。经传或假惠为惠。”

甲骨文并无“惠”字，从金文看起，“惠”字的字形，皆从“心”，文义多叙述王政。王政讲究“仁政”，爱民即是心与民同，施惠于民。**仁政之惠，是“惠”之爱，在先秦文化语境中的意义。**

所以，**“子惠我思”的“惠”，是副词，表示惠然，是一种人与人之间，同心通意的精神活动，与现代文化中的恋爱之爱，意义有别。**惠然的状态，需要引发求同的行为，于是才有思我与褰裳涉水的行为。

这么读诗，便涉及《褰裳》，乃至《诗经》其他诗篇，相关的两个前提：

其一，《诗》中的精神状态与心理活动，为先秦子学的心性论的发生提供了材料。其二，《诗》经历了采诗与删改的历史，《诗》的文本，不可能存在于单一的语境；不同语境的诠释，交互地构建着同一首诗的意义。

因此，**《诗》的历史，自行生成了《诗》的语境与诠释**；诗经文本的形成，是采取文化语境中的思想材料的结果，这使《诗》诠释着文化的意义，《诗》将文化语境中的符号，带入诗的语境中。所以，《诗》的文本与诠释，并非时间先后的关系，不是先有文本再开始想办法诠释。《诗》的**诠释与文本，在历史中，是共时性的互动关系**。

所以，**《褰裳》不是现代意义上的“爱情诗”**。

懂爱，已经很难了，懂古人的爱，更难。

褰裳涉水——爱情不顾一切的样子

下面，该讨论“褰”字。

清代段玉裁《说文解字注》说：“褰、绔也。方言曰‘绔’，齐鲁之间谓之‘襱’，按今方言作襱，俗字也。褰之本义谓绔，俗乃假为騫衣字”。

按《说文解字》，褰，是绔，绔通裤，就是裤子。《褰裳》的褰，和裤子无关。

褰裳的“褰”，做动词，讲做“揭”。裳，古人穿的遮蔽下体的衣裙，男女都穿，是裙的一种，不是裤子。褰裳，是揭起下衣涉河。

“子惠思我”，是相从求同的心喜与思念的内心状态。这终究是在心里。若这情真在心里，人又怎会没个行动来表达？于是，你心中念我，自然会来找我。看着你揭起下裳，涉过河水，前来见我，心中动情。

古人之礼，于琐细事情上亦可见。在乎礼的社会，必是注重人的仪容。《礼记·曲礼》就有侍立于君子之侧，所要注意的仪容礼节，其中有：“冠毋免，劳毋袒，暑毋褰裳。”意思是，夏天暑热，也别把下衣提起来。

据此读这句“褰裳涉溱”，便觉其情之真挚，可以忘乎仪表，忘了自己，其意远不止于“跋山涉水”。渡河非以舟船，而是亲身涉水，这便于行为的真切中看出了情思的强烈、情感的真切。较起句之静与情，开出了动与景的意境，这“褰裳涉溱”，让诗的气氛活泼了。

人在水流中奔走，自然行动不易，奋力前行排开流水的阻力，同时提起衣裤以防浸湿，这是极为艰难的行为。他为思念来寻她，这模样，看了是又欣喜又心疼啊。

若无“褰裳”的生动，“涉溱”便是死语。花间词派多把华丽辞藻堆砌，读之不见人的活动，尽是死物里埋了男女，再美的人，都仿佛在瓷花瓶上看得。不禁要问：假人关我何事？

这词风，到李煜始迁。确切来说，是李煜作《昭惠周后诔》之后。《诔》中大量语典出自《诗经》《易传》。自此以后，李煜诗词里有了大处落墨写意的景致，如“林花谢了春红”；更有了人的行为，在精妙处传达出心中的情思，如“最是仓皇辞庙日，教坊犹奏别离歌。垂泪对宫娥”。

有了人的活动，诗才会生动，读之便于不知不觉中为其情所打动。

《诗经》之后，诗歌历史上，写情思的作品，若要绝妙动人，于技法上，仍要不断回溯于《诗经》。

再说“溱洧”。

溱（zhēn）、洧（wěi），郑国两条河名。郑国的风俗，在三月的上巳节，溱水与洧水之上，有招魂续魄、拂除不祥的祭祀活动，青年男女借此机会，相互表达爱意，采兰赠药。三月的河水，正值冰化之时，涣涣奔腾，浏其清矣。三月的恋情，春心怦然，小鹿乱撞。

以神灵之名，荫蔽男女欢会，这是让世俗的爱恋，沾上神灵的光。男欢女爱，在祭祀的护佑中，又怎能说是“淫”？祭神祈福的庆典，歌咏遗芳的故事，又怎能说是凡尘里轻描淡写的“爱情”二字？**上巳节让爱情升华**，让人不至于在春天，像发情的动物一般求偶求媾，故上巳节，与朱熹所说的淫奔之诗绝缘。这是上巳节之于爱情的意义。

读明白诗中的爱情，难道不是在还爱情本来的样子吗？

持《褰裳》为爱情诗的人，有的用上巳节与《溱洧》一诗做论据。《溱洧》写三月的上巳节，那时河水才解冻。

能褰裳涉水，想来水流，不复湍急，也不冰寒，定然不可能在上巳节。上巳节的河水，是冰水混合物的温度——0℃，水又急、河又深，光脚涉水，只怕有生命危险。爱一个人，爱到想让他送死，是多么变态的爱！那涉水的男子，就算过了河，只怕未来的夫妻生活里也有心理阴影。0℃，冻伤了足少阴肾经，会伤了男人的根本。

所以，说上巳节的爱情与《褰裳》有关，是完全不懂爱情的谬论。**《褰裳》不在上巳节的时候，必是写过了上巳节的事情。**过了感情放纵的时候，你依然可以褰裳涉水、为我疯狂，这岂不是真正的爱情？

读明白诗中的爱情，难道不是让自己懂得坚持爱情么？

是否《褰裳》中的褰裳涉水是虚写，而不是实写呢？再读《褰裳》的诗句："子惠思我，褰裳涉溱。子不我思，岂无他人？"这是女子要自己的爱人真正地爱自己，所以涉溱之说，必是让人能做到的行为，而不是虚写。

溱水和洧水，一直阻碍郑国民众的交通。《孟子·离娄下》有这样一段，可以为证：

子产听郑国之政，以其乘舆济人于溱洧。孟子曰："惠而不知为政。岁十一月，徒杠成；十二月，舆梁成。民未病涉也。"

这段文字，大意是说：子产主持郑国国政，用自己的车马帮人们渡过溱河与洧河。孟子评论说："子产仁惠却不懂得管理国政。如果在十一月把走人的桥建好，十二月把行车的桥梁建好，那么百姓就不会遭受蹚水过河之苦。"

《孟子》成书于《诗经》之后，孟子之时，郑国民众，依然为渡溱洧而苦恼。

褰裳涉溱与褰裳涉洧，真正的意思，当是不畏困难，不嫌艰苦，亲身勇往。

惠然而仁爱，必是同心同德，心既然同，水的阻隔，又算什么？于是便有了"子惠思我，褰裳涉溱"。

读明白诗中的爱情，便明白爱情不是用来明白，而是亲身去爱。

至于"爱情诗"的说法，反倒让诗里的爱情，浅薄敷衍。

思见正也——不能与爱情诗共存的主旨

接下来，说“思见正”与“爱情诗”的问题。

让我们来读《褰裳》的“思见正”主题的出处：

首先是《毛诗序》，说：“《褰裳》，思见正也。狂童恣行，国人思大国之正己也。”《毛诗序》并未说狂童是谁，只说了狂童恣意妄行，祸害国家。

接着便有了**郑玄的《毛诗笺》**说：“狂童恣行，谓突与忽争国，更出更入，而无大国正之。”这才**说明了“狂童”是公子突**。

至孔颖达的《毛诗正义》，给出了更多的信息：“身是庶子，而与正嫡争国，祸乱不已。”郑庄公的嫡子是公子忽，就是后来的郑昭公，他同父异母的弟弟是公子突，后来的郑厉公。身是庶子，指公子突。

狂童是公子突，这个论点，不是一来就有，而是在对思见正的相继诠释中形成的。

依“思见正”解“狂童”之“狂”，是恣意妄行之意，即妄行不正之行。

思见正的真实历史背景是什么？

突与忽争国，按《史记》记载，是他国干预郑国王位以及权臣与国君权力斗争的结果。

郑国权臣祭仲，受宋国要挟，迎公子突为君，是为郑厉公。后祭仲专权，郑厉公欲杀之，失败后，祭仲迎回公子忽，是为郑昭公。郑昭公与重臣高渠弥曾有过节，高渠弥先发制人，刺死郑昭公。祭仲与高渠弥不敢找公子突回来当国君，只好找公子忽和公子突的弟弟，公子亹当国君。公子亹史称子亹，没有谥号。齐襄公会诸侯于首止，子亹前往，被齐襄公埋伏士兵杀死。于是，高渠弥和祭仲找子亹的弟弟公子婴当郑王，史称郑子。祭仲死后，逃亡在外的公子突，诱使大夫甫假，助他当郑王。甫假杀了郑子和郑子的儿子，迎回郑厉公。郑厉公对甫假说："子之事君有二心矣。"于是杀了甫假。

公子突是最后的赢家。

公子突和公子忽的父亲，就遇到过兄弟争国的事情，即是"郑伯克段于鄢"之事。连这个都要遗传。郑厉公找祭仲的女婿，刺杀祭仲，祭仲的老婆教育他的女儿说："父一而已，人尽夫也。"这话也够奇葩，让自己女儿"人尽可夫"。结果毁了郑厉公的刺杀谋划。祭仲则是"人尽可君"，真是有其父必有其女。

在上述一大堆人物关系里，只有公子忽的一件旧事，与《褰裳》和思见正有相关性。

据《史记》记载，公元前706年（郑庄公三十八年），北戎进攻齐国，齐国派使者向郑国求救，郑庄公派太子忽率领军队救援齐国，大败北戎。齐僖公想把女儿文姜嫁给公子忽。公子忽拒绝，理由是："《诗》云：'自求多福'，在我而已，大国何为。"祭仲劝公子忽，拉拢齐国这样的大国做靠山，以后国君的位子坐得稳。

公子突敢以庶子争国，倚仗的是宋国。假如公子忽有齐国做靠山，公子突便争不过，不能争。如此一来，国家安定。

就是《褰裳》的"思见正"。照这个事，狂童，不是公子突，而是公子忽，《褰裳》在责怪他不寻大国正己。如果是这样，古人认为狂童是公子突，就不成立。

如果狂童是公子忽，这个“狂童”的“狂”，就是自大倨慢之意，心因自以为是而不能察得失之地，是为狂。

如果狂童是大反派公子突，那么，“狂童”的解释，就不可能像持爱情诗观点的现代学者以为的，是“傻小子”这样的谑称，而是“疯狗一样的幼稚”这样的咒骂。如果狂童真是傻小子，老百姓希望公子忽站稳脚跟当国君，又怎会在“思见正”的严肃时刻，这样调戏自己的国君？

在诸多疑点并存时，还有一种可能：对于兄弟争国、国政不稳的郑国，百姓作《褰裳》所讽刺的狂童，并无特指，而是泛指制造混乱的所有争国王族；大国不仅不帮助郑国，还在兄弟争国中渔利，故所思见正的大国，或许是百姓理想中的天子。

从狂童的含义来看，《褰裳》的爱情诗属性与思见正主题，不可能同时共存。

按照疑古派的意见，《褰裳》的文本无一字提及突与忽争国，更无先秦文献明确说明《褰裳》与二人争国的关系。

疑古派总是怀疑别人的论断，却不会怀疑自己的怀疑。当疑古派要求别人解释别人的解释的时候，他们总是没有解释自己的怀疑。

我们认为，确实没有明确的史料，证明《褰裳》与“突与忽争国”之间，有必然联系，但没有史料证明，不等于绝对没有联系。

《褰裳》未必没有被郑国国民用于讽刺突与忽争国。以《褰裳》为思见正，是诗的讽喻功能的体现。诗的讽喻功能，是客观存在。需要作诗以讽喻的人，可以参考《褰裳》。参考《褰裳》，在历史中作下讽喻诗，这是历史事实。

我们理解的历史，其实是历史记忆。或许《褰裳》，本来无关思见正，但当经学将《褰裳》与思见正联系起来，《褰裳》与思见正的历史记忆就形成了。历史记忆本来就是一种历史事实。至于现实的事件，就算亲历，都说不清楚，何况读史料呢。

《褰裳》属于风，风是民间流传的诗歌。风从诞生以后，就一直存在于传唱的过程中，传唱会伴随诗的再创作。个人创作是作诗，作诗必然有明确的诗歌主旨，但是，传唱是赋诗，赋诗往往断章取义、为我所用，所以，赋诗会根据应用场景，改编诗歌。

于此时，让我们回到《褰裳》：

子惠思我，褰裳涉溱。子不我思，岂无他人？狂童之狂也且！

这狂童，突然出现了。《褰裳》没有说狂童是“子”，所以，狂童是子和我之外的第三人称，而不一定是称呼第二人称的子。

从子，到狂童，这个称呼的跳跃，太大，在诗里，很突兀。写爱情的民歌为了传情，会方便人理解，不会这样突兀。

如果子就是狂童，不当说狂童之狂，而应言子其狂欤。狂童之狂，说明此狂童一直狂，一直狂，何来开头吟唱的“子惠思我”？

《褰裳》的“狂童之狂”，这种从天而降的一笔，在诗经的风里几乎没有。

因此，可以推断，“狂童之狂”，于《褰裳》传唱时，定有郑国民众心照不宣的所指，而这个所指，不是“子惠思我”的“子”。

我们可以说，《褰裳》的爱情诗，只是表象，且是故意而为之的表象，《褰裳》的语言本身无不在反驳着“爱情诗”的主旨。

六卿赋诗——赋诗不会背离诗歌的本义

接下来，说“淫奔诗”和“爱情诗”的问题。

赋诗虽然会断章取义，但不会背离诗歌的本义。

春秋时代诸侯士大夫常在各种社交场合朗诵《诗经》，借以表明自己的立场、观点和感情，这就是“赋诗”。《左传》中记载的赋诗，有七十余次。

《褰裳》出现在郑国六卿赋诗的事件中，其时，子产为相。六卿赋诗，是在郑国与晋国的外交场合，以郑国的诗表明郑国的志，晋国重臣诠释诗歌，以印证晋国的志。

在这种场合，丢出一首“淫奔之诗”，难不成郑国要告诉晋国，自己是淫妇?

《左传·昭公十六年》载郑“六卿赋诗”：

夏四月，郑六卿饯宣子于郊。宣子曰：“二三君子请皆赋，起亦以知郑志。”子齹赋《野有蔓草》。宣子曰：“孺子善哉！吾有望矣。”子产赋《郑之羔裘》。宣子曰：“起不堪也。”子大叔赋《褰裳》。宣子曰：“起在此，敢勤子至于他人乎？”子大叔拜。

宣子是晋国重臣韩宣子，他对《褰裳》的反馈是：“有我在这里，难道还敢劳烦您去找别人帮忙吗？”明显与“淫奔诗”无关。

是故郑国人与他国人都不以《褰裳》为淫诗，反倒是朱熹这个后来人读出了“淫”。

郑国在晋楚势力较量之间博弈。彼时，郑国弱，晋国强，郑国需要依附晋国，但郑国对晋国存有戒心。郑国需要接近晋国，但不能让自己卑微地贴近晋国。郑国需要表明自己的态度。《褰裳》便能用来表达这种态度。

由此去读那“子不我思”句，便觉有了告诫之意。毕竟诸侯国之间的外交，纵然国力不对等，地位终究平等。所以这郑风，是要将郑国的态度表现出来，不能让自己的国家跌了身份。但是，既然作为外交上的对话，其中的告诫，就不能代表郑国贵族的态度，只能代表“民风”，否则就是在得罪大国。

正因为《褰裳》是民歌，它才能适用于《昭公十六年》的六卿赋诗。

六卿赋诗，之所以会选择《褰裳》，那个能说明很多问题的“惠”，难道不是原因吗？郑国与晋国建交，要的是求同，求从，求仁，求“惠”。**这个“惠”，是《褰裳》可以用于“六卿赋诗”的原因之一。**

子产是贤相，去世后，孔子流泪称赞他：“古之遗爱也。”古之遗爱，是赞颂为政者继承和发扬了古人为政仁惠爱的遗风，这个“爱”，就是“仁”和“惠”，恰是“子惠思我”的“惠”。子产的功绩不是吹的，他去世时全国百姓悲伤痛哭。

子产的仁政，包括铸刑书，这是中国古代历史上第一部成文法，把法律公布于众；不毁乡校、使人畅其言；抑制巫术，倡导礼乐。这都是移风易俗的政绩。**子产移风易俗之后，郑国国风，还是“淫”吗？如果还是“淫”，真的枉费郑国民众与孔子的眼泪。**

误读之处——《褰裳》爱情的其他可能

《褰裳》里的“爱情”，自然从文本中读得出来，但这爱情必定不是戏谑的样子。我也实在不能从“子不我思，岂无他人”中读出女子的毫不示弱或是旷达坚强。

一首诗是一个完整的统一体，因此，读诗，是在一种同一的心境中展开。

“子惠我思”，是一种同而美的心喜的状态，在这种状态中，产生出一种强烈的表达行为，要将对他者的情具体化，便有了“褰裳涉溱”。这时，出现了“子不我思”，由“不思我”，破坏掉之前的精神状态和强烈的情感，让心与行的动，皆被一个“不”终止。

终止的心境，其实不会直接有不示弱之类的态度产生。终止的心境，是一种茫然失措，由此生出具体意象的意义的迷失，然后让整个心境变得荒芜。

从惠然到荒芜的转变，由强烈的情感，急转而下，自是让人明白过来后，会觉得难以接受。这才有“岂无他人”之说。

这句“岂无他人”，是个疑问，且无具体实际的行为。所以，**岂无他人之中，只是荒凉心境的无奈所戴上的面具，没有真正的旷达坚强。**

“岂无他人”？自是没有他人！除了你，我还能有谁？可是你不思我，难道就没人思我？但关键是：**难道你就不会思我？这才是岂无他**

人的言外之意。

如果真的是“调侃戏谑”,《褰裳》断然不适合出现在六卿赋诗的场合，更不可能被用于刺突与忽。

《褰裳》的重章叠唱，句中字词变动甚少，句意并无改变，且只重唱一次。若是女的逗男的，而不是自己真正陷在那番心境中，便会巧舌如簧，辞藻多变，脑洞清奇，自有另一番吟唱。

有人认为,《褰裳》一开始，本来就是爱情诗，后来经学攀附政治，将其曲解为“思见正”的讽刺诗。这种观点，把爱情诗和思见正，放在不同的时间里，放在不同的应用场景中，来调和爱情诗与思见正两种解读。

这种折中，不成立。

我们结合《褰裳》的历史背景、文化语境、文本精读、字辞训诂，认为:《褰裳》现存的版本，只具有爱情诗的表象，而不可能具有爱情诗的属性，**即使最开始的《褰裳》是爱情诗，它也因郑国国风和历史的变化，被改写成现在的样子。而现在的《褰裳》文本，不容许爱情诗的属性与思见正的主旨并存，但这不妨碍读者从情感的视域，去理解《褰裳》所表达的“情”与“志”。**

郑声之淫——对郑诗淫的误解

“淫奔诗”或“爱情诗”，产生于对“郑声淫”的误解。

淫奔诗的前提，是“郑声淫”。但是，郑声淫说“乐”，不是说

《诗》，“郑声淫”不是“郑诗淫”，所以，**不能因为“郑声淫”，就说《诗经·郑风》里的《褰裳》是淫诗**。

郑诗淫与郑声淫，并非一回事。就诗来说，郑诗淫是一种价值判断，不应在读诗之前，持之为态度，否则，是抱有成见读诗，这样只会从诗中读出自己的成见。成见经不起反思与考证。

我们先来读“郑声淫”。

《论语·卫灵公》：“子曰：‘行夏之时，乘殷之辂，服周之冕，乐则《韶》舞。放郑声，远佞人；郑声淫，佞人殆。’”

孔子这段话，先言“乐则《韶》舞”，说明在讨论乐，后以郑声作比较，是以郑声为乐，而非诗。

《阳货》：“子曰：恶郑声之乱雅乐也”，则明确说郑声是乐。

以上两段文字，说明讨论“郑声淫”的两个前提。

其一，**郑声之淫，是相对性的概念**，须于参照中见，若只说郑声而无所参照，便看不出淫在何处。是故有“韶”舞作参照，乃知郑声之淫。

其二，**郑声之淫，是主体性的直观**，对郑声淫的比较，在经由雅乐熏陶后的主体的心中自然形成，所以郑声淫这一结论，是一个直观的结果，而不是一种定性定量比较分析的结果。是故知郑声之淫可乱雅乐。

直观不同于经验和理性。

直观针对范畴而言。今人多有循“郑声淫”读《褰裳》者，净把注意力放在男女之情上。他们所以为的“淫”，是具体事情的“淫”。他们读的“郑声淫”，淫在经验与具体事件，偏离了“郑声淫”的本义。

自汉以后，郑声淫和郑诗淫混淆。此非独“声”与“诗”在概念

上的混用，实为学者研究方法，由直观变为了数据统计。

汉许慎《五经异义》言："郑诗二十一篇，说妇人者十九矣，故郑声淫也。"此论有两点：其一，郑声淫即郑诗淫；其二，郑诗淫，是因为郑诗说妇人的诗篇数量比例很大。

据此可以推论，许慎认为的"淫"，本质上是"说（悦）妇人"，或谓"言男女之情"。然说妇人本未必都是淫，许慎此说会让"淫"的范畴太过于宽泛。

这一观点，后来朱熹沿用。至清朝著名的辨伪学者崔述，对此观点，有一精妙的回击，记于其著《读风偶识》中："赋之者既可以断章而取义，作之者独不可以假事而寓情乎？岂郑之能诗皆淫女乎？"难道郑国能写诗的，都是淫女？郑诗淫，明显荒诞。

郑声既是音乐，便早已失传，究竟"淫"在何处，终只得就《乐记》等文献来推证。而此类文献记载，本是听者心中体验的主观感受，又掺有听乐之人先入为主的陈见，故此"淫"，于郑声来说，是一种个体视域中的"淫"，不具有客观性。

朱熹论"郑声淫"，言"以诗考之"，又将郑诗与卫诗在题材、主旨、素材、情思等方面作比较，来论证这种相对意义上的"淫"。《诗集传》云：

以诗考之，卫诗三十有九，而淫奔之诗才四之一；郑诗二十有一，而淫奔之诗已不翅七之五。卫犹为男悦女之词，而郑皆为女惑男之语。卫人犹多刺讥惩创之意，而郑人几于荡然无复羞愧悔悟之萌。是则郑声之淫，有甚于卫矣。

朱熹的"郑诗淫"，包含郑诗的"观"和"兴"两个方面。朱熹将郑风放在考察民风的角度来看。这是属于《诗》的"观"的问题。朱熹《论语集注》把观解释为"考见得失"。所以"郑声／诗淫"，实则以观郑国之政。这无可厚非。

朱熹“淫奔诗”的错误，在于将“兴观群怨”视为一体。不能因为观郑风之淫，就说郑诗之兴，发于淫。

“郑诗淫”的判断，隐含了对诗的理想状态的叙述，而郑诗不被认为符合这种状态。但郑风中诗篇的创作者，只是有感而发地歌咏，并未思及这理想化的诗。这便是一个诠释的断层：以郑风创作者的角度，去说郑诗淫，说不着淫，因为作者不会自认在写“淫诗”。

风属于民歌。民歌发乎情，自然不会有所谓的“淫”，因为没有谁会说自己的“爱情”是“爱淫”，说自己的“新婚”是“淫婚”。淫是站在读者的角度，从接受来进行价值批评，这种行为，本来就违背了“郑诗”作为“民歌”的内涵。

关于《褰裳》，我们的观点总结如下：

“郑诗淫”和“《褰裳》是淫奔之诗”，这两个命题，不能同时成立。《褰裳》是爱情诗，与《褰裳》是淫奔诗，这两个命题，也不能同时成立。

《褰裳》的爱情诗，只是表象，且是创作或再创作之人故意而为之的表象，《褰裳》的语言本身无不在反驳着“爱情诗”的主旨。

即使最开始的《褰裳》是爱情诗，它也因郑国国风和历史的变化，被改写成现在的样子。而现在的《褰裳》文本，不容许爱情诗的属性与思见正的主旨并存，但这不妨碍读者从情感的视域，去理解《褰裳》所表达的“情”。

《褰裳》写思见正，不一定是也不一定不是历史事实，但一定是历史记忆。

以诗为鉴——从诗中看自己

当你读到一首诗的时候，你会想起谁？

当你读《褰裳》的时候，你会想起那曾经为你揭起裤脚、不辞辛劳跋山涉水的少年吗？他今在何处？他昔年俊美的容颜，是否已在你的回忆里褪色？

当你读《褰裳》的时候，你是否会想起远方家乡为你守在家中的妻子？她是否也曾向你抱怨，说你不懂得关心她，出门在外不会想念她，更不懂如何爱她？

当你读《褰裳》的时候，你是否会想起曾经风雨里的自己，冲着他离去的身影大吼：你走啊，又不是没人爱我；然后孤单一人恸哭？

你们的世界里，只有彼此，除了他，还有谁来爱你？除了他，或许，他还可以成为一个更爱你的他。

当我们读诗的时候，我们心里总会有个谁，用他带到我们生命中的过往，向我们诠释那首诗的另一个面相。每一个久别的故人，都会是未来相逢的一首诗。

如果你的女儿，是吟唱这《褰裳》的女子，你当如何读这首诗？如果你自己就是这《褰裳》中的男子，而你所亏欠的心上人在向你吟唱这首诗，你该做何感想？

有时在想，读诗，不存在主观客观的方法问题，也不存在主体客体的审美问题。**读诗，读到通情达理，就好了。**

《褰裳》里尽是人心人情。**读诗，是一条尽心知性的路。**

这些都是读诗的有趣之处，却并不是执着于一个所谓的“自我”去读诗。毕竟，诗不是你照见自己的镜子，你的诠释才是镜子。若要看这个自己，又何必非要读诗？

07 徒思公子

——《楚辞·山鬼》里的人神之恋

山鬼窈窕——深山中的绝尘美艳

人生的美好，最是初识这世间。未经沧桑，心怀念想，忧怨的种子，没在心田生根发芽。初识世间的你我，美好如花开未落，更不必相濡以沫。漫漫未来，哪怕当下蹉跎。那时，时间还未成生命的枷锁。

遭遇世事，是一场苦难。世间美好的开始，难以终于美好。

楚辞的九歌里，有一篇《山鬼》，最早写美好遭遇世事的苦。

初读《山鬼》，定会爱上山鬼，读通《山鬼》，更难以释怀。山鬼是深居山中的精灵，她的美好，有着世人初识世间的样子，更有着凡尘之外的风韵。如此美好，遭遇世事，依然在与公子的爱别离和求不得中煎熬。

如此世间，我们该如何在苦难中安放美好？

且从山鬼的美好，重新认识《山鬼》：

若有人兮山之阿，被薜荔兮带女萝。

既含睇兮又宜笑，子慕予兮善窈窕。

乘赤豹兮从文狸，辛夷车兮结桂旗。

被石兰兮带杜衡，折芳馨兮遗所思。

余处幽篁兮终不见天，路险难兮独后来。

表独立兮山之上，云容容兮而在下。

杳冥冥兮羌昼晦，东风飘兮神灵雨。
留灵修兮憺忘归，岁既晏兮孰华予。
采三秀兮于山间，石磊磊兮葛蔓蔓。
怨公子兮怅忘归，君思我兮不得闲。
山中人兮芳杜若，饮石泉兮荫松柏。
君思我兮然疑作。
雷填填兮雨冥冥，猿啾啾兮狖夜鸣。
风飒飒兮木萧萧，思公子兮徒离忧。

长诗分段读，先说前四句：

若有人兮山之阿，被薜荔兮带女萝。

既含睇兮又宜笑，子慕予兮善窈窕。

被薜荔兮带女萝的被，通披，和带同义，是披带的意思。第四句的善，原是譱，二字通假，但意思有细微差别，譱侧重美，善侧重好。

山中曲隅处，有人缓行来。她身披木莲藤叶编织的衣服，木莲的辛香，为她驱散山间的湿毒。木莲的果实，尤其有趣，虽是乏味，却可做凉粉。山间的食物，没有人间的烟火，少了血腥的争夺。

山之东，有苍松，岁久垂长须，长须名女萝，又或名松萝，清香祛湿热，避虫又解毒。她采下松萝，搓成衣带，束起松散的木莲衣。藤蔓不及人间麻线柔软，总会不小心露出白皙。世间有颠倒善恶，也有清流漪漪。山中有毒瘴虫蛇，也有芳草萋萋。美好在于如何选择。

她是山鬼，美丽如山中曲隅幽静深远，似月影秋波妖冶娇艳。

传神之笔——山鬼的神韵，是每个人心中的美好

这四句诗，写山鬼的美，极为传神。

第一句，从大处落墨，描绘山鬼生活的环境，在山之阿。山中生活的人，自然取山中植物为衣衫，遂于第二句，写薜荔与女萝。从环境到衣着，让我们一步步走近山鬼，直到看到她的容貌。

便有第三句，不描摹长相，独刻画神情，毕竟神情，最是传神而动情，否则，山鬼长相再好，又与那公子何干？这让后面公子与山鬼的感情有了源头。有这番神情撩拨，便自然让公子心生爱慕。

于此，有第四句，写仪貌美丽，气质妖冶。先有“子慕予”，再是“善窈窕”。如果公子一来就只知道山鬼漂亮，岂不是公子好色，为人肤浅，写成了色鬼看山鬼。由环境写到衣着，再到神情，最终整体托出气质；由远及近，由表及里，由实及虚，描写得理路清晰。

子慕予，就是你爱慕我，说明《山鬼》的故事有“你（山鬼）”和“我（公子）”两个主角。说“你爱慕我”，是从山鬼的第一人称来写，这是山鬼含睇宜笑的心理描写。山鬼把自己最迷人最美丽的一面，呈现给自己的恋人，让他爱慕自己。女为悦己者容，正是这般。

若摹写山鬼的容貌，山鬼就沦为作者笔下的人物。唯有写山鬼的神韵，才能让每个读者，把自己心中的美好，赋予山鬼。这是《山鬼》的传神之笔。

香洁孤独——超脱凡俗的异域风情

美丽的女子，若无美妙的行为，便无美好的内在。《山鬼》从出行，写山鬼的行为：

乘赤豹兮从文狸，辛夷车兮结桂旗。

这两句，有一个问题：山鬼既然骑着赤豹，又怎么去乘坐辛夷车呢？莫非山鬼用了分身术？

有一种可能，辛夷车兮结桂旗，是写公子乘车，来与山鬼相会，辛夷车上，坐的是公子，不是山鬼。古人尚无这般理解，我们按旧说来读。

先读“辛夷车兮结桂旗”。

辛夷即木兰，辛夷气味辛香通塞，可入药。以辛夷木做车，行于山间，可避虫与瘴，车也不易腐朽。桂科植物，有月桂叶和玉桂皮，不仅入药，还可入菜，用作香辛料调味。

结桂旗，系上桂旗。桂旗有两个解释。其一，是绘有桂花纹的车旗。桂旗是做什么的呢？《洛神赋》云：“右荫桂旗”，古人用车旗作遮挡。

桂旗的解释，其二，是桂花和辛夷被系在车上，当作“车旗”，而不是真正的车旗。《楚辞补注》云：“统桂与辛夷以为车旗，言其香洁也。”辛夷车兮结桂旗，是写山鬼出行的香洁。桂枝与辛夷，只是车上装饰，不是真正的车与旗。

不论布匹绢丝，有做车旗的料子，就有做衣衫的料子。有料子做衣衫，为何山鬼要被薜荔兮带女萝？桂花纹的车旗，说不通。

自汉魏以来，桂旗脱离辛夷车，在诗赋中，作语典，单独使用。汉代乐府有《今有人》，删掉了《山鬼》中的兮，变为："今有人，山之阿，被服薜荔带女萝。既含睇，又宜笑，子恋慕予善窈窕。乘赤豹，从文狸，辛夷车驾结桂旗。"

汉诗是一种误读。辛夷车与结桂旗，应当结合在一起读。结合起来，是以实写虚和互文见义的关系，不是放在一起的并列短语。

互文见义，让《楚辞》文义，较《诗经》更丰满，表达的情思更富层次。

因此，桂旗的解释，其二妥当。桂旗是以桂花充当车旗，桂旗写出山鬼出行的香洁。

我们再读"乘赤豹兮从文狸"。

狸本作"貍"，是狸猫，文狸是毛色有花纹的狸猫。

赤豹，字面意思是红色的豹子。

唐代，有赤豹的详细描述。《封氏闻见记》曰：余以为旧说南山赤豹爱其毛体，每霜露诸禽兽皆出取食，惟赤豹深藏不出，故古以喻贤者隐居避世。鲍明远赋云："岂若南山赤豹，避雨雾而深藏。"此言伏豹、豹直者，盖取不出之意。

赤豹之德，在于伏藏不出。乘赤豹，不只写山鬼骑个豹，还突出了山鬼出行的隆重与重要。

中原地区少有赤豹，赤豹多与少数民族地区联系在一起。《诗经·大雅·韩奕》讲周宣王时期，韩侯入朝，后又归国，有少数民族向韩侯进献，其中有"赤豹"。《韩奕》云："献其貔皮，赤豹黄罴。"

山鬼乘赤豹，恰以赤豹写出山鬼身份优越。

赤豹与文狸，都是猫科动物，它们有着猫科动物的灵巧和孤独。生活在深山中的山鬼，终日与猫科动物为伴，远离尘世，她是否也把自己活成了一只猫？写山鬼的出行，竟能刻画山鬼的生活，这是神来之笔。

如此猫一样缄默的女子，却有着含睇且宜笑的神情和面容，山鬼的恋人，该是何等美妙？

公子折芳——相似相知的人与等待的煎熬

被石兰兮带杜衡，折芳馨兮遗所思。

余处幽篁兮终不见天，路险难兮独后来。

这四句，写公子。前面说山鬼“被薜荔兮带女萝”，若再挂着石兰和杜衡，该有多么臃肿！可想而知，披带石兰和杜衡的，是公子而不是山鬼。

身上佩戴石兰与杜衡。采摘香草，赠送给思念的人。我住在竹林深处，那里看不见天空。山路险峻，行走艰难，所以来迟了。

遗，作为馈赠，读音 wèi。来，读音 lí。

公子也深居山林之中，也喜欢佩戴香草。原来世界上不止有高山与深林，还有你与我相似。相识不如相似，相似更能相知。

想来那公子去采摘香草，耽搁了时间，才会迟到。可是他却不说这个原因。说了，就成了“因为你，我才迟到”。不说，是一种贴心。真正的相知，不是把你喜欢的给你，而是把你不喜欢的，留给我自己。

表独立兮山之上。

云容容兮而在下，杳冥冥兮羌昼晦。

东风飘兮神灵雨，留灵修兮憺忘归。

表，意思是“特”，特立是挺立，语义与独立不重复。挺立在山之上，写公子未至，山鬼独自等待。挺立写出等待的期盼，也写出山鬼对公子的相信。山很高，可以俯瞰云海，故言“云在下”，又以“容容”，状云烟浮动纷乱的样子，与山的坚定挺立形成反差。在这样的山上挺立，何等风华绝尘！

宋玉《对楚王问》：“翱翔乎杳冥之上。”杳冥，是极远处。山鬼身处高邈，由公子的位置来看，即使是白天，也晦暗不明。山顶在云海上，太阳直射，怎会昏暗？此句写公子迟到，山鬼等待，他们二人的遥远距离，故以晦形容。此中情绪，又让坚信中增添了波折，让人回味。羌，无实意。

东风飘与神灵雨，写东风飘然而起，则神灵应之而雨，是山鬼与公子的感应。这句结合“留灵修”来看，当是山鬼与公子相见。

憺怅之间——相思之心，再三而变

季节的炎凉，可以麻木相待，最凄惨是人心中的风雨。从下面的诗句开始，《山鬼》的气氛，变得悲愤而忧伤，这些诗句写出了山鬼心中的风雨，读来让人寝食难安：

留灵修兮憺忘归，岁既晏兮孰华予？

采三秀兮于山间，石磊磊兮葛蔓蔓。

怨公子兮怅忘归，君思我兮不得闲。

山中人兮芳杜若，饮石泉兮荫松柏。

君思我兮然疑作。

雷填填兮雨冥冥，猨啾啾兮狖夜鸣。

风飒飒兮木萧萧，思公子兮徒离忧。

山鬼心理线索，贯穿《山鬼》的叙事。山鬼的心理活动，至此写得淋漓尽致。

山鬼与公子一同，自然是快乐的。快乐得忘了归去。对于忘归，她前后的态度，截然不同。先是"憺忘归"，后是"怅忘归"。憺是安然的态度，怅是忧恨的态度。安然忘归，是因为二人世界，超然万物之上，仿佛两个人就是世界之巅。

分别之后的思念，有三次变化。前两次，从"君思我"来写"我思君"，最后一次才直接说"思公子"。第一次思念，会对对方抱有希望，第二次思念，则对对方产生怀疑，第三次思念，已无关对方，纯粹是自己在自己的单相思里煎熬。

第一次思念，抱有希望，会怎样？山鬼会自己为对方找借口，说公子"不得闲"，"君思我兮不得闲"，没闲工夫来见自己。如此谎言，只能自欺。之所以能够自欺，是因为自己还沉浸在之前的快乐里。

失望会怎样？会反思，会怀疑，这就有了第二次思念——"君思我兮然疑作"，然是信，疑是不信，信还是不信，来还是不来，让人忧虑。

这般折磨煎熬，直到第三次，"思公子兮徒离忧"，山鬼便已不去想公子怎么想自己，而是知道自己对公子的想念，都是没用的忧愁。

山鬼如此，世间所有相思的女子，莫不如此。

辗转的思虑，锻打着情丝，写进诗里，仿佛一丝可以染一片海。相思的世界，一根情丝的忧伤里，有三千大千的悲哀，一朵花开的孤独里，有亿万众生的凄苦。

在诗里，一根情丝，与一方世界，圆融无碍。《山鬼》写情之至，在于此。

山鬼是谁——千年公案，诗中自有答案

山鬼，是楚辞中的一份美好。山鬼的身份，引人好奇。山鬼是谁？是巫山神女，还是山魈夔龙？这些答案，都会砸碎山鬼的美好。山鬼身份的千年悬案，答案就在众人视而不见的诗句里。

无人关注《山鬼》诗中，景物的季节变化。东风飘兮神灵雨，东风是春天的风，因从东方来，故称东风。山鬼与公子所佩戴的香草，多是春季茂盛，便可知山鬼与公子的相遇与云雨，是在春季。

“岁既晏”，说一年将要过去。“岁既晏兮孰华予？”写出年岁晚暮，将要衰老，谁又能让我荣华呢。可见，山鬼的容颜，会随季节流变而色衰。草木随季节荣枯。山鬼应当为草木之精。

山鬼自述：“山中人兮芳杜若，饮石泉兮荫松柏。”山鬼说自己是杜若，喝山泉水，住在松柏树荫下。这或许是比喻，但《山鬼》全诗，本就虚实难分，山鬼本来也不属于现实世界。今人的比喻修辞，

未尝不是古人的真实叙事。

由此推断，山鬼定然不是夔或山魈那样的糙汉子精怪。夔是独脚龙，山魈是野猴子。能把这二位写成窈窕的山鬼，真是闭着眼睛写的。

巫山神女瑶姬，化作灵芝，若山鬼是瑶姬，为何自贬为杜若，而不自称灵芝？襄王有梦，而神女无意。神女瑶姬尚礼矜持，而山鬼妖冶多情，难道瑶姬人格分裂？灵芝的容颜不会受季节影响，若瑶姬是山鬼，怎会有"岁既晏兮孰华予"这句诗？

山鬼就是山鬼，山中草木成精，附会巫山神女，太扯了。

《山鬼》的文化背景，应该是"万物有灵"的原始宗教。当屈原对《山鬼》进行了再创作之后，万物有灵进一步发展为"万灵有情"。这才是《山鬼》背后的历史脉络。

以山鬼为巫山神女，就是将自己不甚了解的作品，附会于主流故事，这会让主流故事之外的文本，失去它们应有的历史地位。这种附会的方法，是历史的霸权主义。

山鬼不是神女，那么，山鬼与公子，不是人神之恋。在山鬼与公子的爱情里，没有恋爱的美好。

《山鬼》里的人神之恋，是让神灵具有了人的感情。山鬼没有原始宗教的万物有灵。山鬼体现的，是万物有情。山中的神灵，也有着人间的情感，于是，人的情感，也有着神灵的地位，这让情感本身，显得神圣。

人神之恋的本质，在于爱恋双方的现实苦痛，冲击着爱恋的神圣美好。

别样妖冶——山鬼独特的风韵窈窕

山鬼既有诗经雅致，又有楚地风情。她没有最美好的爱情，却有世间最美好的样子。

与公子相见之前，《山鬼》描写山鬼的诗句，用词与《诗经》高度契合，后面的叙事和心理描写，则没有《诗经》的影响。

《山鬼》和《诗经》中都有的意象：

1. 女萝：《诗·小雅·頍弁》："茑与女萝，施于松柏。"
2. 窈窕：《诗·周南·关雎》："窈窕淑女，君子好逑。"
3. 赤豹：《诗·大雅·韩奕》："献其貔皮，赤豹黄罴。"

除上面三处用语相同，"含睇"与《诗经》写"美目盼兮"一样，"宜笑"是楚辞有、诗经没有。诗经的窈窕，是静娴，山鬼的窈窕，是妖冶。

有观点破天荒地以为，山鬼是原始部落的女性首领，认为山鬼身上有着野性美。有了诗经的雅致，山鬼的美，不是野性。由诗经读到楚辞，就会知道，山鬼自有典雅静娴与妖冶风情相结合的美好。

山鬼的窈窕，是战国乱世里的美好。

在乱世求生，是所有人面对的现实。现实面前，人的美好与情的美好，都显得微不足道。越是乱世，人心越向往美好。向往让美好飞离现实。美好的山鬼，活在一个远离现实的世界里。山鬼有着诗经的雅致，也有楚地的风情，这是现实与美好冲突的结果。

愿美好一如既往，让爱的人，不只是爱过。

巫鬼淫祀——反思《山鬼》的文化背景

朱熹的《楚辞集注》论《山鬼》，说："此篇文义最为明白，而说者自汩之。"朱熹认为屈原借《山鬼》抒怀："子慕予之善窈窕者，言怀王之始珍己也"。《九歌》是屈原对民间祀辞的再创作，屈原自己的情思，只是《山鬼》文义的一部分，朱熹以屈原的情思断《山鬼》的文义，是以偏概全。

写香草美人，是楚辞的传统。美人却不必非文人不可，香草也不是一定比喻品德。屈原未必想做山鬼。《山鬼》的香草美人，是人生最初的美好，这份美好，是世人心中回不去的最初。写人生的美好与世间的苦难，才是《山鬼》。

楚地固然巫术宗教之风盛行。但是，巫术与宗教从来都不是世人生活的全部。人们依然会在相爱的时候动情，死亡的时候安息，并不因宗教而如此生活。巫术仅仅是楚地风俗施加于《山鬼》的影响。

楚地风俗，尚"巫鬼"与"淫祀"，与中原迥异。

淫祀是不合礼法的过度祭祀祈福，所祭祀的神灵，不是祖先与天地，而是精怪，巫师的仪式多为歌舞，投精怪所好，以求精怪感应。屈原被流放，正因见民间祭祀的歌辞粗鄙，才作《九歌》。

巫鬼与淫祀，是重黎“绝地天通”之前的原始宗教，“绝地天通”是原始宗教的转型。

楚王先祖的文化政策，不强行干涉楚地的原生态文化，因此楚地没有“绝地天通”。这才有屈原的《九歌》，以民间祭祀歌辞为基础，进行再创作，以诗施行教化，移风易俗。

有人认为，《山鬼》是祀辞，写山鬼的事，是为了帮巫师召唤山鬼。山鬼究竟能为巫师带来什么好处？《山鬼》里没有答案。山鬼除了美好与深情，对于世人，也许再无利可图。山鬼会因为有人吟唱她的伤心事，而任由吟唱者差遣吗？这样吟唱，带着要挟的意味，破坏了《山鬼》本来的美好与深情。以巫术祭祀读《山鬼》，是毁《山鬼》。

诗中的山鬼，有着世间凡人的情感，凡人的情感让山鬼走下祭坛，活在尘世。

《山鬼》以诗，促成原始宗教转型。《山鬼》用人的情感，把神灵带入人情，让神灵的美好，遭遇世间的苦难。诗因有情，可以惊天地、泣鬼神。

08

魂魄犹在

——以《国殇》告慰不死的国魂

灵魂升华——战争洗礼的不朽精神

对于生死，最深沉的反思，莫过于战争与灵魂。

人，本没有灵魂，有灵魂的人，必是人间苦行僧。没有灵魂的文化，难以流传。文化经过战争的洗礼，灵魂才完整。

灵魂升华为不朽的民族精神，必需战争与诗。楚辞的《九歌》中，有一篇《国殇》，是最早记述灵魂升华的诗。《国殇》传为屈原所作，屈原是楚怀王时期的人。《史记·项羽本纪》里记载，楚怀王客死于秦时，楚国的南公说过："楚虽三户，亡秦必楚"。历史果然应验。楚国的军魂，不朽。

诗如何让灵魂升华，让精神不朽？且慢慢读《国殇》：

操吴戈兮被犀甲，车错毂兮短兵接。
旌蔽日兮敌若云，矢交坠兮士争先。
凌余阵兮躐余行，左骖殪兮右刃伤。
霾两轮兮絷四马，援玉枹兮击鸣鼓。
天时怼兮威灵怒，严杀尽兮弃原野。
出不入兮往不反，平原忽兮路超远。
带长剑兮挟秦弓，首身离兮心不惩。
诚既勇兮又以武，终刚强兮不可凌。
身既死兮神以灵，魂魄毅兮为鬼雄！

国殇，指为国捐躯的人。我们把这首诗，分做三部分来读，这三部分分别是：战争开始、楚军奋战、魂魄不朽。

交战开始——从先秦战争文化读《国殇》

操吴戈兮被犀甲，车错毂兮短兵接。

旌蔽日兮敌若云，矢交坠兮士争先。

这四句诗，写交战场面。如果不了解古代战争，就读不明白《国殇》。让我们从古代战争文化，来慢慢读《国殇》。

操吴戈兮被犀甲，吴戈是什么？

东汉王逸的《楚辞章句》，保留了两个说法。一个是戈，诗句以吴地产的戈，泛指锋利的兵器。一个是楯，即木制盾牌，吴戈是“吾科”。戈是平头戟，是进攻兵器。吾科是盾，是防御兵器。朱熹的《楚辞集注》取“吾科”之义。我们也认为是吾科。

吴国兵器，以剑与刀闻名，而不是戈，弯刀称“吴钩”。楚国盛产铁，以铁制戈，较青铜戈更加坚固锋利，断不必用吴国的戈。《越绝书》记载，吴越之地的铸剑大师，欧冶子与干将，曾应楚王之邀，至楚国铸剑。楚国兵器铸造技术不亚于吴国。犀甲，是犀牛皮制作的铠甲。楚地多犀牛，故以犀甲写楚军的甲。依此推断，**吴戈应为盾牌吾科，而不是平头戟吴戈**。

操吴戈兮被犀甲，写装备精良。为何要写装备精良？

装备与战争胜利有关，装备精良，让人坚信战争必胜，故而军心稳定；军心稳定，则必胜。《司马法·严位》列举了战争致胜的客观条件：“兵不告利，甲不告坚，车不告固，马不告良，众不自多，未获道。”甲胄坚固，让士兵更有安全感，是战争取胜之道。

因此，**操吴戈兮被犀甲，写军队装备精良，更写军心稳定。**

短兵相接——敌军的强横与战局的紧张

“车错毂兮短兵接”，说明战争已经开始。

毂，音 gǔ，指车轮中心，有洞可以插轴的部分。兵车之毂，会向外伸出，比大车更长，故曰“畅毂”，畅与长，通假。《诗经·秦风·小戎》说：“文茵畅毂”，可见秦国兵车的毂是畅毂。错，意为交叉。畅毂相错，说明两辆兵车，挨在一起。本国兵车不可能相错，否则行动受阻。

兵车挨这么近的距离，戈戟一类长兵，施展不开，于是用刀剑相互击杀。对此，朱熹注释“车错毂兮短兵接”，引用兵书《司马法》的内容做说明：“弓矢围，殳、矛守，戈、戟助，长以卫短，短以救长。”

车错毂兮短兵接，写战争进行到近身搏杀的阶段。

“旌蔽日兮敌若云，矢交坠兮士争先”，写军队不断投入战争。

旌蔽日兮敌若云，旌，音 jīng，是古代用牦牛尾与羽毛装饰的军旗。

先秦兵书《孙子兵法·军争》认为，战争是军队的集体行动，集体行动的有效指挥，需要旌旗发出指令。战争中听不见说话，看不见将领，所以需要旌旗在战场上传递信号。

《孙子兵法·军争》曰："言不相闻，故为金鼓；视不相见，故为旌旗。夫金鼓旌旗者，所以一人之耳目也。人既专一，则勇者不得独进，怯者不得独退，此用众之法也。故夜战多火鼓，昼战多旌旗，所以变人之耳目也。"

先秦兵书《尉缭子·勒卒令》，讲述了旌旗与金鼓，在指令上的配合关系，旌旗号令的具体含义如下：

> 金、鼓、铃、旗四者各有法。鼓之则进，重鼓则击。金之则止，重金则退。铃，传令也。旗麾之左则左，麾之右则右，奇兵则反是。

旌旗蔽日，说明旌旗不断摇动，发出军阵变动的指令，由旌旗蔽日，可见战斗激烈。战场上，战士仰视，只观旌旗，以知军令。旌旗动，自然遮蔽太阳。敌军如云，写敌军众多，战阵密集，队列变幻，风云诡谲。

一句"旌蔽日兮敌若云"，不仅用比喻，形容敌军人数众多，更用动态描写，写出敌军的声势。蔽日与若云，写出了敌军的士气与威势。

敌军厉害，楚军如何？

矢交坠兮士争先，写楚军不畏强敌，争先冲锋杀敌。

箭的轨迹是抛物线，在己方从下朝上发射，在敌方从上朝下落下，所以诗句用"坠"，形容箭矢的坠落。矢交坠，可见敌方箭矢不停地射向楚军。这时，军队只有选择冲杀进敌军队伍，否则等敌军兵车冲进军阵，楚军就会溃不成军，一败涂地。

矢交坠之下的士争先，是去争一线生机。没有退路，唯有奋勇争先，才能活下去。

《国殇》起始四句诗，写战争初始。这是一场楚军准备充分，装备精良，军心稳定，士气高昂的战争，同时也是敌军异常强横的战争。接下来的六句诗，写战争的伤亡与结局。

楚军奋战——战士的勇猛与战况的惨烈

凌余阵兮躐余行，左骖殪兮右刃伤。

霾两轮兮絷四马，援玉枹兮击鸣鼓。

天时怼兮威灵怒，严杀尽兮弃原野。

“凌余阵兮躐余行”，敌军冲乱我军阵型，兵车战马践踏我军士兵。“左骖殪兮右刃伤”，我军拉兵车的战马，有死有伤，兵车战力衰减。“霾两轮兮絷四马”，兵车的轮子陷进地里，拉车的四匹马，被绊马索绊倒。

冷兵器时代，兵车带动的军阵，不再是人群的队列，而是吃人的野兽，绞肉的机器。阵型一旦冲破，兵车一旦破坏，队列就会冲散，士兵就会溃不成军，结果几乎是任由敌人宰割。

只是，战阵之前，还有退路吗？**后退必死，冲杀，尚可搏一线生机**。

于是，鼓声不断。“援玉枹兮击鸣鼓”，让那些浴血奋战的将士听到，我们在战斗，我们在坚持，我们会活着。在鼓声中杀戮，在鼓声中奋进，在鼓声中死亡，来不及绝望。

战鼓声送走了最后一位战士。三军同心，同来同往。若不能回，一同赴死。军队战败，将士尽丧。血成河，尸成山，弃荒野，无人收，忠魂岂不成孤魂野鬼！

上天此时，再无好生之德。旌旗蔽日，天又在哪里？战争之灵，宣泄着他的怒火，战火烧过每一寸骨骸。这就是“天时怼兮威灵怒，严杀尽兮弃原野”。

尸横遍野的战争，求天神庇佑，只是徒劳无功，唯有将士的军魂，护持着民族的生存。

精神之战——战局结束之后

死去的将士，都归于虚无吗？

祭奠逝者，召唤亡灵，便仿佛，逝者永生。

战争，并没有以死为终结。国殇之祭，何尝不是另一场战争？一场军心与危机的战争，一场从战争之神的虚无处唤回亡灵的战争。死，不是虚无，是另一种方式的生。《国殇》，连接着死与生，如此，死生方有意义。

《国殇》描写战争的开始，与楚军的奋战，形成强烈反差。

战争开始，写楚军准备，十分充分，让人信心满满。可是，真正打起来，这些准备，并没有帮助楚军取胜。

在这种强烈反差中，楚军战士奋勇争先，冲锋杀敌的精神，没有丝毫影响，依然那么积极高亢。

战争开始，《国殇》让战士的心理，跟着武器和环境联系起来。写到楚军奋战，这种联系断裂开来，《国殇》让战士的意志，独立起来，不受环境影响。战上的精神，突出显现，为最后一部分的魂魄不朽，做出了铺垫。

魂魄不死——魂魄毅兮为鬼雄

《国殇》里究竟有什么样的灵魂观念？《国殇》从阵亡将士的角度，写出下面的诗句：

出不入兮往不反，平原忽兮路超远。

带长剑兮挟秦弓，首身离兮心不惩。

诚既勇兮又以武，终刚强兮不可凌。

身既死兮神以灵，魂魄毅兮为鬼雄！

出不入兮往不反，离家而不能归，一去而不能返。将士的亡魂，在荒野上游荡，风中的血腥里犹闻战鼓声声，这是死亡与永别的悲痛。带长剑兮挟秦弓，亡魂拾起地上的长剑与弓，那长剑和弓，都是秦国敌军的兵器，那是你们的战利品。

将士身死，而心未死。首虽离兮心不惩，敌人能砍下将士的头颅，却斩不断亡魂的意志。将士强大的意志，刚毅的品质，就算身死，精神也会活着，感应到家乡的召唤！

身既死兮神以灵，魂魄毅兮为鬼雄！**魂魄会因刚毅而长存，刚毅会在灵魂中延续**。楚国将士，即使死去，也是鬼中英雄！

“诚既勇兮又以武，终刚强兮不可凌”，写战士生前的精神品质。“身既死兮神以灵，魂魄毅兮为鬼雄”，写这种品质在战士死后的延续。

借诗招魂——诗照亮死亡的深渊

在古代文化中，魂魄的思想基础，是鬼。“众生必死，死必归土，人死为鬼。”死去的人，仍然会活在活着的人的记忆里，成为祭祀的对象，这就是鬼。**死是生的另一种延续，鬼是生命的另一种形态**。

在鬼的观念上，发展出魂魄的观念。

战国时期的观点认为，**魂是阳气，让躯体可以运动呼吸，魄是阴气，是用于构成肉身的质料**。魂魄是天地之间固有的气和质，形成人的个体生命。人死后，魂复归阳气，升于天，魄随人入土，还于地。

《国殇》不仅相信，人死后，魂魄犹在，也相信，魂魄会延续着生前的精神。这就是“身既死兮神以灵，魂魄毅兮为鬼雄！”

士兵的勇武精神，是一个国家的军魂所在，也是对生死意义最透彻的反思。

战国中后期，楚地墓葬，有《人物御龙图》。楚地贵族以为，人死以后，灵魂不死，可以乘龙升天。

若真有天上的仙宫神殿，可以让权贵们死后御龙而上，去延续活着时的享乐，那么，权贵们活着的时候，又和死了有什么分别？

灵魂不朽，不是混淆死活。

《国殇》里的灵魂观念，显然与《人物御龙图》的灵魂观念不同。

在《国殇》里，永存的不是魂魄，而是人活着时候，所磨砺和坚持的精神。“楚虽三户，亡秦必楚”，何尝不是这种精神的延续？精神的真实存在，正是《国殇》所要传达的思想。

历史是记忆，也有遗忘。被遗忘，才是真正的死亡。死去的无名战士，《国殇》让他们不被遗忘。因为《国殇》，他们的精神与活着的人同在，他们在文化中永生。记忆是历史的本质，而永生是记忆的意义，唯有如此，历史才有生命，生命才有血肉。

被遗忘的死亡，都是虚无的深渊。**诗是照亮深渊的灯。**

军魂不朽，然而楚国终究灭亡。

楚国的军魂，活在谁的历史记忆里？如今的《国殇》，沦落为语言的艺术品。曾经楚国破，楚国贵族依然是贵族。那些热血男儿，为这样的贵族葬身沙场，值得吗？他们只是为自己的国家战死。贵族与国家，在现实里如何分别？将士的精神，在现实里悲苦。

楚国灭亡，终究是历史的事情。**诗人是历史中的人，但是，诗超越历史。**

诗非艺术——诗让精神成为实在

诗人用诗，寻找着真实。

中国古代诗论，很难和艺术或是唯美纠缠暧昧。如果要说“语言的艺术”，《鬼谷子》反而当之无愧。何其讽刺！

《鬼谷子》第一篇“捭阖”，是说话要正中下怀。第二篇“反应”，是听话要听话外之意。第三篇“内揵”，是说话要符合自己的身份地位。这三篇，言简意赅，深入浅出，真是“语言艺术”之集大成。纵横家的说客惯用这些套路。但这样的“语言艺术”，最为文人所不齿。

纵横家的张仪，便是使用语言艺术的“艺术家”。屈原与张仪，不是一路人。

刘向《新序》里记载了张仪坑害楚国和屈原的事：

> 屈原为楚东使于齐，以结强党。秦国患之，使张仪之楚，货楚贵臣上官大夫靳尚之属、上及令尹子兰，司马子椒；内赂夫人郑袖，共谮屈原。屈原遂放于外，乃作《离骚》。张仪因使楚绝齐，许谢地六百里，怀王信左右之奸谋，听张仪之邪说，遂绝强齐之大辅。楚既绝齐，而秦欺以六里。怀王大怒，举兵伐秦，大战者数，秦兵大败楚师，斩首数万级。

屈原出使齐国，要促成齐楚结盟，共同抗秦。秦国忌惮，派纵横家张仪，来到楚国。张仪贿赂屈原的政敌，利用他们的私心，拉拢为秦国所用，张仪用的是《鬼谷子》的捭阖。张仪又用语言的艺术，颠倒是非，诈使楚怀王与齐国绝交。屈原最终被张仪阴谋陷害。

上面记载提及的楚军大败，是《国殇》的历史背景。

屈原的《国殇》，不是语言的艺术，而是精神的实在。对诗最狠的亵渎，莫过于语言的艺术。

《国殇》召唤着战争中的军魂，《国殇》让军魂凝结成不朽的民族精神。《国殇》打开另一个世界的大门，让我们看到精神的永恒与灵魂的不朽。

所以，诗，不是语言的艺术，而是精神的重塑。

09

清浊真假

——《渔父》和屈原的绝命辞《怀沙》

怀沙之赋——屈原的绝命辞与死因

初夏，薰风中，草木生长的气息，掩饰了落花的香意。林木葱茏，风过时，如波涛涌动。

屈原孑然一身，向南行。

季节在变，终变不过春夏秋冬。如果有一天，春天不再到来，花还会如期开放吗？若不雕琢，谁又能识别工匠的巧技？方形的木头可以切成圆形，可是人毕竟不是木头，把心削成圆形，装进世俗的模具，那还是心吗？

屈原可以改变自己，但永远变不成小人的模样。

漫漫长路，将会有更多阻碍。世间有路，心中有道。世间无人相知，心中的道，又该如何坚持？泥沙中的美玉，纵然无人知晓，依然是美玉。殊不知泥沙会慢慢浸入玉里，增添瑕疵！竹笼里的凤凰，虽然还是凤凰，可是不能飞翔，还有什么意义？

这是屈原心中的冲突，被写进《怀沙》。《史记·屈原列传》记载，屈原与渔父对话之后，乃作《怀沙》之赋，然后抱着石头，投汨罗江而死。《史记》全文记录了《怀沙》：

滔滔孟夏兮，草木莽莽。伤怀永哀兮，汩徂南土。
眴兮杳杳，孔静幽默。郁结纡轸兮，离愍而长鞠。
抚情效志兮，冤屈而自抑。刓方以为圜兮，常度未替。

易初本迪兮，君子所鄙。章画志墨兮，前图未改。

内厚质正兮，大人所晟。巧倕不斲兮，孰察其揆正？

玄文处幽兮，蒙瞍谓之不章。离娄微睇兮，瞽谓之不明。

变白以为黑兮，倒上以为下。凤皇在笯兮，鸡鹜翔舞。

同糅玉石兮，一概而相量。夫惟党人鄙固兮，羌不知余之所臧。

任重载盛兮，陷滞而不济。怀瑾握瑜兮，穷不知所示。

邑犬群吠兮，吠所怪也。非俊疑杰兮，固庸态也。

文质疏内兮，众不知余之异采。材朴委积兮，莫知余之所有。

重仁袭义兮，谨厚以为丰。重华不可逻兮，孰知余之从容！

古固有不并兮，岂知其何故！汤禹久远兮，邈而不可慕。

惩连改忿兮，抑心而自强。离闵而不迁兮，愿志之有像。

进路北次兮，日昧昧其将暮。舒忧娱哀兮，限之以大故。

乱曰：

浩浩沅湘，分流汩兮。脩路幽蔽，道远忽兮。

曾唫恒悲兮，永慨叹兮。世既莫吾知兮，人心不可谓兮。

怀质抱青，独无匹兮。伯乐既没，骥焉程兮。

民生禀命，各有所错兮。定心广志，余何畏惧兮！

曾伤爰哀，永叹喟兮。世溷浊莫吾知，人心不可谓兮。

知死不可让，愿勿爱兮。明告君子，吾将以为类兮。

读《史记·屈原列传》，便知《渔父》与《怀沙》之间，有着密不可分的联系，也感到司马迁的意思是在说，如果渔父劝住了屈原，屈原或许不会投汨罗江而死，又或者，渔父对屈原的不理解，是压倒屈原的最后一根稻草。真是这样吗?

让我们先读《怀沙》，再读《渔父》。

绝望心死——融汇《诗经》六义的《怀沙》

《怀沙》一诗，有两个特点。其一，融诗经六义，即赋比兴与风雅颂，于一炉而臻化境。其二，引入四言诗句式结构，突破楚辞其他篇章的句式结构，让诗句的表现力有了质的飞跃。

第一句“滔滔孟夏兮，草木莽莽”，写盛夏草木蓬勃茂盛，作为起兴。“滔滔”与“莽莽”，本来形容动态，草木静物，用滔滔和莽莽，写得气势恢宏。

“眴兮杳杳，孔静幽默”，看着阴暗，听着寂寞，使势的动与情的静形成反差。这种反差，由实入虚，这个过程，伴随叙述“汩徂南土”之事，与抒发“离愍而长鞠”之情，将虚实与动静，融入叙事与抒情的“赋”中。

为何心忧?清浊不容，清浊不辨。故以方与圆，瞽与明，黑与白、凤凰与鸡鸭、美玉与泥沙做“比”，重章叠唱，回环往复，让人读来，如陷泥沼、欲挣扎脱身、又不得一根稻草借力，竟越挣扎而越陷越深，抑郁之至。

浊世无道，清者艰辛。在这一番铺陈与排比中，有民风与世风令人唏嘘愤恨，有意志与抑郁让人嗟呀痛心，从中可以看出“上化下”之“风”，也可以看出“下谏上”之“讽”。至“邑犬群吠兮，吠所怪也”，不就是直接骂乡狗的痛快，如同骂硕鼠一般，非“风”无以致此激烈鲜明。

“汤禹久远兮，邈而不可慕”，辞颂中有哀，“脩路幽蔽，道远忽兮”，文雅而不伤。但将这颂与雅，放于风和讽中，又是何等绝望，何等清高！“世溷浊莫吾知，人心不可谓兮”，无人听懂，无人倾诉，《怀沙》是屈原写给自己的诗，是屈原写给天地的诗，**屈原心死，乃赋《怀沙》**。“知死不可让”，原来屈原身死，本是心死。

一个礼崩乐坏得彻底的时代——战国末期。混沌失序，像病毒感染了一切，包括人心与文化，诗经六义，都失去了原本的秩序。《怀沙》是《诗经》的失序，以此方可以写清楚末世死亡中的混沌。**《怀沙》重构着《诗经》的艺术世界。**

在绝望的时代里心死，就是《怀沙》。

情之至极——屈原的楚辞是孕育七言诗的土壤

再说“滔滔孟夏兮，草木莽莽。伤怀永哀兮，汩徂南土”，去掉“兮”，与《诗经》四言诗句无异：“滔滔孟夏，草木莽莽。伤怀永哀，汩徂南土。”

《诗经》不仅是儒家经学的一部分，也是诸子百家喜好引用的经典。《怀沙》融入诗经的句式，是文人创作楚辞的必然结果。

《怀沙》的诗句，可以两句连在一起，作为一句七言诗。例如“浩浩沅湘，分流汩兮。脩路幽蔽，道远忽兮”，可做“浩浩沅湘分流汩，修路幽蔽道远忽”。

诗经的句式，融合楚辞的表达，是孕育七言诗的土壤。

中国古代诗歌的历史，诗句的字数，由少到多的发展，是一个规律。但不是七个字凑成一句诗，就可以说是一句七言诗。七言诗的诗句，内部有着情感思想或事件意象的起伏转折，因而七言诗句对情感的表达更为准确和含蓄，所表达的情感更为丰富和突出。

《怀沙》的诗句，两句连在一起，符合七言诗句的特征。

明心见性——《怀沙》的诗歌史地位

《诗》的来源，有三个说法，分别是：乐官采诗，诸侯献诗，孔子删诗。不论哪种来源，编辑《诗》的人，都会考虑《诗》的接受者对《诗》的认知。编辑者会采用冷静旁观的态度，使《诗》的情绪，保持“哀而不伤”的克制。

《诗》的来源，就文献学而论，孔子删诗不可信，从文化学来说，孔子删诗实可取。文献无法证明，如丧家之犬的孔子，确实删诗。但是，**在古代文化中诠释《诗》，则《诗》必然符合圣学，所以圣人孔子，一定删诗**。作为历史人物的孔子，与作为文化符号的孔子，是两个不同的概念。**《诗》因为圣学的语境，有了规定性的诠释。**

《楚辞》不同于《诗》。

屈原作楚辞，是文人诗歌的诞生，也是个体精神在文化中的觉醒。**人的个体精神的觉醒，在屈原的楚辞，不在魏晋的风度。**

屈原之前的诗，为事而赋，屈原的诗，因己而作。屈原之前的诗，言情言志，为的是颂德刺弊，可见诗是工具，承担着社会职能。屈原的诗，情志事物浑然一体，赞美讽刺自然流露，把心中的情思，写到极致。

从屈原的诗中，能读出屈原所崇尚的心性。

心性论，是先秦子学中至关重要的部分。唯有明心性，方可以知“人”。

诗以明心见性，是《楚辞》引发的中国古代诗歌历史的新源头。

《怀沙》的艺术，在构建复杂的心理世界。抑郁悲愤的情绪，在诗歌的心理世界里放大、增强、密集、交织，形成一个让人难以逃离的“世界”，就像真实世界一般，让人无处遁形。

以往，并无任何诗歌，可以做到这一点，唯有传说中乐师琴师的演奏，能如此让人沉溺。

可以构建自己的世界，而这个世界，对于人的心理，竟与真实世界一般，这，正是诗歌的真正魅力。《怀沙》的心理世界，呈现出屈原所信奉的至真至清的德性。德性让诗的心理不落庸俗，让诗成为清物。

《怀沙》，意味着诗的完成。

沧浪之歌——被渔父误读的《孺子歌》

屈原的心死，是否与渔父有关？

江畔，渔父遇见屈原。渔父见屈原形容枯槁，便问他：“你不是权贵吗，怎么混成这样！”屈原的回答是：“举世皆浊我独清。”

渔父说：“圣人不会受外物的制约。如果你觉得水混浊，可以搅混水玩儿啊！”

不凝滞于物，是圣人所为，但是，淈其泥而扬其波，哪儿是圣人干的事？淈其泥而扬其波，这本身就是一种浊。搅混水的浊人，能算圣人吗？渔父的话，没道理。

于是屈原回应渔父：“安能以身之察察，受物之汶汶者乎？”清白之身，怎么能接纳混浊呢？是的，接纳混浊的清白，便不是清白。

一对比屈原与渔父的话，便知道渔父的学识没有通达，自己的话都说不圆。

然而说得圆的道理，未必真正有用。于是渔父唱起了歌，这首歌，叫《沧浪歌》，广为流传：

沧浪之水清兮，可以濯我缨；沧浪之水浊兮，可以濯我足。

渔父的意思，是想告诉屈原，大多数人，这么多年，都这么过了，你也可以。

但是，大多数人都是错的，难道这个错，就会变成对的？屈原无言以对。《渔父》全文，至《沧浪歌》结束。

《沧浪歌》，又叫《孺子歌》，比《渔父》更早的记载，在《孟子·离娄上》：

孟子曰：“不仁者可与言哉？安其危而利其菑，乐其所以亡者。不仁而可与言，则何亡国败家之有！有孺子歌曰：‘沧浪之水清兮，可以濯我缨；沧浪之水浊兮，可以濯我足。’孔子曰：‘小子听之：清斯濯缨；浊斯濯足矣。自取之也。’夫人必自侮，然后人侮之；家必自毁，而后人毁之；国必自伐，而后人伐之。《太甲》曰：‘天作孽，犹可违；自作孽，不可活。’此之谓也。”

这段话，意思很通俗，就是“物以类聚，人以群分”和“善有善报，恶有恶报”。是善人，别人也会善待他，是恶人，别人便不会善待他。所以，**不仁者不可与言仁**，不止不可以说仁，甚至和他说话都不必。

依照这个逻辑，去读《沧浪歌》。沧浪之水，清则濯缨，浊则洗脚。这是说同样的事物，用在一起，才匹配。这个道理，推及人事，人会有怎样的遭遇，全取决于自身。“自取之矣”，便是孔子对《沧浪歌》的诠释。**《沧浪歌》叫作《孺子歌》，是说“自取之矣”的道理，小孩子都知道。**

《渔父》中的渔父，唱《沧浪歌》给屈原，味道却变了。孔子说《沧浪歌》，说的是“水”，渔父说《沧浪歌》，说的是“吾”。

沧浪之水，混浊了，就用来洗脚。用脏水洗脚，不是越洗越脏？一滴墨，滴进清水里，清水就成了脏水，清水倒进脏水，脏水依然是脏水。这是从水看到的问题。

按渔父的说法，不管水清还是水浊，都有可以利用的方式。不管怎么利用水，利用者自己把自己放在所用物之上的地位，就不会为所用物的清浊所困扰。只要自己坚持自己的原则，不管外物如何，都不影响自己。

渔父的说法，表面上符合孔孟的“自取之矣”，实际上违背孔孟之道。

渔父没有读懂《沧浪歌》。也许不怪渔父。渔父时代的众人，也许都不如孺子明事理。

屈原之清——君子有所必不为

渔父，是中国古代重要的文化符号。渔父的形象，代表着隐士，诠释着道家保命全形的思想。

翻开历史，却发现，不是所有的渔父，都能找到世外桃源；不是所有的渔父，都垂钓着岁月静好。

《楚辞·渔父》里的渔父，只有隐士的行为，没有隐士的修养，只有俚俗的思想，没有超凡的志趣。《沧浪歌》在《渔父》的诠释里，流露着儒道思想庸俗化的气息。

屈原不和渔父浪费口舌，他的《怀沙》，就是对“清浊”问题的回应。

《怀沙》中有两句诗：“邑犬群吠兮，吠所怪也。”

乡里的中华田园犬，见到陌生人，就会一同乱叫。毕竟狗子们会觉得陌生人是怪物。嗯，屈原一个贵族高官，混得形容枯槁，不就是一个“怪物”吗？难怪渔父看见屈原，会说：“子非三闾大夫欤？何故至于斯？”此话真真地专戳人痛处！

见到怪人屈原时的渔父，不就像一条邑犬么！

飞上天的鸡鸭，掩埋玉的泥沙，何尝不把自己当正常人，把凤凰与美玉当怪物？

算计屈原的，是张仪。陷害屈原的，是屈原的政敌。让屈原遭受忧愁的，是楚王。**逼死屈原的，是渔父代表的乌合之众！**从张仪到楚王，都是乌合之众的成员。

屈原是爱国诗人吗？不是。屈原忠君。忠君不等于爱国。这一群乌合之众组成的国家，值得屈原爱吗？爱一个逼死自己的东西，是何等自虐的爽点！这个乌合之众的国家，带给屈原的，是无尽的痛苦。屈原自始至终，爱着自己心中的王道乐土。乌合之众永远不觉得自己悲哀，因为他们只看得到泥沙与混浊。心中王道乐土的清澈，对自杀的屈原，究竟是不是悲哀？

记述纵横家风采的《战国策》，记载了屈原的政敌之一，楚怀王宠妃郑袖的一件“趣事”。

魏王送给楚王一个美人，楚王贼喜欢了。郑袖不爽了，却对那美人忒好，整成了真真儿的一对姐妹花。有多好？好得连楚王都老怀甚慰地赞美：“今郑袖知寡人之说新人也，其爱之甚于寡人，此孝子之所以事亲，忠臣之所以事君也！”

郑袖完成了计划的第一步。第二步开始了。郑袖对美人说：老妹儿啊，楚王觉着你漂亮，但是觉着你鼻子难看，你见着楚王一定要遮着鼻子呀。美人说：好呀好呀。楚王纳闷儿了，问郑袖：“夫新人见寡人，则揜其鼻，何也？”

郑袖对楚王当然要说实话：“其似恶闻君王之臭也。”可能楚王的痛点还真的是体臭。于是，王曰：“悍哉！”然后命人劓了美人的鼻子。

听渔父的意思，是要屈原和政敌和谐共生，做“朋友”吧。美人和郑袖做了姐妹花，虽然活着，但失去了挺起的鼻子。屈原和郑袖那样的人做“朋友”，如果活着，又会失去身上的什么？渔父是敢于割肉饲虎的聪明人，我们还真是失敬了。

渔父只知道双赢，却不知“道不同不相为谋”。政治如博弈，但终究不是下棋。下棋输了可以再来一局，政治斗争死了就没人可以复活。渔父是得道高人——得取死之道。

历史只会记录屈原选择了死，诗会记住屈原选择了清。

我们很难说，一个人的死亡，可以改变历史。但是，屈原的死亡，确实改变了他所厌恶的浊世。那龙舟与粽子，是一种怀念，也是浊世中讨生活的人们，对清澈的记忆。

人们并不是不分清浊，只是难于在浊中自清。知道清，却做不到清，这与不知道清，有何区别？

季节流变，草木枯荣。世界不会给人花开遍野。除非有人撒满鲜花的种子，静待春风来。

至精至诚——《庄子》的《渔父》和《楚辞》的《渔父》

《庄子》的《渔父》，和《楚辞》的《渔父》，文本没有交集，不能相互诠释。《庄子·渔父》里的渔父，是道家人物，《楚辞·渔父》里的渔父，只是市井小民。

然而，两篇文章中的渔父形象，却总被混淆在一起。世人大多主观地以为，渔父都是道家人物，孔子与屈原是儒家士人。

屈原与孔子不同，则楚辞与庄子中的渔父，必然不同。

《庄子》里的渔父，批评孔子："今子既上无君侯有司之势而下无大臣职事之官，而擅饰礼乐，选人伦，以化齐民，不泰多事乎！"

渔父的话，大意是说：孔子没有官职权力，却私自推行礼乐，违背“不在其位不谋其政”。

《楚辞·渔父》中的渔父，在劝告屈原的时候，忽略了屈原本身的王族贵族身份。和孔子不同，屈原即使没有官职，他的贵族血脉也会赋予他忧国忧君的义务。屈原没有处于儒生的位置上。

《庄子·渔父》中的渔父说：“真者，精诚之至也。不精不诚，不能动人。故强哭者虽悲不哀，强怒者虽严不威，强亲者虽笑不和。真悲无声而哀，真怒未发而威，真亲未笑而和。”

这段话，大意是说，人只有真诚，才能感动他人。礼是外在的虚伪行为，不足以真正打动人心。

屈原的《怀沙》，正是至精至诚的诗篇！屈原有真性情，所以诗歌真切动人。这正是《庄子》里的渔父所倡导的品性。**屈原与《庄子》里的渔父一致，有符合道家思想的修养**。

读《庄子·渔父》与《楚辞·渔父》，关键在于读屈原。

屈原与渔父的冲突，不是仕与隐、儒与道的冲突，而是道与俗、清与浊的冲突。

庄子的渔父与楚辞的渔父，有云泥之别。

或者，屈原遇到的渔父，也曾是先秦诸子中一号人物？果真如此，渔父那粗鄙庸俗的思想，是先秦子学的末路，而屈原的至真至清的诗辞，是子学精神的蝶变。

诸子之殇——《怀沙》是先秦子学时代的挽歌

《怀沙》，不只关于屈原。《怀沙》关于一段历史的终结、一个时代的挽歌。

我们可以有各种角度，去讲述一段历史。

春秋战国，可以是连天战火与尸横遍野，可以是苛政猛虎与假仁假义，可以是巧舌如簧与工艺精绝，也可以是泛舟五湖与激进改革。

其他时代，这些都可以有。

唯有先秦子学、百家争鸣的文化盛况，不复存在。

再没有一个王朝的思想文化，足够支撑它整段历史的分量，像百家争鸣那样。

秦国统一六国，百家争鸣结束。秦国用纵横家，将仁义礼法玩弄于诡辩欺诈中，用法家，将民生公利搜刮进国家机器里。文化的名不副实，心性的见利忘义，直接蛀空了百家争鸣的根基。当文化尚在追问王道、反思民心的时候，政治的巧智与权势，直接给出了独断。

如今看来，法家胜在数据管理。秦制注重官吏的数据管理，数据管理与政策行政结合，深入影响民众的生产生活。秦国的数据管理，在采集的有效性、分析的功利性和使用的即时性等方面，都具有优势。秦国的数据管理，与秦国的政治权力，合而为一，成为秦始皇中央集权的保障。秦制数据管理所体现的权力，我们称为“数据权”。

儒家、道家、墨家，虽然思想迥异，但都推崇先王之道，都以自己的思想为正道。法家韩非子认为，先王之道，文献不足，无从考证，王道正统之争没有意义，当下政治，应该遵循当下的规律。所以，法家以数据管理解决社会现实问题。儒家礼乐教化、道家无为而治、墨家兼爱天下，都是对以往文化的传播。

百家争鸣的结束，伴随着王道丧失与礼法崩坏。王道经历衰微的漫长过程，最终由秦制终结。王道沦丧的本质，是数据权的转移。

数据权的根基，是制度对乌合之众的有效支配。孔子的述而不作，老子的绝智弃辩，在法家的数据管理面前，都虚弱得不堪一击。

在秦国制度之下，楚辞里的渔父，依然可以生活得如鱼得水吗？百家争鸣的结束，何尝不是因为世间有太多渔父一样的乌合之众？浊世容不下屈原的清高，也容不下平庸的生活，而平庸容不下清高。若非如此，纵横家与法家，又怎会在人性中看到恶？

法家的胜出，王道的沦丧，诸子的尽头，有屈原的诗在呐喊。

《怀沙》，屹立在先秦百家争鸣时代的尽头。

在这个时代的尽头，诗再不是思想的表达方式，再不是情志的言说形式。世界的真实与死生的意义，在绝望与心死前，都显得大而空洞。

思想可以撬动一个时代，却无法掌控历史，思想甚至无法让自己真正圆满——这份文化的悲哀，由诗来吟唱。**诗因此成为文化中最后一方清净。**

《怀沙》完成的，是这一意义上的诗。

在被放逐的日子里，屈原忧心愁悴，彷徨山泽。一天，他走进楚国先王与公卿的宗庙，看到庙里图画中的天地山川与神灵圣贤。屈原细细观览，揣摩其中奥义，在休息时，将心中的疑惑与愤懑，一同书写于画下。这些疑惑与愤懑，被传诵成诗，是为《天问》。

王逸注释《天问》，于序言有论："何不言问天？天尊不可问，故曰天问。"

天者，统理万物。万物之上，问所不及，所能问者，唯万物之理。天问实为究理。

《天问》一来便是震撼人心的问题：

遂古之初，谁传道之？
上下未形，何由考之？
冥昭瞢暗，谁能极之？
冯翼惟象，何以识之？

远古之初，天地由未形而有形，有形以后，才有人，人又如何看到天地由未形到有形呢？未形之时，天地混沌，无所谓光明与黑暗的分别。在这样的空寂之境里，认识如何去辨别和判断呢？

《天问》不是质疑天，而是追问人类认知的极限，由此追问所知事物的道理。

理，就这样，在历史中第一次出现在诗里，如此气势磅礴而悲愤绝望。

《天问》意味着一个时代的终结。天变了。屈原看到的天，已不是先贤曾见的天。天变了，那么，世人口中言说的天，又是什么？只是，任何人都无力为一个时代画上句号。《怀沙》本是屈原写给自己的终章，他将自己的躯体葬于河沙，而将灵魂推向天道。历史会永远铭记屈原。而屈原的诗，会让人铭记屈原心中所铭刻的清与理。

《怀沙》送别了一个人。《怀沙》挽留着一个时代。

10 渡易水歌

——壮士一去不复还，一个时代结束了

渡易水歌——壮士的赴死之诗

战国末期，燕国之南，易水河畔。一群人，衣如缟素，为一个人摆酒送行。

那个人，是荆轲。

大秦铁骑，踏碎六国故土，金戈长剑，屠戮侠士无数。暴政的阴霾下，有誓死反抗的曙光。荆轲，曾是六国侠士心中的曙光。

当历史被市侩们翻作茶余饭后的谈资时，荆轲或许仅仅是伴随唾沫星子飞出的“刺客”二字。

但是，我们更愿意尊重荆轲的意愿，称他为壮士。

荆轲，是中国历史上第一个，握利刃刺向暴政的壮士。

他也是最后一个。

荆轲留下一个失败的结果，还有一首悲壮的诗——《易水歌》：

风萧萧兮易水寒，
壮士一去兮不复还。

《易水歌》，值得慢慢品。

寒风掠过耳边，萧萧作响的声息，听来都是世界的孤寂。春日繁花，葱茏盛夏，所有的色彩都被寒风吹去。

易水寒凄，临水而立，便觉得自己身边的温度，尽被流逝的河水抽离，带到异乡的风烟深处。

风萧萧兮易水寒，这是一个没有色彩的世界。视觉被屏蔽，唯有听觉，倾听着风寂寞萧索的声音，唯有触觉，感知着流水气息冰冷的寒意。

这是荆轲心里的世界。曾经的奢华，在燕国的命运与自己的生死之前，褪去了色彩。他的眼中，只有刺杀秦王的使命。

一个没有色彩的世界，一个将要赴死的人。

风过去，便无回，水逝去，便不返。一如荆轲此去，无论刺杀秦王功成与否，终难逃一死，不得复还。风和水的逝去，是不可违逆的规律，那必死的命运，竟也这般让人无力回天！纵然是壮士，又能奈何？

壮士刺秦，一去能改变无数人的命运，却唯独无法改变自己不复还的命运！

复，其见天地生物之心。

不复，便是断绝一切生机。

意蕴曲折——慷慨壮志里的细腻情思

试问，荆轲可曾摸了易水，否则怎知易水的温度是“寒”的？

河水流动，水汽蒸发，会带走河水附近的热量。风是空气的流动，空气流动会加快河水蒸发，带走更多热量。同样天气，河边温度，比岸上更低。严寒中的人，对热量的减少，更加敏感。

死，是再也没有温暖的冰冷。荆轲随着冬季冰冷。来年万物复苏，却不复再有荆轲。

这易水，逝而不返，风过愈寒。

好一句“易水寒”，虚实相生间，让易水一入忘川，凄寒更在身心，连起了一去不复还的咏叹。

若是不回，那便不回。

一去与复还，风萧与水寒，是很好的对仗。这两个对仗，都在句子中出现，是**“句中自对”**。《易水歌》两句，皆用句中对，**然而两句的意趣，却读来迥异**。

风萧对水寒，其意一致，一同渲染出凄寒的氛围；而一去对复还，用一“不”字作否定，便是意味的转折，让凄寒不局限于一去，更晕染于不复，如此推进一层；再有“壮士”二字，就觉得壮士之死，更为叹惋，如此更近一层。

《易水歌》用句中自对，搭建起意象与主体行为的共鸣关联，又用第一句回环渲染的意趣，和第二句转折跌宕的意趣，形成对照，让诗境翻出更丰富的层次。

由此读来，竟又觉**易水的逝去不还，与荆轲的一去不还，是两个意味**。

易水逝去不还，是现实世界的事实。不论看水的人感叹时光流逝也好，伤怀美人不再也罢，这些意义都属于看水的人，易水本身并不产生任何意义。虽然看水不仅是水，但水却不因看水而不是水。

荆轲一去不还，是意义世界的成就。一去不复还的，不是别人，是壮士。壮士有自己的使命与担当，他要以自己的不还，换六国的天下，以自己的不还，换天下的太平。所以不还，不是悲哀，而是成就。无论看与不看，水不过是水，但正因看或不看，人便不只是人。

未曾悲壮——找到死亡意义的荆轲

这里不禁要说一种对《易水歌》的误读——荆轲刺秦的悲壮情怀。

宋人张戒在《岁寒堂诗话》中说："此二语遂能写出天地愁惨之状，极壮士赴死如归之情。"明代李东阳的《麓堂诗话》说："其感激悲壮，语短而意益长。"

我们有这样一个疑惑：是否在死亡面前，人就一定要悲伤？

不一定。

失去亲友的人会悲伤，但**找到死亡的意义的人，不会为自己的死亡悲伤**。

例如，荆轲。

风萧萧兮易水寒，风中是送别的人，荆轲是听风的人。

那么，是否荆轲的《易水歌》，就有慷慨赴死的"壮"呢？

答案依然是否定的。让我们读一下荆轲刺秦王事件的历史始终，便知道，《易水歌》的悲壮，只是它的表面。

乞丐会表演自己的悲惨，但壮士不会标榜自己的悲壮。

一去不回，便视死如归，这不是悲壮，而是豁然。

荆轲其人——还荆轲一个公道

读历史人物，最让人噩梦的方法，莫过于贴标签。

世人贴给荆轲的一些标签，颇为羞辱荆轲。

有人读荆轲，便以为荆轲是刺客，刺客逞匹夫之勇，如此莽夫缺乏智谋。大抵智者眼中，荆轲刺秦王不值得。又或说荆轲没能杀死秦王，是荆轲剑术不好。如此便叫荆轲连刺客也做不得数，好狠。

不细究史书，以上言论，便都是妄断。

《史记·刺客列传》《战国策·燕策》是了解荆轲其人的历史文本。另有小说家的《燕丹子》，当作中国古代小说，翻一翻也无妨。这一次，在慢读诗之前，且先慢读史，走近真实的荆轲，再读进荆轲的《易水歌》。

荆轲，与其说是刺客，倒不如说是杂家。荆轲不仅喜欢击剑，还喜欢读书。可惜荆轲的剑术，不见得出众。

荆轲是卫国人，曾拿剑术理论，去卫元君那儿面试，没通过。

后来，荆轲找剑术大师盖聂论剑，盖聂认为他说的理论有毛病，便对荆轲怒目而视。荆轲聊不下去，居然自己走了。

盖聂怒目瞪人，是旧习惯，他没有鄙视荆轲的意思。盖聂让人去把荆轲叫回来，谁知荆轲已远去无踪。也许荆轲的剑术造诣，未入大师之流。

荆轲的开溜，不止一回。

有次，荆轲和邯郸的鲁句践博弈，发生了争执，鲁句践吼了荆轲，荆轲也不说什么，走了。

直到鲁句践知道了荆轲刺杀秦王失败的消息，才悔恨，当初不该那样吼荆轲。并且，鲁句践还对荆轲的剑术水平来了句神补刀：失败了太可惜了，都是因为他不讲究实战剑术。

开溜，难道是荆轲胆怯？这恰是荆轲可爱。遇人怒对，避其锋芒，不也是一种涵养？不然呢，大吵一架不成？**荆轲的躲避，反倒说明荆轲不是莽夫。**

书生荆轲——刺秦失败，纯属意外

再说荆轲的剑术，也许不足以成为大师，却未必不能够刺死秦王。荆轲剑术不足，和荆轲剑术不足以杀死秦王，是两个概念。

《史记·刺客列传》里，讲了另一个刺客，专诸，为吴公子光，即后来的吴王阖闾，刺杀吴王僚的事：专诸在事先，把匕首藏进鱼肚子里，在宴会上，吴王僚吃鱼前，专诸分鱼，突然抓起匕首，刺死面前的吴王僚。

荆轲刺杀成功的条件，不低于专诸。鱼擘而匕出，图穷而匕见，都是意外突然；吴王僚忧兵败于楚国之事，秦王政得割地燕国之喜，都是心境为情绪所扰；专诸呈鱼，不也近在吴王僚面前？荆轲展图，更是近在秦王政案上。

《史记》评荆轲说："其为人沉深好书；其所游诸侯，尽与其贤豪长者相结。”

可见荆轲在剑术上止步以后，更愿意自己是书生的样子，或者准确来说，是书生样子的社交达人。

但荆轲的挚友，却不是达官显贵，而是杀狗的屠夫和击筑的乐师。荆轲常与二人在市井中痛饮，一同高歌，抒发心中的不得志。

乐师高渐离，便是在易水畔送别荆轲击筑的人，荆轲和着他的筑声，唱出了《易水歌》。高渐离击筑，荆轲即兴创作歌谣，已演练过千百次。

《易水歌》，正是直抒胸臆的歌谣，歌唱者荆轲，有文有武。

在诗而言，直抒不是宣泄，否则直抒胸臆何必是诗？咆哮和嚎叫岂不更加直接？直抒也不是真实表达，否则诗将与口水话何异？莫不是泼妇骂街也可以算诗？

荆轲的人格，让直抒胸臆的诗，不显莽撞，亦无突兀，仿佛万般不如意，一首诗直抒而出，便可放下，境界豁然。直抒胸臆，是心中埋下千千万万的阻碍，却说出心中仍然美好的出路。

一去不复还，便是一条路，通向荆轲生命的意义。

狭隘私仇——荆轲的猪队友太子丹

在易水河畔，为荆轲送行的人里，有刺杀秦王的幕后主谋，燕国太子丹。

太子丹构思的刺秦一事，一开始就不被人看好。

不看好刺秦一事，共有三人：太子丹的老师鞠武，鞠武的朋友田光，田光的朋友荆轲。

这三人一致认为：对抗秦国，需要合纵，也就是联合六国，而不是找刺客弄死秦王。杀了秦王政，还有后来人。一个嬴政倒下了，千万个吕不韦站起来。刺杀秦王，于六国是扬汤止沸。

太子丹就是任性，不听。谁叫他是太子呢，太子身份，就是他任性的资本。

不听？给个理由啊。理由就是，太子丹在秦国做质子，他曾经共患难的小伙伴秦王嬴政，对他不好，他这口气一直顺不下去。

孩子，成人的世界，就是这么残酷。没有永远的小伙伴，只有永远的利益。

太子丹逼鞠武帮他想办法刺杀秦王，鞠武劝不动他，找来田光。

太子丹逼田光帮他刺杀秦王，田光劝不住他，且田光老了，便找来荆轲。

荆轲又说合纵之事，却不想太子丹卖起惨来，哭诉秦王对他不好，意思是，人家还是个宝宝啊。荆轲总不能指着太子的鼻子质问：六国的太平，和你一个人的怨恨，哪个更重？毕竟太子丹可以怼一句：你又不是哪国的太子，六国和你什么关系？

荆轲接不住，干脆不接。太子丹于是发狠招了，对荆轲各种好，好到变态的程度。小说《燕丹子》里写了这样两个事：

1. 太子丹和荆轲同吃同睡；好基友啊。

2. 荆轲说一个妹子手好看，太子丹就把那个妹子送给荆轲，荆轲说：我就只是觉得她手好看，于是太子丹把妹子的手砍下来给荆轲。

太子丹！那是别人的手好不好！你干吗不砍自己的！

这是太子丹第一次逼迫荆轲，荆轲就范。

三个月后，秦国大军压境，太子丹跟荆轲说，他也想这么好吃好喝供着荆轲，但如果秦国灭了燕国，本太子也不能啊！

荆轲只有答应刺杀秦王。不答应可不行，不然说得荆轲像吃白食的江湖骗子一样。

但荆轲也跟太子丹说，见秦王一面不容易，近身刺杀更难，你给我时间，让我琢磨琢磨。琢磨吧，得找秦王想要的东西，嗯，一个是秦国叛将樊於期的人头，一个是燕国的城池。

这是太子丹第二次逼迫荆轲，荆轲就范，但荆轲争取到了刺秦事件的主谋权。

或可复还——易水河畔的荆轲究竟在等谁

荆轲刺秦，并不是一场说走就走的旅行。他在等一个人。

太子丹却心生怀疑，疑荆轲变卦，不想去刺杀秦王，于是，又一次逼迫荆轲，说：你还想去不？要不我让秦舞阳先去。

荆轲大怒，呵斥太子丹：刺杀秦王哪儿那么简单？只管派个小子去就能完成任务了？我只是在等一个朋友，不是不去。既然你这么说，我这就动身。

这是太子丹第三次逼迫荆轲，荆轲就范，刺杀秦王该做的准备，没有完成。

荆轲究竟在等什么人?

也许是一个剑术高超得足以杀死秦王的人。

太子丹想让荆轲去刺杀秦王，荆轲想去，但不是刺杀秦王。荆轲清楚自己剑术不够好，而荆轲给自己的目标，是让秦国归还六国土地，如果不成，再杀秦王。

荆轲的目标，比直接杀死秦王，更能让六国的利益最大化。**燕丹为私愤，荆轲为天下。**

但是，荆轲给自己的任务，是一个不可能完成的任务。牲畜都不会坐以待毙，何况秦王一个大活人。嬴政很难坐着等荆轲把刀架在自己脖子上威胁自己。

士为知己者死。**试问太子丹，真的是荆轲的知己吗?**荆轲能为刺杀秦王，做足各种准备，以他的智力，岂会看不懂太子丹的不懂?

风萧萧兮易水寒。易水寒，寒的不是生死，而是人心。

壮士一去兮不复还。一去，不是为不知己者死，是为自己生命的意义而不还。

荆轲可悲——士为不知己者死

风萧萧兮易水寒，壮士一去兮不复还。

季节流变，曾经携着枣花香的和风，如今将枯黄翻卷，尽是萧瑟凄惨。风中草木，不由己地荣枯。所谓壮士，竟是以身死，换刹那荣华，极尽奢侈。人生如草木，不过如此。

他以为的知己，并不懂他的大志。

他是荆轲。

他也是战国时代千万个被豢养的义士。

义士的生态，在战国时期，形成了固定的模式。贵族对义士，待之以礼，这个礼往往隆重得过分，以此换义士舍生忘死地为其做事。

贵族若真的是义士的知己，自当爱惜义士的性命。贵族用物质享乐与虚名伪恭，去表达被曲解的礼义，在礼崩乐坏的时代，这样的礼义，是义士群体赖以生存的价值，也是他们的悲哀。

义在这样的文化语境里，衰变为一种价值交换：用生死换名利，以这般扭曲，诠释舍生取义。

义士的生态圈，有着激烈的竞争。斗勇击剑，智诈争锋，最终适者生存。好一片刀剑的丛林，义士是丛林里歌唱的金丝雀。朝不保夕的时代，他们无从获取更多的生存资源，便只好用自己的余生，去换取短暂的辉煌灿烂。

有的人穷得只剩下钱，有的人富有得挥霍余生。

《汉书·游侠传》记载：“周室既微，礼乐征伐自诸侯出。桓文之后，大夫世权，陪臣执命。陵夷至于战国，合纵连横，力政争强。繇是列国公子，魏有信陵，赵有平原，齐有孟尝，楚有春申，皆藉王公之势，竞为游侠，鸡鸣狗盗，无不宾礼。”

礼崩乐坏的历史，走进了德性灭绝的时代。“生之谓性”“生之谓德”“生生之谓易”。生——王道的最后一粒种子——被刨离了文化的土壤。

侠者以武犯禁。侠者以死换名。犯禁，不当。以死，不值。

荆轲的悲哀，却不在于他是义士，而在于他被迫成了义士。

他之所以迫不得已，不仅因为他给自己的个人定位不清，还因为他自己性格和意志的急迫。他究竟是读书人，还是剑客？荆轲如果真的不图名利，只求实现自己的志向，就算有太子丹的逼迫，又怎会入坑？

乱世义士，不是凡夫，更不是圣贤。随波逐流，随风摇摆，水波凄寒，寒风萧瑟，这何止悲戚，更是身不由己！**风萧萧兮易水寒，吟唱的，不是生离死别之悲，而是让人身不由己的时代里的义士群体的悲剧命运**——这，才是荆轲的真实遭遇和处境。

这首《易水歌》，让表面风光实则命运悲惨的义士，吟唱着自己的存在。义士永远是权贵手中的棋子。义士荆轲终跳不出棋局。

这首《易水歌》，也为战国的义士文化，唱响挽歌。

灭绝五蠹——侠士与秦国制度的水火不容

秦国用法家之术，将彻底破坏义士文化的生态。义士文化生态的顶端，是六国权贵。《韩非子》提供了一整套瓦解义士文化生态的方法。

《韩非子》第一篇《爱臣》认为，权臣权势压倒君主，是历代王朝灭亡的根本原因。于是，韩非给出的方案是："是故大臣之禄虽大，不得藉威城市；党与虽众，不得臣士卒。故人臣处国无私朝，居军无私交，其府库不得私贷于家。此明君之所以禁其邪。"这是禁止权贵拥有私人武装，打造自己在民间的个人品牌，更不许权贵利用手中的政治权力和行政资源进行寻租。用现代管理的话来说，就是让决策层明确高层管理层的职权范围，不让职务带来职位之外的权力。

《韩非子》第二篇《主道》认为，君主的个性不能被臣下利用，君主需要以静虚的位势，去使用自己的权力，主导臣下，于是，韩非的方案是："是故诚有功，则虽疏贱必赏；诚有过，则虽近爱必诛"，以实现"明君无为于上，群臣竦惧乎下"。用现代管理的话来说，就是用绩效管理，落实奖惩制度。

《韩非子》第三篇《有度》认为，只要用法律规范所有与利益相关的社会行为，就可以消除私利损害君主利益的现象。韩非给出的方案是："故当今之时，能去私曲就公法者，民安而国治；能去私行行公法者，则兵强而敌弱。"这是现代管理里面的制度管理。

韩非的措施，让权贵无财力和权力供养义士，义士不得不效力于国家机器。贵族用义士解决问题的法律成本增加了，再加上六国一灭，义士群体的生态，彻底瓦解。

义士侠客，是韩非眼中的社会寄生虫，要灭，而且要全部灭！

秦国的手段，就是在灭掉六国之后，再断绝义士的生态。

荆轲的一去不复还，是义士群体的一去不复还。

汉唐的游侠，已不再如六国游侠。

人变了，文化变了，诗也就变了。

读《乐府诗集·杂曲歌辞》里的《游侠篇》和《壮士篇》，尽无《易水歌》的真挚，倒多了名利的刺眼和脂粉的闷头。

例如，王筠的"侠客趋名利，剑气坐相矜"，再如王褒的"京城出名讴，豪侠竞交游"，又如高适的"邯郸城南游侠子，自矜生长邯郸里。千场纵博家仍富，几度报仇身不死"，更有张晋的"宁为觞鬼雄，义不入圜墙"。

历史的车轮无视螳臂。但挡车的螳螂不会无视自己的努力。螳臂改变不了车轮的方向，却能让车轮带上自己的印记，于是，我们讲到历史的车轮，就不得不说那挡车的螳螂。生命的意义，于义士而言，就是这样。

一去之义——化作历史原型的荆轲追问着生命的意义

《易水歌》的思想支柱，是一个群体对生命意义的追问。

荆轲成了义士侠客的文化符号。

这个符号，并没有特定的、明确的、可视的形象，它是一个组合：风萧＋水寒＋壮士不还。

不复还，是的，所有对生命意义的追求，最终都会改变最初的自己，那最初的自己，是回不去了。这样结构化的符号，正因没有形象的限制，才更能激发人们的思考。

荆轲，一个义士侠客的符号，在刺杀秦王的历史语境中不断被诠释出新的意义：或反抗暴政，或反抗独裁，或实现价值，或无可奈何，太多或者，让荆轲在历史记忆里活着。

每个人，在对生命意义产生执着时，都可以成为片刻的荆轲。

所以，荆轲这个符号，正因为他的结构化，才会随着不断地诠释，成为一种原型，融入人们的心里深处。我们且将这样的符号，称为原型符号。

于是，荆轲与《易水歌》，不再是简单的诗歌创作者与诗歌的关系，而是原型符号在历史语境中的生成过程。

荆轲与《易水歌》，讲述着朝不保夕的处境里，对生命意义的执着追求。在原型符号里，追求生命的意义，便是诗性。

《易水歌》于中国古代诗歌史而言，有一种特别的地位。

诗经与楚辞，都是专业文人的作品，但**《易水歌》，属于社会边缘群体**。诗经与楚辞，都在用自己的诗篇去挑动历史的负担，而《易水歌》则打开历史的大门，让诗意在历史的语境中获得了更加丰满的姿态。诗经与楚辞的忧患，让生死变得沉重，但《易水歌》，却把生死摆上表面让人直面，那份悲伤与豁达、无奈与偏执、凄惨与灿烂，反而让人读来心中五味杂陈。

从此再无《易水歌》。

风吹落枯黄树叶。落叶无所谓凋敝。不过是曾经枝头遥望的土地，终于可以亲身走一遍。

11 决绝之爱

——卓文君没写《白头吟》

一心不易——《白头吟》悲剧的因果

所有爱情，终不如初。万物变易，心亦如此。心意易异。

汉代的《白头吟》，最早唱出“愿得一心人，白头不相离”的爱情理想。《白头吟》是一出爱情理想破灭的悲剧，也是一个人坚守的一心不易。一心不易，最是不易。

也许，爱情里的一心一意，注定只是一个人的事，且读《白头吟》：

皑如山上雪，皎若云间月。
闻君有两意，故来相决绝。
今日斗酒会，明旦沟水头。
躞蹀御沟上，沟水东西流。
凄凄复凄凄，嫁娶不须啼。
愿得一心人，白头不相离。
竹竿何袅袅，鱼尾何簁簁。
男儿重意气，何用钱刀为。

《乐府解题》将这首诗分为三部分。

第一部分，从开头四句，至“故来相决绝”，“始言良人有两意，故来与之相决绝”，《白头吟》开篇说明诗的原因和背景。

第二部分，“次言别于沟水之上，叙其本情”，本情是“愿得一心人，白头不相离”，这是女主角心中的爱情理想。

第三部分，是最后四句，“终言男儿重意气，何用于钱刀”，女主角鄙视男方爱钱财，轻感情，不是好男人。

《白头吟》第一句，“皑如山上雪，皎若云间月”，以雪月的洁白皎洁，比喻爱情的纯洁。洁白是远离尘嚣的山巅白雪，皎洁是云彩难以遮蔽的天上明月。自身清洁，自然不被污染，事物如此，人心亦然。

既然有了二心，感情也就不在了。不在，就断了吧。相爱开始，变心收场，是一出悲剧。

各种诠释——历代不乏《白头吟》

一出诗歌悲剧的落墨，是无数人间悲剧的序幕。自汉代《白头吟》而来，历代不乏《白头吟》的佳作，写尽人间的不能同白首。变心可以千姿百态，一心却能从来如一。

鲍照《白头吟》说：“人情贱恩旧，世路逐衰兴。”世人早已习惯追逐名利，忘记旧恩。那喜新厌旧的人，不也是芸芸众生里一个凡夫俗子？

心因名利美色而变，竟是比秋来花落还容易。张籍《白头吟》便说：“春天百草秋始衰，弃我不待白头时。”

一声共白首，如何能一生同白头？这世间谁不在变？他故心易变，她旧貌易逝，唯变本身不变，如何让不变的，只是情意？

张正见《白头吟》说："谗新恩易尽，情去宠难终。"究竟新欢旧爱，不是争宠吃醋的事，而是心已不在、情不如初的事。

旧情不如初，旧人早已不如初，刘希夷《白头吟》说："宛转蛾眉能几时，须臾白发乱如丝。"

盟誓管不住人心，那指天发誓的宣言，如今多么讽刺："上邪！我欲与君相知，长命无绝衰。山无陵，江水为竭，冬雷震震，夏雨雪，天地合，乃敢与君绝。"

心同此理——《白头吟》的坚定之心与通透说理

在凄然道别的河畔，遭遇背叛的她，忽然忆起出嫁。

那时，她曾相信，自己的婚姻，将会很美好。她出嫁时，没有凄然哭泣，没想到诀别，却如此悲戚。离开自己长大的家，和离开自己用心经营的家，能一样吗？

她依然是曾经出嫁也不啼哭的女子，如今心中，哪怕凄苦不堪，也依然要坚持最初的美好信念！凄凄复凄凄，旧人心如故。嫁娶不曾泣，故心终如一。

愿得一心人，白头不相离。若是生二心，不待白首，自当分离。

同心是本质，婚姻是形式；一心是实，夫妻是名；同心是体，相伴是用。体用一源，名实相符，本质决定形式。所以一心人与同白首，本来就是一回事。心同此理。

如果不能同心，又何必在一起凑合过日子！
同床异梦，是何等荒谬。
不能一心同心，何谈白头不离！

凄凄复凄凄，嫁娶不须啼。
愿得一心人，白头不相离。

至此读这四句诗，忽然明白，“愿得一心人”写的是“心”，“白头不相离”写的是“理”。

一心人与同白头，正是心中之理的显现。人同此心，心同此理，这便是《白头吟》真正在讲的爱情。

有人以为，《白头吟》写的是女子反抗封建社会，这论点，到底没论到《白头吟》的点上。

有抒情与叙事，有比喻与描写，这都不是《白头吟》的亮点。**能将理说得通透，然后把心的坚定讲得动人，这才是《白头吟》的亮点。**

唯有汉代的五言诗里，有着人心与天理。心在物欲横流的世代，坚守着理，这成为名利美色里，纯粹爱情的最后一条护城河。

无关文君——《白头吟》不是卓文君所作？

自小说《西京杂记》以来，这首诗，就被安排在卓文君名下，

“司马相如将聘茂陵人女为妾，卓文君作《白头吟》以自绝，相如乃止。”

因此有人说《白头吟》诟病司马相如，“以新间旧，不能至于白首，故以为名”。

试问，若真是卓文君作《白头吟》，为何诗中只字不提绿绮琴与凤求凰？难道是因为旧情破灭所以不说？

《史记》对于司马相如与卓文君私奔一段，有详细记载。然而对相如欲纳妾、文君作《白头吟》，《史记》只字未提。

笔记小说《西京杂记》，与史家记传《史记》，相悖离处不少。比如，写文君钟意相如，《史记》以文君喜琴为缘起，《杂记》以文君淫荡为本由，《杂记》于《相如死渴》言：“文君姣好……十七而寡，为人放诞风流。”

再如司马相如死因，《史记》只说因消渴病，告病辞官，汉武帝派使者追去取书，而司马相如已死在家中。《杂记》却更进一步，扯上司马相如的《美人赋》，将消渴病的发作，算到司马相如好色、与卓文君性爱过度上。

消渴病，在中医来说，就是阴虚火旺，阴虚火旺，表现为吃喝再多，人都会口渴消瘦。这个病就是现代医学所说的糖尿病。消渴是营养无法被身体吸收的病，这病自然不宜性生活过度，否则营养流失了，补不过来，就要早衰短命。

试问，《西京杂记》里的司马相如，既然有一个卓文君，都做不过来，哪儿来的体力再找一个？司马相如既然已经知道自己消渴了，遭不住和美女一起生活，都写《美人赋》自嘲了，干吗还再娶一个女子，是想让自己死得更快吗？

误解相如——司马相如不会纳妾？

至于现在一些人，说什么司马相如读了《白头吟》，惊叹卓文君的才华，那更是荒诞。

夫妻一起生活那么久，谁有多少才华，怎么可能相互不知道，还要藏着掖着？假如相如一开始不知道文君有才，又怎么知道靠自己的才华去撩文君私奔？

相如死后，武帝使者向文君求相如所著之书，文君对相如的作品，很是了解，可见相如与文君除了性爱，还是有精神生活的。这又何来相如不知文君才情，而被《白头吟》惊呆了这样的幼稚说法？

更有奇葩的说法，认为司马相如和卓文君私奔，是心机深，图卓文君老汉儿卓王孙的钱财，所以表演一出当垆卖酒。初心不纯，自然不能一心一意。

司马相如在见到卓文君以前，是梁王的门客。当时的文人游士中，有枚乘这样的辞赋大神。

藩王门下，从不缺钱，不然司马相如哪儿来的骕骦马，可以卖了来开酒馆儿？又哪儿来的重金，收买卓家仆人，向卓文君通殷勤？

钱财不是重点，名分才是重点。

当垆沽酒，为的是让卓王孙承认司马相如与卓文君的婚事，让私奔成为真正的婚姻，而不是让卓文君没有名分地跟着自己。这是夫妇二人同心的事，不是谁的算计，也不是为了钱财。

故《史记》说："卓王孙不得已，分予文君僮百人，钱百万，及其嫁时衣被财物。"如果只是钱的事，《史记》就不会多说"嫁时衣被"了。

那些把司马相如对卓文君的感情，写得阴谋算计的人，会相信这世间有人相信"愿得一心人，白头不相离"的爱情吗?

比人心更可怕的，是用自己可怕的人心，去揣度所有人的心。

覆水再收——《白头吟》的决绝是为了挽回

《西京杂记》属于小说，所记未必都是事实，不可以当成史料对待，但是，**唐代诗人，却把卓文君作《白头吟》一事，当真了。**

唐代李白的《白头吟二首》，写道："但愿君恩顾妾深，岂惜黄金买词赋。相如作赋得黄金，丈夫好新多异心。一朝将聘茂陵女，文君因赠白头吟。"

李白的诗，把司马相如卖赋求财，和他对爱情的不贞，联系在一起。贪图世间荣华富贵之人，必是喜新厌旧之辈。以此读《白头吟》，竟读出世道人心的自私自利。

唐人将卓文君与《白头吟》联系在一起，究竟是因为迷信讹传，还是自愿选择相信，已无从考证。

不过，话说回来，**《西京杂记》是笔记小说，不足以证明"文君作《白头吟》"为假。**

固然小说是文学作品，但小说里的事，并不都是虚假的。历来论证“文君作《白头吟》”为假，都给不出充足的文献证据。

现代学者多以《西京杂记》的小说性质，质疑卓文君作《白头吟》，其实不严谨。

在文君的故事里，《白头吟》的决绝，是为了挽回。

卓文君终于以《白头吟》，换回了司马相如的心。按《西京杂记》的说法，就是“卓文君作《白头吟》以自绝，相如乃止”。

然而回来的那颗心，可还是一开始的那颗心？终究似瓷器上的裂痕，补好也是条伤疤。

恰如李白的《白头吟》所咏：“覆水再收岂满杯，弃妾已去难重回。古来得意不相负，只今惟见青陵台。”

李白诗中的青陵台，典故出自《搜神记》里的《韩凭夫妇》，是一个悲剧：韩凭的妻子何氏美貌。宋国国君宋康王垂涎其美色，将何氏抢入宫中，又罚韩凭修筑城墙。韩凭自杀。何氏不从宋康王，从城墙跳下身亡。二人坟头，一夜长出两棵相思树。相思树在青陵台。

这段悲剧，是从上古至唐代，唯一“得意不相负”的例子，这个例子里，不相负的爱情，竟然需要两个人殉情来守护，如此不相负，终究不得同白首。

故而读“只今惟见青陵台”，写出的，是“得意不相负”的艰难，难到要死。

被抛弃的人，人可以再回来，心却回不来了。如同泼出去的水，收回来，已不复如初。**李白终究不愿让卓文君用《白头吟》与司马相如重修旧好。**

《西京杂记》写“卓文君作《白头吟》以自绝，相如乃止”，然而“相如乃止”的真正原因，究竟是因为担心有伤名声，还是害怕有损钱财，《西京杂记》未曾提起，我们也不得而知。

只是《白头吟》里，有着坚决的决绝，与《西京杂记》的合家欢结局截然不同。故事带着歧义，诠释着诗。**因为故事终须置身现实，而诗，可以只生于心。**

当人性与现实，带走了所有的美好，那便把一切打翻，让覆水难收，来守护心中的信念。

诗是心与理的实现，人以此，对抗着人性与现实。

房中之歌——从祭祀曲变为街陌讴谣的《白头吟》

《白头吟》被收录于《乐府诗集》。

汉代乐府诗歌，不同于《古诗十九首》这样的古诗辞。

乐府是祭祀诗或民间歌，古诗辞是佚名的文人诗。汉代诗歌，唯有乐府诗与古诗辞可观。失意文人会借用乐府诗题创作，也会参与民间诗歌在流传中的再创作，这会提升乐府诗的艺术价值。

《白头吟》属于乐府诗，而歌辞没有文人诗的雕琢。

《白头吟》是汉代市井传唱的歌谣，但不是俚俗歌曲。《晋书·乐志》说："凡乐章古辞存者，并汉世街陌讴谣，《江南可采莲》《乌生十五子》《白头吟》之属。"

《白头吟》是相和歌辞，歌唱时有笙瑟相和。相和，是汉代流传的曲式，指笙瑟更替奏鸣，奏瑟的人吟唱歌辞。《宋书·乐志》的解释是："相和，汉旧曲也，丝竹更相和，持节者歌。"

丝竹相和的阵仗，不是民间俚曲做得到的。再读《白头吟》的诗，虽没有汉赋的辞藻华丽，却也言辞典雅质朴，不是世俗口中的言语。

《乐府诗集》将《白头吟》归入“相和歌辞”，属于相和歌辞中的“楚调”，**“白头吟”可作楚调曲的调名**。什么是楚调？《乐府诗集》引用《唐书·乐志》来回答：“**楚调者，汉房中乐也**。高祖乐楚声，故房中乐皆楚声也。”

《白头吟》的曲调，符合汉朝皇室的潮流风向，在市井，更容易流行。以流行乐曲作诗，其辞义，不会孤僻偏激，定会尽力赋人人心中之所有、笔下之所无。

关于“楚声”，《唐书》的话，细究出处，来自《汉书·乐志》：“高祖时，叔孙通因秦乐人制宗庙乐……又有《房中祠乐》，高祖唐山夫人所作也。周有《房中乐》，至秦名曰《寿人》。凡乐，乐其所生，礼不忘本，高祖乐楚声，故《房中乐》楚声也。”

这段话说明了什么是“房中乐”。**房中乐是一种宗庙祭典用乐**，不是后宫里房中作乐的娱乐音乐。**《白头吟》的内容不符合宗庙祭典的应用场景**，皇帝肯定不能当着天下人的面儿，让自己的老婆控诉自己变心。

下面，让我们看看正版的房中歌，是多么高贵华丽——《安世房中歌》十七章，其诗曰：

大孝备矣，休德昭清。
高张四县，乐充官庭。
芬树羽林，云景杳冥。
金支秀华，庶旄翠旌。

楚声与房中乐，从高大上的宗庙乐，演变成接地气的市井歌，遭遇的，是法家文吏的阴谋。

《汉书·乐记》记载："今叔孙通所撰礼仪，与律令同录，臧于理官，法家又复不传。汉典寝而不著，民臣莫有言者。"

将儒家礼仪，交与儒家的死对头法家管理，必然不会有好结果。这也是当权者在权术上的愚昧。

礼乐荒废——《白头吟》里的根本冲突

从宗庙乐到市井歌，其间有一个漫长的下沉过程。这个过程，伴随着礼乐教化的艰难复兴，与世风败坏的社会背景。让我们来看这一段纠结的历史：

贾谊在《论定制度兴礼乐疏》中描述西汉初期社会："汉承秦之败俗，废礼义，捐廉耻，今其甚者杀父兄，盗者取庙器，而大臣特以簿书不报，期会为故，至于风俗流溢，恬而不怪，以为是适然耳。"

汉文帝赞同贾谊，欲行礼乐之治，然贾谊遭权臣排挤，此事作罢。汉武帝时，窦太后好黄老之术，不喜儒术，礼乐教化，又搁浅一次。

至董仲舒进言，汉武帝专注于征讨四夷，无暇顾及礼乐教化，只任命李延年做协律都尉，收集整理乐府诗歌曲调。贾谊所说的"败俗"情形，一直持续到王莽篡汉。

《汉书》对汉代之乐，评论是：“内有掖庭才人，外有上林乐府，皆以郑声施于朝廷。”

由此来看，汉代对于音乐和诗歌，只注重自下而上的“观”，从民歌了解民风，却没有利用自上而下的“化”，未充分地以诗歌施行教化，以致总体的审美趣味倾向于悲壮，而发展方向却倾向于功能的娱乐性与辞藻的华丽化。

娱乐的浮华，与审美的悲壮，本来就背道而驰。这是汉代诗的冲突。

汉代诗歌反映社会现实、表达民心民情的能力，得到空前发展。毕竟缺失礼乐教化的社会，尽是追名逐利的险恶，这让民众的生活，艰辛了许多。诗在冲突中发展。

且看汉代乐府《鸡鸣》，唱的就是那荡子的市侩嘴脸：“黄金为君门，璧玉为轩堂。上有双樽酒，作使邯郸倡。刘王碧青甓，后出郭门王。”《白头吟》里不重意气的负心人，究竟爱上谁家贵族的钱刀？

天朝鼎盛，繁荣辉煌，穷奢极欲，自满自足，如此盛世，却容不下一颗真心。这是物质文明的繁荣，也是精神文化的惨痛。

若是一心人容易得，谁还会以“得一心人”为“愿”？正因一心人难得，以“白头不相离”为愿，才是不与世俗同流合污的美好坚持。

近墨者黑，是人之常情，但近墨者不黑，是人的本心。唯有本心，方能真爱。

于是《白头吟》里的冲突双方明朗起来：心与理，对立着人性与利益。《白头吟》当是因讽刺这世道人性，才会广为流传。

文艺融贯——“愿得一人心”的魔幻与现实

汉高祖刘邦到沛宫，召故人父老子弟，一同饮酒。酒酣，高祖自击筑，自为歌，诗曰：“大风起兮云飞扬，威加海内兮归故乡，安得勇士兮守四方。”

这就是《大风歌》，刘邦让儿郎都学习传唱。歌毕，刘邦慷慨伤怀，泣数行下。

刘邦好楚声，楚声多是悲歌。

《白头吟》是悲歌，《白头吟》是楚声，楚声又多是悲歌。

王充《论衡·自纪》说：“美色不同面，皆佳于目，悲音不共声，皆乐于耳。”

王充这话，是在说，不同的审美趣味，其审美效果，并无高下之分。悲歌得以传诵，正因这悲，可以悦耳。

《白头吟》是悲歌，悲惨得好不壮烈，却为人所乐于传唱，这是悲之乐于耳。

当文化中的各个部门，无法以一个有机系统的方式，推进这世间的善，诗歌便只得以悲为美，在熙熙攘攘追名逐利的泥石流里，回护着文化中，心与理的纯粹与干净。

相和而歌的情景，在汉代画像石上多有描绘，有钱人家的相和演出，甚至带有故事表演。汉乐府诗情景的生动鲜明，远胜后世仿制，想来与此不无关系。

汉代的文艺，在融合。虽然汉代的文艺没有发挥真正的礼乐教化作用。

乐府是一种综合艺术，它将优伶的视觉艺术、象人的表演艺术、乐师的听觉艺术和语言艺术糅合在一起。而诗歌本身，仅仅是语言艺术。

汉代经学讲究以史证诗，例如《毛诗序》，诗歌与故事或史事产生了必然联系。儒生造作赋说，通过铺排叙事抒情说理，例如司马相如的《乌有赋》。汉代杂史小说与志怪小说得到发展，例如《吴越春秋》与《海内十洲记》。

文人开始以讲述历史的方式讲述虚拟，用描绘幻想的方式演绎现实，这是文艺方法的决堤。

无怪《白头吟》，会牵扯卓文君。**诗与小说的汇合，成就了后世诗歌中无数的典故**，李白《白头吟二首》用卓文君作《白头吟》的典故，就是一例。

文艺方法的决堤，把汉朝活生生变成了魔幻现实的时代。

在这样的时代，“愿得一心人，白头不相离”，显得多么魔幻，又显得多么真实。

诗的言情与言志，终究需要故事背景。

每一个人都有自己的七情六欲，有生活带来的无可奈何。人皆可为尧舜，但不是每一个人都能真正成为尧舜。历史的笔墨，留给少数精英，于是多数文人，需要经史之外的故事，诠释自己的存在，彰显自己的内心。

将广为传唱的《白头吟》，牵扯上文才蜚声的司马相如，便是用故事在诠释诗中的情与志，在文化中创造典故。

叙事，不只是小说的事，也不只是叙事诗的事。**每个时代，都**

在用自己的全部文化，讲述着一些故事。这些故事，总会讲出一些精神，这些精神，超越一切时代。

比如：

愿得一心人，白头不相离。

12 如胶似漆

——各个版本的『客从远方来』

故人故心——礼物背后的心意

世界很大，也很复杂。我的世界，却可以很简单，简单得，只要有你相伴。

一个人，可以是一个世界的全部。心可以不问世事纷纷，相思可以将流年细数。消息到不了的地方，拴住了心的念想。从远方而来的客人，是否带来了你的消息？且读《古诗十九首》之一，《客从远方来》，出自《昭明文选》卷二十九：

客从远方来，遗我一端绮。
相去万余里，故人心尚尔！
文彩双鸳鸯，裁为合欢被。
著以长相思，缘以结不解。
以胶投漆中，谁能别离此？

诗贵有一起，这句“客从远方来”，可是大白话一样明白，但又让人期待后续的故事。后续故事，便是“遗我一端绮”。远客赠礼，令人欣喜。

“相去万余里”，相隔万里，思念难述，于是以一端绮，寄托相思。从一端绮，感受到的，是故人的心意。

“故人心尚尔”，尚，犹也。尔，词之终耳。时间与距离都改变了，可是故人的心，依然如初。比远客赠礼，更让人欣喜的，是故人心如初。

一端，等于半匹，四丈为一匹。绮，是“文缯”，指绣花或织成图案的绢帛。故人所赠的绮，有着怎样的图案呢？是“文彩双鸳鸯”。这时才写到绮的图案，可知“我”重古人之心，甚于可用之物。

绢帛既然有鸳鸯图案，裁作合欢被，最是合适。于是有“裁为合欢被”。

人生本是一场漂泊，世事一如潮水起落。不患离别，唯患离心离德。心意不改的人，值得托付一生。君待我以真心，我报君以实意。“文彩双鸳鸯，裁为合欢被”，写出故人与我的心意来往。纵隔千万里，但在一来一往间，情义两心知。

谐音双关——《客从远方来》的语言妙趣

至“裁为合欢被”，《客从远方来》一开始，就引发两条线索，一条叙事线，写一端绮的后续事，一条抒情线，写心尚尔的欣喜意。

合欢被，一语双关，将叙事与抒情两条线，在状物上合为一体。但凡相思，能两心如一者，遇事感物，皆可现其情。

“著以长相思，缘以结不解。”著，谓用絮填充被子。缘，装饰边缘。可是这寄托了真情的合欢被，自然不能塞满棉絮了事。

两个人的合欢被，只有等到我嫁与你，方才与你同寝。等待你回来的漫长岁月，我的合欢被中，尽充满对你不变的思念。我们的合欢被，不著丝絮，唯著思绪。

将塞满丝絮的边缘系好，便做成了我和你的合欢被。

愿结上的结不会再解，愿结上的缘永不分别。愿相隔万里的两颗心，从此缘结一体，不分彼此。愿在一起的两颗心，有缘分的牵绊，再无任何事可以拆散。

缘以结不解，结两地以同心，再无分解。

著以长相思，缘以结不解，这两句把谐音和双关用到了极致。

谐音与双关，本身是语言的趣味，这让我欣喜的心情，洋溢于言辞。两心相知，自然不必把心意说破，说破是说给外人听，两心相知便不必再有外人，所以不消多说，谐音与双关，恰好。

心中知晓，于是行动可见，以心意观自己的行动，又觉得每一个动作，都有别样的寓意，更能无限地寄托。故而两心相知，让两个人的心思，创造出一个人的全部世界，而这个人的全部世界，终不外乎两个人的心意。叙事与抒情，如此难解难分。

《客从远方来》写出这两句，因了前文的叙事线、抒情线在状物上的交汇，便让谐音与双关，不再只是修辞的手法，而是意境的拓荒。这是“1+1 ＞ 2”的诗歌艺术。

如胶似漆——从两相思到同一心的情感升华

两心同一，遂有“以胶投漆中”之句。胶与漆，加热融化，会融在一起，再不能分离。

如胶似漆，是一个典故，出自韩婴《韩诗外传·卷九》：

> “子夏曰：‘善哉！谨身事一言，愈于终身之诵；而事一士，愈于治万民之功；夫人不可以不知也。吾尝菑焉，吾田期岁不收，土莫不然，何况于人乎！与人以实，虽疏必密；与人以虚，虽戚必疏。夫实之与实，如胶如漆；虚之与虚，如薄冰之见昼日。君子可不留意哉！’诗曰：‘神之听之，终和且平。’”

如胶似漆，按照出处的语境，是写朋友相交，须以实相待，经常走动，维护感情，这样彼此的友情就会难分难离。故说“谁能别离此”。

《客从远方来》结尾两句，是全诗情感的升华。

从最开始写故人心意如故，到写我的心意愿求合欢，再到相思与结缘，终究是你我有着分别，两心有着彼此，两心虽然相通，终未合同为一。**只有如胶似漆，才是两心不分彼此，感情融为一体。**

“著以长相思”写自我感情的满足，“以胶投漆中”写彼此感情的交融。

“以胶投漆中”之前，是抒情，“以胶投漆中”，是说理，**说情中之理，方能让情不限于一个人的心理，而成为天地间的道理。**这就是“以胶投漆中”对《客从远方来》的感情升华。

最后一句“谁能别离此”，照应诗歌开头的“远方”与“相去万里余”。

相去万里余，是空间的分离，是现实的距离，而感情如胶似漆，是情感的不离，心灵的相通。

真情的真挚，让情成为真实，取代了现实世界在真实层面的意义。《客从远方来》，以“谁能别离此”，照应开头的同时，实现了情感挣脱现实束缚的真正升华。

可待归人——悲喜交织，愈见情真

冷眼旁观，终会回到现实：她与他，“相去万里余”。

于是，双鸳鸯与合欢被，仅仅是空想，结不解与长相思，终归乌有。

凭一端绮，许一生事，是何等一时头脑发热的草率！

这恰如清代朱筠《古诗十九首说》的观点：

> “于不合欢时作‘合欢’想，口里是喜，心里是悲。更‘著以长相思，缘以结不解’，无中生有，奇绝幻绝！说至此，一似方成鸾交、未曾离者。结曰‘诗能’，形神俱忘矣。又谁知不能‘别离’者现已别离，‘一端绮’是悬想，‘合欢被’用乌有也？”

朱筠的观点，可以看着玩儿，但不可以当真拿来读《客从远方来》。

朱筠这意思，固然能从诗中读出来，但读出来这个意思的时候，是站在旁观者的冷眼视角来读。**读诗，当首先读诗作者的视界**。旁观者清，既然撇清自己，你读诗岂不就如同你没读诗；当局者迷，恰是迷失自己深陷诗境，才能一探真情的究竟。

朱筠的观点为现代大多数学者沿用，以为《客从远方来》写思妇的“情真境幻”。

然而，细读“一端绮”，觉朱筠所说，不准确。

一匹绮，有两端，一对人，分两处。客带一端绮回来，便是一方人将归故里的消息。就是这个消息，让人欣喜若狂。不然只是半匹绮，何至于高兴得产生幻觉？

今人多以为《客从远方来》，主旨写思妇的相思，这说法不准确。由“一端绮”，看《客从远方来》，固然有妇人相思之情，然而**写的明显是妇人为爱人归来做准备**。人都要回来了，就不必相思了，她如果还浪费精力在相思上，真是矫情了。

人生有喜，人生有悲，但人在悲喜之中，并不是非要对悲喜做出选择：非喜即悲。将一首诗判断为悲，本身是一件无聊的事。

《客从远方来》正是在悲中生喜，然后看到希望，有了可期待的事，有了更深情的爱。**悲喜让情更深，让诗有新的境界，这才是《客从远方来》吟唱一番的意义**。作诗之人浮于写自己的悲，并无意义。

是故《客从远方来》不以相思为主旨，而以所待之人可期为主旨，虽有喜悲，却不以写喜悲为目的，而妙笔在情境交融处生花。对于吟诗者，这情境难得而珍贵，断不是幻象那样残忍。

唯愿春华有秋实，相思有归人。

比赋得宜——《客从远方来》对《诗经》的继承

钟嵘《诗品·总论》开篇云："气之动物，物之感人，故摇荡性情，形诸舞咏。"

《客从远方来》正是如此，以一端绮，感相思人，是"物之感人"，于是摇荡欣喜之情，坚定相守之心，乃"形诸舞咏"，遂有合欢被之咏。

钟嵘又论赋比兴，曰："文已尽而意有余，兴也；因物喻志，比也；直书其事，寓言写物，赋也。宏斯三义，酌而用之，干之以风力，润之以丹彩，使味之者无极，闻之者动心，是诗之至也。"

《客从远方来》恰如钟嵘所言，赋事不离状物，状物不离寄情，比志形于言行，言行合于赋事，情真意切而有风力，辞藻巧妙而有华彩，然味其意可以深远无极，闻其辞却能顿时感动。

依此读**《客从远方来》，是将赋与比，用到至境**。

黄老之术与两汉经学，耗费了汉代太多文化资源。《诗经》之后，汉朝有诗如此，岂非幸事！

《诗品》论比与赋的讲究，说："若专用比兴，患在意深，意深则词踬。若但用赋体，患在意浮，意浮则文散，嬉成流移，文无止泊，有芜漫之累矣。"

《客从远方来》，继承了诗经赋比兴结合的传统，叙事有深意，抒情有缘由。

《客从远方来》是《古诗十九首》之一,《古诗十九首》,皆为失意文人所作,能继承诗经传统,又取材现实社会生活,高大上,同时接地气,故能成就“五言之冠冕”。

成辞分殊——《客从远方来》的比较

“客从远方来”是《客从远方来》的第一句,故用作标题。这句“客从远方来”是汉代诗歌的“成辞”。

成辞是现成的语言,使用成辞,能减少信息量,降低沟通成本。刘勰《文心雕龙·事类》谓“引成辞以明理”。

《客从远方来》用“客从远方来”,是否与其他诗歌用的不同?

且读用“客从远方来”的另外两首诗,《孟冬寒气至》和《饮马长城窟行》。

先看与《客从远方来》同属《古诗十九首》的《孟冬寒气至》:

孟冬寒气至,北风何惨栗。
愁多知夜长,仰观众星列。
三五明月满,四五蟾兔缺。
客从远方来,遗我一书札。
上言长相思,下言久离别。
置书怀袖中,三岁字不灭。
一心抱区区,惧君不识察。

开始六句，写入冬天冷，思念远人，夜晚难眠。“四五詹兔缺”，詹兔，即“蟾兔”，是月亮。

至“客从远方来，遗我一书札”，情节出现转机，远客带来所思之人的消息。说文曰：札，牒也。牒，文书。

三岁字不灭，用了典故，出自《韩诗外传》：“赵简子少子名无恤，简子自为书牍使诵之。居三年，简子坐青台之上，问书所在，无恤出其书于左袂，令诵习焉。”

一心抱区区，惧君不识察。区区，爱也。

这首诗里，书信不论如何珍藏，书中情义不论如何真切，终无一字，明言归期。于是，客从远方来，带来的情节转机，被封闭起来，让人又陷入之前的相思中。说来这**《孟冬寒气至》的“客从远方来”，才是真正在写可悲与相思。**

最后一句，一个“惧”字，可见爱情的不对等。

相比而言，《客从远方来》看得到希望，而夫妻也是一匹绮的两端，有乾坤之别，却又两心如一。

再看出自《昭明文选》卷二十七的乐府诗，《饮马长城窟行》。

郦道元《水经注》说：“余至长城，其下往往有泉窟，可饮马。古诗饮马长城窟行，信不虚也。然长城蒙恬所筑也，言征戍之客，至于长城而饮其马。妇思之，故为长城窟行”。行是曲的意思。

且读《饮马长城窟行》：

青青河畔草，绵绵思远道。

远道不可思，宿昔梦见之。

梦见在我傍，忽觉在他乡。

他乡各异县，辗转不相见。

枯桑知天风，海水知天寒。

入门各自媚，谁肯相为言？

客从远方来，遗我双鲤鱼。

呼儿烹鲤鱼，中有尺素书。

长跪读素书，书中竟何如？

上言加餐饭，下言长相忆。

绵绵思远道，绵绵，细微之思，细想行路遥远，而远处风景依稀，已不可思及细微，这是相思的无奈。故说“远道不可思”。由此至“辗转不相见”，竟是不断细想，又不断被逼入相思的绝境。相思中难逃现实，相思再多，也终不过不得相见。

枯桑无叶，尚知天风。海水广大，尚知天寒。君子行役，岂不离风寒之患乎？但人都是入门各自冷暖，谁管他人离别？谁肯相为言？皆不肯为言。

“呼儿烹鲤鱼，中有尺素书。”素，生帛。跪，拜也。如此有仪式感地打开书信，发现里面是关心，是相思，是爱护，却仍然没有归期。

《饮马长城窟行》，重在写相思辗转煎熬终于盼来消息，《客从远方来》，重在消息带来的心情好转。

“客从远方来”的成辞，渐渐被赋予了相思在绝境里的转机。然而有的转机，有了欣喜，有的转机，依然无期。但起码，有“客从远方来”，便有可待之日，仍有可期之人。

愿有客远方来，所待有归人。

13

荡子不归

——《青青河畔草》里的暧昧思绪

郁郁青青——由爱情写人情的一首古诗

若是人生如草木，便是人情如雨露。

雨露冷暖，总与季节相干，人情冷暖，谁能一往不变？抛开所有额外条件，就只剩水的清净简单，美好得容易被污染。

人生如草木，枯荣有度。人情还不如草木，总不得相守如初。

相爱恋不容易，相厮守是幸事。

相爱恋，是爱情；相厮守，是人情。

如此说来，古诗里无数篇闺情诗、思妇诗，都在爱情处戛然而止，难得于人情处透彻入理。倒是有《青青河畔草》一首，把思妇的人情，倾倒得一滴不留，尽入笔墨里。且来慢读《古诗十九首》中的《青青河畔草》：

青青河畔草，郁郁园中柳。
盈盈楼上女，皎皎当窗牖。
娥娥红粉妆，纤纤出素手。
昔为倡家女，今为荡子妇。
荡子行不归，空床难独守。

《青青河畔草》前半段，有六句，每句开头一个叠词，是这首诗的特点。

这六个叠词，用得十分巧妙。诗歌用词，能准确形容事物，是基本功，能形容得让人身临其境，才是难得的技艺。用词能引经据典，是基本功，能读着直白，但内有深意，却是不容易。

历来对《青青河畔草》这六个叠词，多说用得好，好在何处，却少有说透。

恰如其分——《青青河畔草》的典雅叠词

接下来，我们结合唐代李善注《昭明文选》对《青青河畔草》的注释，慢慢读诗。

青青河畔草，是一句成辞。《饮马长城窟行》开头一句，也作“青青河畔草”。只是《饮马长城窟行》用作起兴，《青青河畔草》写的实景。一读青青，满目春色。河边生机勃勃。

郁郁园中柳，郁郁，李善注为“茂盛”。郁郁是茂盛的样子，无关寡欢。郁郁的繁体，看着就颇为茂盛：鬱鬱。以郁形容树木，自《诗经·秦风·晨风》就在用：“鴥彼晨风，郁彼北林。”

草地平铺，柳树堆烟，**从草到柳，是从平面到立体，从颜色到状态，一望便是春色无处不在。**

盈盈楼上女，盈盈，形容仪态美好。

李善认为：“盈与嬴同，古字通。《广雅》曰：嬴，容也。”

嬴字，不见于甲骨文，唯西周金文有，用作人名或地名，至春秋，也是这般。《说文解字》以“嬴”为上古“少昊氏之姓”。直到战国，“羸”方才具有形容词用法，但与盈盈无关。如《荀子·非相》:“缓急羸绌。”杨倞注:“羸,馀也。羸绌,犹言伸屈也。”

《广雅》，是三国时期作品，盈与羸的古字相通，有含糊之处。李善注释不妥。

皎皎，明亮之意。

《诗经·陈风·月出》有“月出皎兮，佼人僚兮”之句，这两句诗，白话就是月亮明亮，美人娇美。郑玄《毛诗笺》注释说“喻妇人有美色之白皙”。汉代诗歌多以皎兮，形容女子明艳美丽，如《古诗十九首·迢迢牵牛星》:“迢迢牵牛星，皎皎河汉女。”

李善论《青青河畔草》说:“草生河畔，柳茂园中，以喻美人当窗牖也。”草与柳，正是美人在楼上窗前，看到的景色，而这美人，也是春色里一道风景。

其实，这四句诗，意味更远。

河畔草与园中柳，一样春色，奈何园中美人，不得与河畔游人赏玩春色。人与草木，皆是最美丽的时候，但有着自由与不自由的分别，开放与不开放的差异。“青青河畔草”与“郁郁园中柳”，如此形成对仗。河畔远，故见其色，园中近，故摹其状，这是《青青河畔草》用叠词的精妙处。

《青青河畔草》遣叠词而兼顾整句意思和通篇境况，叠词在多方面开拓诗境，不是在一条思路上啰唆同一个意思。

李善注“娥娥”与“纤纤”说:“《方言》曰：秦晋之间，美貌谓之娥。《韩诗》曰：纤纤女手，可以缝裳。薛君曰：纤纤，女手之貌。毛苌曰：掺掺，犹纤纤也。”

《诗经·魏风·葛屦》作“掺掺女手，可以缝裳”。

以“娥”形容女子美丽，且与妆容和姿色联系，始于战国。

《列子·周穆王》："简郑卫之处子娥媌靡曼者，施芳泽，正娥眉，设笄珥，衣阿锡，曳齐纨，粉白黛黑。"意思是，挑选郑国和卫国美丽而苗条的女子。《列子》以此形容人间女子绝美极致的色相。

汉代的"红粉妆"无文献描述，倒是可以看汉墓里人物的绘画，大抵女子脸上施粉以后，涂以胭脂作腮红，便是这妆容。

"出素手"，意为伸出手。

《迢迢牵牛星》里，有"纤纤擢素手，札札弄机杼"之句。而《青青河畔草》并未写出素手究竟做什么。做什么？着红妆去做什么？做什么一定要着红妆？这一动作，让之前五句的静景，全部灵动起来，满幅春色，都奔涌聚集在纤纤素手之上，欲从指尖迸发而出。然而此处忽然留白，并不像《迢迢牵牛星》交代了擢素手的目的。

如此春意撩人，但终究什么都没做。春意都是读者自己心里的红红绿绿。

这六句，什么都说了，又什么都没说。

叠词之妙——不为作诗而作诗

严羽《沧浪诗话·诗评》，论《青青河畔草》用叠词，说："一连六句，皆用叠字，今人必以为句法重复之甚，古诗正不当以此论之也。"

一连六句，都用叠字，为什么不显得重复之味？

因为这六句是排比句吗？当然不是。是因为**这六句写的内容，视角不同，对象不同，手法不同，但又相互关联，让人回味。**

从河畔草到出素手，镜头由远到近，由虚化背景到细节特写。镜头从园外到园内拉得快，从楼上到手上拍得慢。从拍青青的色系到拍郁郁的形态，从拍盈盈的体态到拍皎皎的色调，从拍娥娥的色温到拍纤纤的姿态。

这些，都能不断由形入神、由景入心，但在心神处戛然而止，吊人胃口。

这叠字六句，有环境描写，景物描写，人物描写，动作描写，细节描写，放在一切，写的都是“色相”。

我辈读者，谁不在红尘之中？着此色相，谁不会多想：莫不是园中人想园外的草，园中柳留不住园中人？素手招处，河畔谁见红妆？没有红花，便叫这绿叶衬着红妆，踏青人里，可有采花人？

于是，**叠字六句，虽然重复，但意象丰富，故而不显重复；意象丰富，但有色相统束为一，故而不显杂乱；虽有色相，但能引人入胜，叫人多想，言有尽而味不尽，故而不显单调。**

清代刘熙载《诗概》说：“文、辞、志合而为诗，而乐则重声。风雅颂之入乐者，姑不具论，即汉乐府《饮马长城窟行》之青青河畔草与《古诗十九首》之青青河畔草，其音节可微辨矣。”

韵律是这六句诗的又一妙处，若无韵律起伏有致，这六句读在嘴里，就是铁板一块。

《青青河畔草》的叠字六句，艺术境界得以如此，与文化生态有关。

汉人写诗，没有诗话的指导。诗话自唐代开始出现。到明清时期，诗话成为畅销书。

汉代文人五言诗歌，都是面对社会现实而作，根据真情实感而发，断不会为了作诗而作诗。

汉代失意文人才有工夫作诗，得意文人都去讲经，谋求荣华富贵了，哪里有空管怨妇怎么思春！

汉代将经学作为官学，这意味着文人形成了独立的社会群体。于是，文人五言诗的作者群体，与诗经风雅颂的官员、贵族、平民不同，他们的精神与人格更加独立，但更接地气。文人不会为了成为诗人而作诗。

《沧浪诗话》说《青青河畔草》的叠字句法，不避重复之嫌，便是因为汉代文人不为作诗而作诗，不为诗人而作诗。汉代文人，自然也没有读过《沧浪诗话》，没有读过任何一本诗话，当然，《诗》传不算诗话。再加上看过人情世故，这才有了《古诗十九首》这般“五言之冠冕”。

倡女空床——且说倡家女的淫鄙

让我们再读《青青河畔草》的最后四句诗：

昔为倡家女，今为荡子妇。
荡子行不归，空床难独守。

李善对“倡家女”的注释是：《史记》曰：赵王迁，母倡也。《说文》曰：倡，乐也，谓作妓者。注释“荡子”是：《列子》曰：有人去乡土游于四方而不归者，世谓之为狂荡之人也。

倡家是乐者，不是娼妓。荡子是游子，不是浪子。

古代倡与唱相通，倡人是“唱人”。先秦的“倡”，是礼的组成部分。《说文解字》说：“经传皆用为唱字。周礼乐师。凡军大献。教恺歌遂倡之。故书倡为昌。”故知“倡”，是按照周礼，由国家公务员编制的乐师，在军队礼仪里的歌唱。现在的成语“一唱三叹”，在《礼记·乐记》里作“一倡三叹”。

与周礼不同，汉代的倡人，多出现在王族贵族酒宴上，是歌唱艺人。倡人是乐籍，而不是以卖淫为生的“娼妓”的籍。“倡”与“娼”混淆，是《史记·乐书》说：“翼星为东库，为天倡，主俳倡。别作娼。”

王国维在《人间词话》里说《青青河畔草》“淫鄙之尤”，又说“然无视为淫词鄙词者，以其真也”。

倡家女，不是娼。乐府的李延年，就是倡家人。李延年的妹妹李夫人也是倡家女。按照王国维的说法，汉武帝睡别的宫，李夫人也“空床难独守”吗？**把“倡家女”和“难独守”糅在一起读，终究没道理。**

到底“青青河畔草”不是在写“荡子头上绿油油”。倡家女不是娼家女。“昔为倡家女”不是“以前是婊子，现在想汉子”。诗艺与淫鄙的分水岭，在于此。

如果说，写“倡家女”空床“难独守”，就是淫鄙，难道写“良家女”空床“难独守”就是清词？《青青河畔草》这四句诗，都是陈述事实，偏偏王国维认为别人在判断价值。王先生做学问都懂得尊重书本，为何读诗就要由着自己的性子？

倡家女的行为，不过是人情使然。

不露怨语——直观事实，意味深长

再说回《青青河畔草》。

“昔为倡家女，今为荡子妇。荡子行不归，空床难独守。”**这四句诗，是以直观的方式写成，陈述的是事实，而事实背后，又意味深长。**

姜任修《古诗十九首绎》说：“伤委身失其所也。妙在全不露怨语，只备写此间、此物、此景、此时、此人，色色俱佳，所不满者，独不归之荡子耳。结只五字，抵后人数百首闺怨诗。”

《青青河畔草》，是用第三人称来写，自然不露怨语。

此诗是《古诗十九首》里面唯一一首，用第三人称写作的诗。诗人站在旁观者的视角。为什么是这个视角？

旁观，是最好的直观。

直观不同于主观。诗人不是倡家女。如果诗人写倡家女的心理活动，就会有不切实际之处。写了就是自毁作品。一个倡家女的真实心理，不会有人关注，人们只会在意，自己印象中倡家女的心理。所以，**旁观，可以让读者代入自己心里的倡家女，去细读诗。**

直观也不同于客观。倡家女化妆上楼，她男人外出不回，这些信息本身没有任何意义，根本不足以拼凑成诗。唯有将床定义为空床，将今昔放于难独守的语境，再以难独守作为倡家女嫁为荡子妇的行为结果，**去建立意义的诠释与信息的联结，让人直观诗境，**《青青河畔草》才具有了旷古绝今的诗艺。

《青青河畔草》的叙事，把读者放到与倡家女共情的位置。《青青河畔草》在以人情使然，写倡家女的闺怨，于是，诗的格局，不局限于闺怨，而通达于人情，引发共鸣。

言情情真——倡家女的真情

“荡子行不归”，是《青青河畔草》一诗的转折。单看这诗最后四句，未尝不是“起承转叹”的范式。

倡家女也是人，是女人，曾经酒宴歌舞迎合他人，好不容易嫁人，以为人生有了归处，却是嫁了个荡子，空床寂寞孤独。一句“空床难独守”，岂不在情理之中！

倡家女其情之真，才是《青青河畔草》的重点，与喜悲无必然关系。

陈祚明《采菽堂古诗选》提出“《十九首》善言情”，并阐明说：“此诗所以为性情之物，而同有之情人人各具，则人人本自有诗也。但人有情而不能言，即能言而言不能尽，故推《十九首》以为至极。”

以此看《青青河畔草》，凡是人情，伤心处，谁不是相爱之后相厮守不易？所有的归宿，未尝不是另一个起点，所有的港湾，又何尝是真正的归宿！

真情能动人，是因为真情不只是情，更是世间无可奈何的真实，让人情皆是如此。《青青河畔草》写的便是这番真情。

然而，《青青河畔草》的写法，不在“情真”，而在“知机”。作者知道在“出素手”处戛然而止，给想象留白，又在“难独守”处只呈事实，不着判断。

所以，**诗的前六句与后四句，其实只是两个意象群，各自在“出素手”与“难独守”截断，让读者的真情得以在诠释中开放。**于是，《青青河畔草》的两个意象群，转化为两个群意象，在言不尽意时，以象达义。

这两个群意象，有相同的结构，让诗的诠释具有了开放性。

读诗，是照镜子。镜子很小，但镜子里的世界，和真实世界一样辽阔无边。诗的真情，即人的真情。所谓“诗言情”，便是这般。

世界很真实，真实得让我们的喜怒哀乐，都真切不虚。世界很现实，现实得让爱恋终于褪色，于是它的现实，那么的不真实！

爱恋，不容易，而相伴，是幸事。

14 红粉骷髅

——从曹植的《七哀诗》到《七步诗》

终不如意——曹植的一生孤独

岁月的安好，尽付与公子年少。他曾在洛水河畔，遇到翩若惊鸿、婉若游龙的她。一朵花的绽放，占有不了整个春天的温柔，他享尽文采风流，缘分却不偿所愿。终于良会永诀，远逝异乡，唯有他对她的爱慕，随思念增长，绵绵不绝。

他便作了《洛神赋》。

人间的纷扰，伴随到人生终了。他偶于陂塘之滨，顾见白骨森然、枯朽覆盖的他。他是髑髅，是一具骷髅。他对他说：我去请求天神，为你重塑肉身，还你生命吧！骷髅的眼眶都要瞪裂了，喝止他说：你活着劳累，我死了安逸，真是跟你说不通，你走吧，我还要回太虚呢。

他遂写成《髑髅说》。

从红粉到枯骨，是他一生的孤独。

他是曹植。

曹植的孤独哀愁，写进了《七哀诗》：

明月照高楼，流光正徘徊。
上有愁思妇，悲叹有余哀。
借问叹者谁？言是宕子妻。
君行逾十年，孤妾常独栖。

君若清路尘，妾若浊水泥。
浮沉各异势，会合何时谐？
愿为西南风，长逝入君怀。
君怀良不开，贱妾当何依？

《七哀诗》被收入《昭明文选》，由李善做注。让我们结合李善的注释，读这首诗。

余哀徘徊——月光与思妇的情景同构

明月照高楼，流光正徘徊。

李善的注释认为：夫皎月流辉，轮无辍照，以其余光未没，似若徘徊。

这是在说，月亮的光华，不停地流出，不会断掉。这样来看，那些流出的月光，都不被月亮收回，又没有别的去处，就成了人间余下的光辉，便在这世上，来回地游走。

如此月色里的高楼，仿佛被月华包裹，熠熠生辉。

上有愁思妇，悲叹有余哀。

李善注："古诗曰：慷慨有余哀。"

这句诗，出自《古诗十九首》中的《西北有高楼》，写诗人不遇佳人知音的悲哀，诗中有四句："清商随风发，中曲正徘徊。一弹再三叹，慷慨有余哀。"

楼上有愁思妇，点明此诗是思妇诗。悲叹的余哀，写出愁思绵绵不绝，萦绕不去。

这两句诗用语典。诗意妙在“余”字，照应了余光未没的“徘徊”。一个“余哀”，奠定了《七哀诗》的基调。

月光的徘徊，与思妇的余哀，是景与情的同构关系。

借问叹者谁？言是宕子妻。君行逾十年，孤妾常独栖。

这四句诗，交代思妇的家庭情况。丈夫远行超过十年，没有回家，思妇一直一个人，独自生活。宕子，就是荡子，是游子的意思。

命运迥异——夫妻之间的天差地别

丈夫常年在外，思妇的愁思，该如何去写呢？且看《七哀诗》的手法：

君若清路尘，妾若浊水泥。

李善引用《汉书》的民歌，以泾河水的浑浊，说明浊水泥：“泾水一石，其泥数斗。”

夫妻犹如同样的尘土，却因分离，而有着不同的命运沉浮。路上尘土，人过车行，就会飞扬，飘扬在清风中。远行的丈夫，便如同风中的尘土，飘扬不知何时落地。而独居的妻子，却仿佛混合着泾河水的泥土，难以自由，心中愁苦。

面对这样痛苦的现实，思妇有怎样的愿望呢？《七哀诗》这样写：

浮沉各异势，会合何时谐？

谐，意思同“和”。**一清一浊，一上一下，一浮一沉，夫妻各自的命运趋势迥异**。这样反向背离的人生，在什么时候才会重聚，彼此如一地和谐生活呢？

水中泥土，随波逐流，难以安静，不得沉淀。身为水中泥土，如何去拥抱风中尘土？那便只好化身清风，与浮尘相拥。这就有了这样的诗句：

愿为西南风，长逝入君怀。

李善的注释是：“古诗曰：从风入君怀，四坐莫不叹。”

语典出自《四坐且莫喧》中的诗句：“朱火燃其中，青烟扬其间。从风入君怀，四坐莫不叹。香风难久居，空令蕙草残。”

《四坐且莫喧》这首诗，写的是做工奇绝的铜香炉，焚烧香草，飘出香风，香风带着香草的灰烬，飞入君子怀中，让在座的人惊叹。然而香风终会消散空中，难以久留。那焚作灰烬的香草，枉自燃烧，徒劳毁灭。这是意义终归虚无的悲哀。

于是，**读那句“长逝入君怀”，虽是梦想成真，愿望达成，却是身份低微得近乎没有了自我，把自己的存在，轻贱到托起尘土的风，柔弱得太容易停息**。

然而如此卑微的愿望，都不能实现！

君怀良不开，贱妾当何依？

他的胸怀，已经很久，没有向我敞开。纵然化成风，我又能凭什么依偎在他怀里呢？

从“君行逾十年”开始，《七哀诗》逐步递进，用对比和比喻，把夫妻之间的距离越拉越大，把思妇的愁苦越写越深，把思妇的地位越贬越低。

这可是对“悲叹有余哀”最好的表现。所谓余哀，正是咏之不绝、言之更甚的哀愁。再想“逾十年”与“常独栖”，就知道这十年的孤独，一旦涌上心头，竟是无边苦海，了无尽头。

如此便得言外之意，言有尽而意无穷。

一生余哀——《七哀诗》写出哀伤的极致

《七哀诗》如行云流水，情兴自然畅达，思路清晰合理，读来代入感极强，似顺水漂流，哗哗流入思妇哀愁的江河，又引起读者心中诸多往事，一时间叫读者与思妇，变成了同一个人。

《七哀诗》语言自然，写来不着雕琢痕迹，便得如此功效。悲叹有余哀，与明月有余光，是异曲同工之妙，又是人心理之常情。细想来，此诗自起兴开始，就在引人入诗境中。

《七哀诗》写的“余哀”，从过去“逾十年”的“常独栖”，写到未来的无着落。“君怀良不开”，则妾的未来，又该如何托付？这是关于未来的哀伤。

过去只是记忆，所以写过去，再痛都只是心里的事。未来却是生存，所以写未来，一伤就成了生命的事。

《七哀诗》以余生之哀写“余哀”，让“余哀”不只是哀的无尽，更是哀的沉重。

从浊水泥的比喻，到西南风的想象，思妇的情绪，由现实的冲突带来的痛苦，转变为由未来的迷惘带来的哀伤。

《七哀诗》是写哀，却又一波三折，从起兴的明月光，以乐景写哀，到自喻为浊水泥，以对此反差呈现痛苦不堪，最后是化身西南风的想象，写出此身无所托付的无助与哀愁。

古往今来，《七哀诗》写哀伤，可谓极致。

七步成诗——曹植《七步诗》情理的分寸

《七哀诗》里，尽是曹植的才情。

坊间多传，曹植因才情，遭其兄曹丕嫉妒。

曹丕给曹植出过一个难题，就是“七步成诗”，作不成，“行大法”。这个故事，却不见于正史，倒是从《世说新语》里传出来。《世说新语》里的《七步诗》，是下面这个版本：

煮豆持作羹，漉菽以为汁。
萁在釜下燃，豆在釜中泣。
本自同根生，相煎何太急？

至李善注《昭明文选》，引用的《七步诗》，又是另一个版本：

萁在灶下燃，豆在釜中泣。
本是同根生，相煎何太急？

到《太平广记》，引用的《七步诗》，与《世说新语》相比，也有差异：

> 煮豆持作羹，漉豉以为汁。
> 其在釜下燃，豆在釜中泣。
> 本自同根生，相煎何太急？

不论哪个版本，《七步诗》的精髓，始终在于“本是同根生，相煎何太急”。

曹丕与曹植，是同父异母的兄弟，这是“同根生”。在釜中哭泣的豆，自然是曹植。煮豆的水翻滚着吐出气泡，像极了豆子在哭泣。这一笔拟人，极为传神，引人动情。

曹丕身为帝王，与帝王讲情，终究是不够的。还需说理。

那句“相煎何太急”，究竟在问豆，还是在问萁呢？都问不着。问的是煮豆的人。豆与萁，本不会相害，这就是《七步诗》意思的妙处，这给了曹丕一个心理暗示：我俩亲兄弟，你本意不会害我，否则情理上说不过去。

煮豆燃豆萁，都是身不由己，被人操控，而兄弟相争，不也是帝王之家的必然命运吗？以豆拟人，自然把自己无意与兄相争的心志言明。

只是，《七步诗》出自《世说新语》，到底是不是曹植所作，很难断言，故学界多不信，以为《七步诗》更像坊间歌谣，只是为了多个噱头，八卦起来带劲儿，便托名曹植。

曹丕是个狠人，一上台，就废了汉献帝，自己登基。曹植知道了，居然痛哭。这让曹丕心里不爽。两兄弟的心结，只怕不是情感的事，也不是争位的事，而是天下的事。

豆子终究太小，谁会把整个世界，当作小小一粒豆子？

才情之哀——曹植一生的负累

曹丕死后，曹叡继位，一心报国的曹植，心愿仍不得顺遂。那些才情终消磨在诗赋歌里，朝来暮去韶华尽逝，他开创着自己的一方天地。好端端一个才子，活脱脱成了怨妇，世人赏玩他的清词丽句，谁会在意哀怨的所缘？

才情如花开，可招蜂引蝶，终留不住春天。糊上泥封，才情酵成了酒。岁月换来一场长醉，醒来梦碎，还在人间逗留。

曹植后来戒酒了吗？

在《三国志·陈思王传》中，记载曹植酒后僭越失宠的事：

> 植尝乘车行驰道中，开司马门出，太祖大怒，公车令坐死。由重诸侯科禁，而植宠日衰。

喝酒误事，更可误一生，却不至于误天下。曹植因此失去当太子的机会，于是也失去了因醉酒而误帝王天下事的机会。曹植那“宁教我负天下人”的父亲，终于不叫曹植负天下人了。到底大怒的曹操，想的是“休叫我儿子负我”。

情是天赋，才是后天苦读。如果才不能节制情，情到最后就是自大嚣张。才情加在一起，竟是人的负累，也唯有帝王权贵家，才有这奇葩事。

于曹植的才情，再读曹植的《七哀》，究竟仍有以思妇自喻，说政治的不得志，但更深一层的意味，竟是吟咏哀愁本身。

有才情而报国无门，是哀愁。有才情本身不是哀愁，报国无门才是哀愁。但才情却让报国无门的人，加重了哀愁，这又是才情的哀愁。这哀愁，好没道理！就像《七哀诗》里，通篇没有弃妇被遗忘的原因。

哀愁的不合理，哀愁的没来由，哀愁的莫奈何，哀愁的放不下，这无不加重着哀愁，让人在哀愁里深陷。

尽蔽七情——为哀愁所困的曹植与道家修行

七哀诗这个题，不见于汉乐府，疑创自“建安七子”之一的王粲，却无文献依据。唐人的《乐府古题要解》说：“七哀，起于汉末”。

“七哀”究竟何意?

《昭明文选》注谓：“七哀，谓痛而哀，义而哀，感而哀，怨而哀，耳目闻见而哀，叹而哀，鼻酸而哀也”。

这是说引起哀伤的缘由，有七种。这七种缘由，又可以作为诗的题材。

元代李冶的《敬斋古今注》给出另一个说法：“人之七情，有喜怒哀乐爱恶欲之殊，今而哀之太甚，喜怒爱恶等悉皆无有，情之所系，唯有一哀而已，故谓之‘七哀’也。”

这是说哀伤过重，就会盖过其他所有情感，让人的七情，尽是哀情，所以叫作“七哀”。故七哀诗，写极致而过分的哀情。

读曹植的《七哀诗》，当是哀之太甚，尽蔽七情。

帝王之家，可以汇集一国的文化资源，供养一个人的才情。三国时期，魏国曹家，没有理由不出一个可以看的诗人。也正是帝王之家，有了无限可能，却也有无穷限制，这才让帝王之子，体会的哀愁更深。

曹植的哀愁，究竟如何？

曹植在《释愁文》里说：“愁之为物，惟惚惟恍。不召自来，推之弗往。寻之不知其际，握之不盈一掌。”

哀愁没有器物形状，不可捉摸，要是能凭力量搬走，又何必费笔墨吟咏。哀愁如空气总在身边，又像块垒压在心头，折磨人，还不请自来，来了又请不走，想赶还无处下手。哀愁一端，扯出千头万绪。

于是《释愁文》里的曹植，找来幻想的小伙伴，为他的心病开药：“吾将赠子以无为之药，给子以澹泊之汤，刺子以玄虚之针，炙子以淳朴之方。安子以恢廓之宇，坐子以寂寞之床。”

这些药，说起来都是道家的修行功夫。

曹植在得意之时，作《辩道论》，讥刺道教求长生不老的神仙方术。然而长生不老，不止关于生命，还关乎心性。**当哀愁不解时，曹植才明白道家在心性功夫上的妙处。**

希望曹植真的得到了《释愁文》文末说的“释愁”：“于是精骇意散，改心向趣。愿纳至言，仰崇玄度。众愁忽然，不辞而去。”

不愿如此才情之人，像俗史认为的，郁郁而终！

情兴天成——曹植诗歌的艺术境界

对曹植的《七哀诗》，明代许学夷在《诗源辩体》中，评价为始于情兴的天然之作。

《诗源辩体》如是评论汉魏诗的异同与次第：

> 魏之于汉，同者十之三，异者十之七，同者为正，而异者始变矣。汉魏同者，情兴所至，以不意得之，故其体皆委婉，而语皆悠圆，有天成之妙。魏人异者，情兴未至，始着意为之，故其体多敷叙，而语多结构，渐见作用之迹。

天成的意思，在创作心理上，是“神与境会，忽然而来，浑然而就”，这是注重认知的直观体验。

在创作方法上，是“无歧级可寻，无声色可指”“其情不自知而形于辞，其辞不自知而合于理”，这是注重超越技巧束缚的自然表达。

在审美趣味上，是“情形于辞，故丽而可观，辞合于理，故则而可法”，这是强调美感来源于自然与合理，即美与真、善统一的审美趣味。

在文学批评上，是“气象混沌，难以句摘”，这是描述整篇诗是不可割裂的有机系统。

曹植的《七哀诗》，正是天成之作，但不是始于情兴，而是始终走不出情兴。**曹植始终走不出哀愁，于是才有《七哀诗》这般天成之作。**

走出哀愁，是生死之外的事。

15

生死之忧

——阮籍《咏怀诗》里的徘徊与逍遥

走出竹林——阮籍的安生与出仕

正始十年，洛阳正月，漫天飞雪。

梅花蕊上的雪，蒸酒极香。竹下窖藏的酒，在苦寒里陈酿。也许有酒有诗，就可以一生一世，岂不酣畅。也许这一生一世，终只得有酒有诗，莫不荒凉。人一生不过醉与醒，在他都作酒与诗，也许如此，就是一生。

“一日复一夕，一夕复一朝。颜色改平常，精神自损消。”在竹林里避开政治斗争的旋涡，他竟把最好的年华蹉跎。

他是阮籍。正始十年，他正好四十。

他也曾是美好的少年，奈何光阴似箭，“朝为媚少年，夕暮成丑老”。

寒夜里他徘徊伤心，清风入襟，琴上哀鸣，曾经踌躇满志的自己，难道布衣终身？

那一日，读书的阮籍，读到楚汉相争，长叹一声：“时无英雄，使竖子成名！”

“独有延年术，可以慰我心。”阮籍多想有更长的寿元，可以等来王道治世，一展抱负。

这终究是自己的选择，亦复是世事的无可奈何。他远离宦海无涯，换来清誉天下，他还有什么放不下，“求仁自得仁，岂复叹咨嗟”。只是这一生，换一个名声，真的值得吗？阮籍反问自己：“千秋万岁后，荣名安所之？”

竹林里饮酒吟诗的阮籍，舍弃了自己曾经的志向，“昔年十四五，志尚好诗书。被褐怀珠玉，颜闵相与期”。清露在野草上凝成了霜，他想起孔子在川上，叹逝者如斯。他突然释怀：“孔圣临长川，惜逝忽若浮。去者余不及，来者吾不留。”

阮籍笑了笑，在醉梦里安慰自己：“贵贱在天命。穷达自有时。”

听爆竹声，喝屠苏酒，踏雪寻梅，祭祀先祖。魏帝宗室，浩浩荡荡，由浮桥过洛水，到洛阳城外的高平陵，祭祖。怎料司马懿忽然起兵。曹爽与司马懿，这对死对头，对峙洛水岸。

司马懿熟知曹爽一党的德行，尽打败仗还骄奢淫逸，无知无能又贪财恋权，“驽马恋栈豆”罢了。司马懿诱降曹爽，曹爽一盘算，就算这大官儿不当，也依然能当个土豪，吃好喝好。谁知司马懿一转身，就违背诺言，戮杀曹爽及其同党三族，老弱妇孺皆不能幸免。

一时间，“天下名士减半”。

“随波纷纶客，泛泛若浮凫。生命无期度，朝夕有不虞。”这便是曹家与司马家争权的世道，生死无常，朝不保夕。**修道可以存性命，早被写进了道德经。但把喝酒当作修道，阮籍是第一个。**

忽一日，竹林里的东风，携着血腥的气息，吹绿竹尖新芽。司马懿的诏书砸中阮籍，而阮籍，还没来得及醉倒在地。

阮籍毕竟没有加入曹爽一党，理由就是生病。司马懿却有装病一派的至尊修为，装得几乎跟要死了一样，多亏了装病功夫出神入化，才骗得曹爽放松警惕，然后才有了高平陵之变。在装病脱身这事上，阮籍就不在司马懿面前班门弄斧了。

这一次，他没有拒绝政治，但不是因为怕死。

阮籍不怕死，因为生死，皆由自然。他说："死生自然理，消散何缤纷。"他害怕活着没有意义。他说："王业须良辅，建功俟英雄。"初生时谁不美好？难在从生到死的一生，过得美满。"人谁不善始，尠能克厥终。"

即使不能装病，不能醉酒，以阮籍的聪明，仍然可以找到足够多的办法，安身自保。曾经，曹操为请阮籍父亲阮瑀，出山为官，竟然放火烧山。司马懿总不可能烧掉这片竹林吧。若世间没有竹林，总会有桃林李林，可以栖身。

但是阮籍终于走出了竹林。

那时，活着，比死，更艰难。

郁彼北林——竹林七贤心中的礼义

建安十七年，建安七子之一，阮瑀，去世，其子阮籍，时年三岁。

曹丕与阮瑀相交甚笃，作《寡妇赋》，在序中说："陈留阮元瑜与余有旧，薄命早亡，故作斯赋以叙其妻子悲苦之情，命王粲等并作之。"

其赋悲戚，伤痛欲绝："守长夜兮思君，魂一夕兮九乖。愿从君兮终没，愁何可兮久怀。"

曹丕对故人妻儿，有所接济。这是阮籍与曹魏王室之间的情义。

阮籍幼年丧父，却像极了自己的父亲。因为他的父亲，是他学习的榜样。且读阮籍《咏怀诗》第四十七：

生命辰安在，忧戚涕沾襟。
高鸟翔山冈，燕雀栖下林。
青云蔽前庭，素琴凄我心。
崇山有鸣鹤，岂可相追寻。

首二句，阮籍写其父阮瑀过世，自己悲恸不已。次二句写阮瑀品行高洁，与出仕为官之事。“青云蔽前庭”，比喻阮籍自己面对的时局。阮瑀师从蔡邕，弹得一手好琴，“素琴凄我心”，写阮籍欲以父亲的品行，作为自己处世的导向。《易》云：“鹤鸣在阴，其子和之。”此诗末两句，便言明了阮籍以自己父亲为学习榜样的想法。

阮籍的父亲，曾与乐工一同奏琴，唱有一首《琴歌》，“为曲既捷，音声殊妙，当时冠坐，太祖（曹操）大悦”。《琴歌》曰：

奕奕天门开，大魏应期运。
青盖巡九州，在东西人怨。
士为知己死，女为悦者玩。
恩义苟敷畅，他人焉能乱。

曹操为阮瑀知己，阮瑀不忘曹操恩义。**阮籍并没有那么豁达，豁达到可以忘恩负义。竹林七贤的“魏晋风度”，不是置礼教于不顾，而是放礼义于心中。**

有所作为——活在曹魏与司马的政治斗争中

潜龙在井底，鳅鳝舞其前。魏帝曹髦，才华过人，不甘心当傀儡皇帝，坐以待毙。丞相司马昭，依旧军权在握。

曹魏王室与司马家族的斗争，终须结束。

甘露元年。

阮籍向司马昭要求当步兵校尉，理由是，步兵营里，有厨子酿得好酒。他为的不是亲近酒，而是远离人。

在步兵校尉之前，阮籍官居散骑常侍。散骑常侍的岗位职责是啥？入则规谏过失，备皇帝顾问，出则骑马散从。

但是，阮籍有个优点，让他做不了尽职调查，那个优点，叫作“慎言”，和他父亲阮瑀一样。阮籍喜怒不形于色，也从不讨论他人是非。可想魏帝曹髦，向阮籍问人问事，会面对怎样的尴尬。

司马昭这样评价阮籍的“慎言”：“天下之至慎者。”谨慎是必需的，不然呢，难不成让你司马昭酒里下毒，给毒死不成？

甘露二年。

西晋时“明珠瓦砾一例抛”的土豪石崇，有一个能掐会算的父亲，石苞。石苞临死前分遗产，唯独没有石崇的份儿，因为他认为石崇长大定会肥得流油。不是所有官二代，都是富二代。石苞拜镇东将军，进京见曹髦，曹髦留他交谈了几乎一整天。

司马氏一直军权在握。曹髦没有军权，何谈君权？曹髦自然要拉拢自己的军事力量，于是，和将军石苞的谈话，核心必然是军权与利益的交换。

谁知石苞转身就把曹髦卖了。石苞对司马昭评价曹髦说：“非常主也。”意思就是，曹髦不是傻呵呵任由你摆弄的君主，你得当心了。受曹魏恩惠的寒门之后石苞，投入了豪门的怀抱。对于人心，曹髦也许不是不懂，而是不得不拉拢。

曹髦是非常主，但是，司马昭也不是省油的灯。所以，从博弈论来看，石苞是在挑司马昭与曹髦相争，最后不论谁是赢家，他自己都能捞到好处，这姑且叫作“石苞均衡”吧。

甘露三年。

儒者郑小同，教授魏帝曹髦《尚书》之师，大儒郑玄之孙，遭司马昭毒杀。

毒杀郑小同，原因很巧合，巧合得很刻意：郑小同拜访司马昭；司马昭上厕所，桌上秘密公文，没来得及收拾，厕完出来，司马昭就问郑小同，有没有偷看。不是偷看他，是偷看他的公文。郑小同肯定说没有。于是，司马昭传神地扮演了一次曹操，对郑小同说：“宁我负卿，无卿负我。”

就在这一年，曹髦封司马昭为晋公，备礼九锡，进位相国。司马昭推辞不受，如此与曹髦九授九让，终于停止。

司马昭演的这出戏，表明了三点意思：首先，皇帝管不了司马昭，其次，司马昭是一个谦逊不贪的好人，最后，公与相不足以匹配司马昭的伟大，司马昭就等着皇帝禅让了。

曹髦的小伙伴们，可不会无所作为。大臣郑冲，找阮籍，想让阮籍写文，请司马昭接受曹髦赐封。阮籍大醉作文，于是，文章写了，为魏帝出了力。可是，文章又是醉后写的，也不怕司马昭追究。此文名曰《为郑冲劝晋王笺》。

《晋书·阮籍传》有记载：

> 会帝让九锡，公卿将劝进，使籍为其辞。籍沈醉忘作，临诣府，使取之，见籍方据案醉眠。使者以告，籍便书案，使写之，无所改窜。辞甚清壮，为时所重。

魏帝之死——司马昭之心，路人皆知

甘露五年五月。公元 260 年，阮籍五十一岁。

傀儡皇帝曹髦，说了句“司马昭之心，路人皆知”，带着几百童仆，冲出皇宫，杀向司马家的丞相府。路上遇到廷尉贾充，领军阻击。曹髦手持长剑，驾车向前，指挥冲锋，眼看贾充的军队，就要溃败。

这时，太子舍人成济，问贾充：“今天这事儿咋整啊？”贾充说：“司马昭大哥养你们几个畜生，不就是看今天吗？那还能咋整啊！”

于是成济挥戈，冲杀进曹髦军中，拒退左右护卫。曹髦仗剑欲战，奈何自己年不满二十，无力御敌。成济逞凶，举戈刃从曹髦胸膛刺穿，透背而出，曹髦从车乘跌落地上，驾崩！

是时候，该魏国影帝司马昭，展示他自己真正的演技了！他赶到弑君的案发现场，居然抱着曹髦的尸体痛哭起来。他问别人："天下人怎么看我啊？"意思是，天下人会让我当皇帝吗？

别人说："你把贾充杀了，天下人就看你顺眼了。"

司马昭不肯，想出一个损招。他让太后下诏说，曹髦要杀的，是太后——搞成曹髦有罪在先，其罪当诛，贾充反倒救驾有功。

司马昭又要杀成济，灭成济三族，当替罪羊，背弑君的锅。捉成济的时候，成济光胴胴爬上屋顶，和他哥一起，用各种不堪被书面文字记录的脏话骂司马昭。

司马昭畜养的畜生，不光可以用来杀人，还可以用来杀。

徘徊离伤——曹魏与司马政治斗争中的阮籍

酒酣里癫狂了岁月，浓醉处时光流逆。历史的长河奔腾成血，不能说的话化气入诗。

让我们在魏晋最绝望的时代，读阮籍的八十二首《咏怀诗》：

其一：

> 夜中不能寐，起坐弹鸣琴。
> 薄帷鉴明月，清风吹我襟。
> 孤鸿号外野，翔鸟鸣北林。
> 徘徊将何见？忧思独伤心。

司马氏拉下暴政的夜幕，京城每日都有暗杀与屠戮。“夜中不能寐，起坐弹鸣琴。”黑暗中的沉睡，是丢弃清醒，让自己融入黑夜。只要有琴声，黑暗里，就不止是夜的寂静，统治一切。

“薄帷鉴明月，清风吹我襟”，月影清亮，夜风清凉，我心清净，却在这黑夜浊世里如何自处？

“翔鸟鸣北林”，鸣琴，一如鸟鸣，是在问自己的归处。心在人间徘徊，人在世外游荡，谁不想有一个栖身处，一展抱负？却只能“忧思独伤心”！

其二：

二妃游江滨，逍遥顺风翔。交甫怀环佩，婉娈有芬芳。
猗靡情欢爱，千载不相忘。倾城迷下蔡，容好结中肠。
感激生忧思，萱草树兰房。膏沐为谁施，其雨怨朝阳。
如何金石交，一旦更离伤。

曹髦是曹魏王室最后的希望。曹髦驾崩，天下无君。

阮籍不可能奉司马昭为君。世间无明主，如潇湘二妃，失去了大禹帝。然而忠心不忘，钟情依旧，只因曾经相知欢快，值得矢志不渝，“猗靡情欢爱，千载不相忘”。

君王不再，女子润发的膏沐，又能为谁而施？那金石一般坚固的情义，在离别时，更加伤人！“膏沐为谁施，其雨怨朝阳。如何金石交，一旦更离伤。”

其三：

嘉树下成蹊，东园桃与李。秋风吹飞藿，零落从此始。

繁华有憔悴，堂上生荆杞。驱马舍之去，去上西山趾。
一身不自保，何况恋妻子。凝霜被野草，岁暮亦云已。

桃李不言，下自成蹊。阮籍慎言，其心自清。桃李终会乱红飞去，凋敝时候，又能有谁，在树下赏花？

秋风把豆叶吹散，人间的零落，从时局的变更开始。阮籍终究不是一个见风使舵的人，纵然他的聪明才智，让他轻易能看清时局。阮籍懂司马昭之心，也能掂量出曹髦的分量。正因如此，才知道大势面前，螳臂当车无益。

繁花容颜憔悴，这是多么坏的时代！荆棘却蓬勃生长，这是多么好的时代！朝堂上荆棘丛生，让人寸步难行，稍有不慎，就挂出一身血。如此朝堂，怎堪为家国！

司马昭杀人，杀上瘾了。仿佛杀得足够多，龙椅就会敞开怀抱，拥抱他司马昭。

人连自己的命都保不住，哪儿还有心思，去眷恋他人？

待到冬霜覆满野草，等暴政的恐怖，浸染世间，这就是一次轮回的终止，一个时代的结束。还能如何？无可奈何！“凝霜被野草，岁暮亦云已。”

若将其三，与其一其二,一同通观，读出的，是绝望。阮籍在司马氏的残暴政治之下，有品德，有才学，能坚守自己的道，却无能为力于匡扶王室，兼济天下，他甚至自保都费劲！

世间名利权势，都由不得自己。

其四：

> 天马出西北，由来从东道。春秋非有托，富贵焉常保。
> 清露被皋兰，凝霜沾野草。朝为媚少年，夕暮成丑老。
> 自非王子晋，谁能常美好。

桃李不应托付于春秋，因为春秋流转，终顾不得桃李的花开花落。人生若是天生富贵，在这血腥的政治斗争中，富贵也不是永远都在。世间事物，都会朝着相反的方向发展。

但是，这不是真相。真相是，世间事物所有的美好，都会朝着衰败与死亡发展。“朝为媚少年，夕暮成丑老。”

王子晋，是东周灵王的太子，十五岁行冠礼，就以太子身份辅政。年少而才华横溢的曹髦，像极了王子晋。

然而，王子晋年十七，偶游伊洛，归而死！依《列仙传》的说法，他是成仙去了。曹髦所有的美好，都被一戈洞穿，葬送街头。就连皇帝的身份，都保不住一个人的生命！“春秋非有托，富贵焉常保”，这其中，又是怎样的怨与刺啊！

其五：

平生少年时，轻薄好弦歌。西游咸阳中，赵李相经过。
娱乐未终极，白日忽蹉跎。驱马复来归，反顾望三河。
黄金百镒尽，资用常苦多。北临太行道，失路将如何。

轻薄少年，所好的弦歌，在阮籍的世界里，有着特殊的意义。

阮籍年轻时候，作《乐论》，说："律吕协则阴阳和，音声适则万物类，男女不易其所，君臣不犯其位，四海同其观，九州一其节。"

阮籍描绘的，是多么美好的礼乐教化的世界！"故达道之化者可与审乐，好音之声者不足与论律也。"王道之善与音乐的美，天然一体，相互流通。

作《乐论》，正是曹叡之时，曹叡尚奢靡浮华，魏国衰弱，世风败坏，由此发端。自王室至百姓，皆以音乐为娱乐。从春秋开始的礼崩乐坏，到魏国，算是坏得彻底没救了。

作《乐论》的阮籍，是一位背负诗书的儒生，对着面带讥笑的世人，认真讲述着自己信奉的礼乐教化与荡荡王道。

不论儒与道，阮籍一生，都在坚守着自己心中的"道"。

召唤大道——面对豪门奢靡的寒门玄学

官渡之战，袁氏一族战败，这意味着袁家代表的儒家豪族，败给了曹操代表的非儒家寒族。

儒家豪族的新一任代言人，就是司马家。

以司马家马首是瞻的儒家豪族，讲究着烦琐而虚伪的礼教，同时也挥霍金银，穷奢极欲。礼教对于这群自我标榜为“儒家”的东西，就如同胯下的粉头，掌上的明器，都不过是玩具。

礼教之外的人，从来谈不上对礼教进行亵渎。亵渎礼教最甚的，正是这群豪门纨绔。司马氏及其同党，不过是纨绔变老了。

曹操的后人，就在纨绔奢靡之风的熏习里，变成了穷奢极欲的权贵。豪门就这样消灭了寒门。

阮籍《咏怀诗·其五》中的轻薄少年，就是豪门纨绔。这些伪君子教出来的浪荡子，骄奢淫逸，但最终韶华尽逝，富贵颓败，一无所成，更一无所有。这就是魏晋儒教，所要面临的意义的虚无。

司马昭可以杀死曹髦，儒家豪门可以把民众当猪狗般奴役，但儒家豪族，都会死在大道变易之中。

司马昭可以杀人，但杀不死道。全天下哪怕只剩他司马昭一个人，他也仍在大道之中。

于是，我更愿意将所谓的魏晋风度，看作一场巫祝，洁身自好之人，以此召唤着大道。阮籍等人的反常行为，契合着反者道之动，以大道之动，将伪善为恶之人，带入虚无。

袁绍一家，祖传《孟氏易》，不知道“易有三义”，袁家与豪门，可真读懂了？如果不懂，可以请阮籍为你们讲一讲他作的《通易论》。

禽兽不如——豪门礼教的必然结果

司马昭想让自己的儿子，娶阮籍的女儿。阮籍施展酒遁之术，烂醉两个月，这事儿黄了。

阮籍的行事做派，让司马氏一党的人看不惯，想弄死他。司马昭保他。

有一次，有人说，一个人杀了自己的母亲。

阮籍说："杀父亲可以，杀母亲怎么行！"

旁人以为抓到了阮籍的把柄。毕竟在魏国言论涉嫌不孝，就可以用来治人死罪。例如曹操，就用这招，判从小就会让梨的孔融，死刑。

司马昭在场，只得看阮籍如何解释。阮籍说："禽兽只知其母，不知其父。所以说啊，杀父，就是禽兽，杀母，就是禽兽不如。"司马昭听完，会心一笑。

服膺儒教的司马昭，一直有个过不去的坎儿。

儒家讲君臣父子，臣事君，如子事父，以人之孝，可以观其忠。那么，司马昭如果杀了曹髦，就如同杀死自己亲爹，他就是禽兽。天下人谁愿意让一只禽兽，当自己的君？君如父，那不就是让自己也变成禽兽了？

所以，司马昭有个两难问题：如果杀曹髦，那么，自己不能当皇帝；如果不杀曹髦，那么，自己也不能当皇帝。我们姑且称这个难题，为“司马昭博弈”——当然，只要司马昭没有当皇帝的心，这个博弈就迎刃而解。

阮籍的话，说起来就是，弑父杀君，没有什么大不了，真正大不了的，是杀自己的母亲。阮籍明显在用比较级来偷换概念。

司马昭听阮籍一席疯癫话，胜读十年儒家书。确实，司马昭的书，都读到狗身上了，所以没听明白阮籍这话的真正意思。

杀母，是禽兽不如。但是，弑父杀君，依然是禽兽所为！所以，阮籍是在告诉司马昭，你如果弑君，天下人就把你当禽兽。

不过，按照阮籍的逻辑，如果一个人，要杀自己的母亲，又不想别人说他禽兽不如，他只需要找到另一个有同样理想的人，“易母而杀”！这样，禽兽不如的问题，就迎刃而解了。如果他再杀死那个和他易母而杀的人，除了天地和自己，再没人知道他是禽兽。这个问题，我们姑且称之为“阮籍悖论”。

司马昭借他人之手杀曹髦，最后做成曹髦不孝、司马昭除恶的局，不正是“易母而杀”的翻版吗？

这就是，当司马昭博弈出现，就必然会有阮籍悖论出现。也就是说，**当一个人想做禽兽之事，又不想被人说成禽兽，他就会做出禽兽不如之事。**

儒家豪门的礼教，包含了从禽兽行径引发禽兽不如行径的必然模式。换句话说，没有王道，豪门贵族的礼教，注定禽兽不如。

魏晋的儒家豪门正是这般，满嘴忠孝礼义，一手弑父杀君，简直禽兽不如。

魏晋儒教的问题，就在名实不符。这个名实不符，是强用虚名、粉饰邪恶所致。阮籍等人的玄学，恰是粉碎“虚名”，让礼教的粉饰邪恶，无从下手。

让我们来看看司马昭祖传的孝道：

《三国志·魏志·司马朗传》裴注引司马彪《序传》云："诸子虽冠成人，不命曰进不敢进，不命曰坐不敢坐，不指有所问不敢言，父子之间肃如也。"

典型的父子如君臣，家人像外人，把一家人关系整成上下级关系，全无亲情，泯灭人性。

与司马家祖传的孝道不同，阮籍的孝，更真性情。

《晋书·阮籍传》云："性至孝，母终，正与人围棋，对者求止，籍留与决赌。既而饮酒二斗，举声一号，吐血数升。及将葬，食一蒸肫，饮二斗酒，然后临诀，直言穷矣，举声一号，因又吐血数升，毁瘠骨立，殆致灭性。"

玄学与诗——在虚无的文化中追寻王道

陈寅恪先生论魏晋统治者的社会阶层时，提出"魏、晋的兴旺递嬗，不是司马、曹两姓的胜败问题，而是儒家豪族与非儒家的寒族的胜败问题"。

魏与晋的统治者，社会阶级不同，曹氏代表非儒家寒门，司马氏代表儒家豪门。

曹操对抗儒家，采用法家思想，改革社会制度，任人唯才，强弱民、弱强民。同时又发展诗文，通过寒门才子的诗文创作，活跃文化，将文化发展的方向，从豪门的经学里，拉扯出来。

经学本身没有问题，问题在于，是谁在掌控和玩弄经学。法家本身也没有问题，问题在于，用法家之术管理谁。法家思想具有鲜明的工具性，秦朝以法家弱平民，曹魏以法家弱豪族。

王道沦丧，其实是这一系列问题的失序。

曹魏时期，儒家与法家的矛盾，本质上，是权贵与国家的矛盾。豪门权贵盘剥百姓，抢占社会资源，国家所占有的资源，就会相应损失。国家的资源消耗，不会成为百姓的负担，豪门的穷奢极欲，才会让百姓深陷水火。在法家对国家现实利益的计较面前，儒家的礼义说教，变得极其虚伪。

建安七子的诗，都具有现实性。先秦反映现实的《诗经》，被儒家豪族纳入经学体系，就脱离了社会现实的应用场景。汉末连年战乱，百姓更无暇创作民间诗歌。于是，曹氏父子与建安七子的诗文，自然占有了文化的流量红利，创造了诗文的新爆点。

建安七子之一、阮籍之父，阮瑀，曾作《文质论》，提出“文虚质实，远疏近密”的观点，就“文质彬彬，然后君子”的问题，强调质比文重要。儒家豪族重虚礼，讲虚名，是以重文，而无实质的才德。

《文质论》又说：“丽物苦伪，丑器多劳。”就真善美同一的层面，来说儒家豪门的奢华背后，是不实用的虚伪。《文质论》不否定文的重要，认为“两仪通数，固无攸失”，文与质结合，才是正确的文化。

曹氏代表的非儒家寒门，反对儒家。而事实上，**读阮瑀的《文质论》，阮籍的《乐论》，无不是在思辨地追问儒学更深层次的精神实质。**

司马氏代表的儒家豪门，本质上，也在反对儒家，因为他们要夺曹家的魏国，就必然违背儒家君臣之礼。郑小同被司马昭毒杀，只怕是因为郑小同和曹髦讲了太多经学里真正的君君臣臣！

司马懿杀了何晏。何晏是魏晋文人清谈和嗑药的祖师爷。但是，司马氏不禁止清谈和嗑药，因为，清谈和嗑药，可以让儒学失去对人的行为的统治地位。

阮籍身处的时代，就是儒学，这一最高价值，自行贬黜的时代。最高价值的自行贬黜，就是虚无。**阮籍的玄学，对抗着虚无。**

问曰：阮籍的《咏怀诗》创作于何种文化语境？

答曰：虚无主义。

复归于道——阮籍诗的玄学意味

且读阮籍《咏怀诗》中的玄学意味：

其六：

昔闻东陵瓜，近在青门外。连畛距阡陌，子母相钩带。
五色曜朝日，嘉宾四面会。膏火自煎熬，多财为患害。
布衣可终身，宠禄岂足赖。

东陵瓜，是秦朝东陵侯种的瓜。《史记·萧相国世家》记载：“秦东陵侯。秦破，为布衣，贫，种瓜于长安城东，瓜美，故世俗谓之‘东陵瓜’。”

看那瓜田一片连着一片，瓜果一个接着一个，也算种瓜人中的佼佼者。昔日贵族，以布衣得以终身，不也是幸事!

这是道家讲的无用之用。事物因其有所不用之处，而可以与他物达成功用；事物因自身不足以被利用，故能因不被利用而长久生存。

“膏火自煎熬”，出自《庄子·人间世》：“山木自寇也，膏火自煎也。”形容油脂可以燃烧，便被用于灯油，被燃烧消耗。

人在丞相之位，自然众人簇拥，嘉宾四面开会，好生热闹。但丞相的权势，终究是君王赐予的恩宠，一旦犯错，失去地位，便是身死。

汉儒讲史，讲的是君权神圣与政治争斗。阮籍咏史，咏的是人生生存与大道之理。

再读其三十二：

朝阳不再盛，白日忽西幽。去此若俯仰，如何似九秋。
人生若尘露，天道邈悠悠。齐景升丘山，涕泗纷交流。
孔圣临长川，惜逝忽若浮。去者余不及，来者吾不留。
愿登太华山，上与松子游。渔父知世患，乘流泛轻舟。

莫不是叹时光流逝，人生苦短，而大道无穷，故当远离尘世，逍遥自在，如渔夫泛舟，不问世事。

公元 263 年，阮籍去世。

司马昭杀了嵇康，第二年，阮籍死了。

自司马昭时，《晋律》开始编写。《晋律》吸纳《汉律》，《汉律》从董仲舒“春秋决狱”开始，引儒家经典论证司法审判。《晋律》更进一步，纳礼入律，成为中国古代第一部儒家化法典。

《晋书·刑法志》对心、情、理、刑有明确定义，定义皆符合儒家教义："夫刑者，司理之官；理者，求情之机；情者，心神之使。心感则情动于中。"《晋律》制律法用刑名之学，刑名之学属于法家。《晋书·刑法志》载十二律义之较名，其中有："违忠欺上谓之谩，亏礼废节谓之不敬，陵上僭贵谓之恶逆"。

这些恰是司马昭弄死嵇康的法律依据。《晋书·嵇康传》说："康、安等言论放荡，非毁典谟，帝王者所不宜容。"

三千太学生请命，止不住司马昭对嵇康的杀心。

魏晋时期，"名教"指以名为教，名指官长君臣之义，这是去世求仕之人，必须尊奉的伦理规范。西晋《晋律》的完成，是名教的完成。

嵇康提出的"越名教而任自然"，是在儒术法家化的社会制度中，为人的自由，寻找一处文化的根据地。

嵇康死了。那个曾经与他一同，在大树下打铁维生的小伙伴向秀，看着他的头，被司马昭的刽子手砍下，然后盛赞司马昭有尧帝之心，入朝为官。也许向秀只为作一篇《思旧赋》，记下亡友的德行。

向秀终于没听嵇康劝阻，为《庄子》作注。

不是每一个朋友，都能同生共死。嵇康死了，向秀活着，阮籍死了。死是为了成全，生是为了传承。生死化为彼此的一部分，嵇康、阮籍与向秀，在浩渺虚空里团聚。

有人说，阮籍醉死在步兵营的酒窖里，同那个病酒的刘伶一起。

提到醉死，竟让我想起，司马昭给郑小同喝的那杯毒酒。

阮籍究竟是喝酒醉死，还是喝毒酒醉死呢？

我却更愿意相信，阮籍在诗中给自己安排的归宿："渔父知世患，乘流泛轻舟。"

做泛舟五湖的范蠡，还是《庄子》里的渔父，或是《离骚》里的渔父？都不重要了。重要的，是远离政治旋涡，好好地活着。

诗的觉醒——魏晋风度无关人的觉醒

在阮籍八十二首《咏怀诗》里，庄子与屈原相遇，诗经与楚辞邂逅，乐府与诸子融贯，历史与道体相契，儒家与玄学合一，仙境与田园交织。

阮籍之前，从未有人，把如此丰富的境界，带入诗歌。整个文化的历史，全部世代的风华，尽付诗中。阮籍让诗拥有了无限可能，诗可以写整个世界，诗也可以自己就是一个世界。

《咏怀诗》的妙处，就在于，从阮籍的人生去诠释，可以读通；从魏晋的政治去解读，也可以读通；从玄学与道理去理解，仍可以读通；仿佛阮籍用《咏怀诗》，写尽自己的全部世界，仿佛《咏怀诗》里，有着读不尽的世界。

在阮籍之前，《诗》无达诂，到阮籍的《咏怀诗》，诗可通诠。

《咏怀诗》如此，自然不是将思想感情，用“诗歌”的形式来表现。《咏怀诗》里的思与情，有着玄学与文章所不能呈现的意义。至此，诗才真正成为一种独立而自觉的文化形态。

魏晋风度，是一种不为物累、任性自恣、风流潇洒的人生态度，魏晋名士强调人的个体需要和欲求的合理性。因此，一些当代学者，将魏晋风度这一文化的思想意义，概括为“人的觉醒”。

我想，这说不上“人的觉醒”。

那酒醉后的疯癫，服用五石散后的狂躁，是人的堕落。把《世说新语》这种小说里，纨绔们的非理性消费，捧成人的觉醒，很扭曲。

魏晋名士，一辈子只干四件事：杀人，被人杀，看人被杀，防被人杀。难道“人的觉醒”，是因为杀人？魏晋名士，是一个阶层里的少数人，用少数人，代表“人”，是否与少数人不同的贫民，都不是人了？

读阮籍的《咏怀诗》，我以为魏晋风度的可圈可点之处，在于“诗的觉醒”。

这不仅因为诗成为一个独立而自觉的文化形态，还因为诗与文化史的全部成果相融汇，更因为诗不再属于某个兴致突发的瞬间，而是属于一个人的一生、一个时代的历史、一种新思潮的直观。

而最重要的，是我们在《咏怀诗》里，看到了比史书与小说里更真实的阮籍——诗能造就一个世界，让人的精神在其中永存。诗能超越时间，诗是另一种长生。

《咏怀诗》所做到的，难道不正是魏晋玄学追求实现的理想吗？

16 诗酒田园

——陶渊明的酒仙精神与道法自然

生死之间——陶渊明归隐的亲情原因

陶渊明为什么辞官归隐？

《晋书·陶潜传》记载，陶渊明于彭泽辞官归隐，因“不为五斗米折腰”。

陶渊明的《归去来兮辞》，有一段小序，谈及辞官情形，却有这样一句话：“寻程氏妹丧于武昌，情在骏奔，自免去职。”

陶渊明有一个嫁到程家的妹妹，与他同父异母。陶渊明到任后不久，他的妹妹就在现今湖北省鄂州市去世，陶渊明急切想要赶往那里，送妹妹最后一程。陶渊明整个人的心情，全部在急切奔丧上，所以自己辞官。

由史书读辞赋，才知陶渊明的动人亲情，被史官铁笔遗漏了。

陶渊明在妹妹去世一年半以后，作《祭程氏妹文》。文中真情，催人泪下：

寒往暑来，日月寖疏，梁尘委积，庭草荒芜。寥寥空室，哀哀遗孤。肴觞虚奠，人逝焉如！

慈妣早世，时尚孺婴。我年二六，尔才九龄。爰从靡识，抚髫相成。

咨尔令妹，有德有操。靖恭鲜言，闻善则乐。

岁月在寒来暑往间，渐渐流逝，妹妹往日生活的庭院里芳草荒芜，屋梁上尘埃堆积。一个人的离开，不止为活着的人心中，添上哀思，还为物事，留下破败。空荡荡的房间里，有亡妹留下的孤女，哀伤啼哭。猪羊肉与美酒，望空祭奠，离世的人啊，究竟去了哪里？她可还能听到祭奠的消息？

陶渊明十二岁的时候，他的妹妹，只有九岁。妹妹的生母，在那时过世，妹妹由陶渊明的母亲抚养长大。从此，两个尚未懂世事的孩童，一同看人间风雨。相伴的亲情，是相依为命。

妹妹是一个安静而谦逊的女孩儿，话很少的她，听到人间善良美好的事情，会开心地笑。她用心做一个让人无可挑剔的女子。

想起妹妹往日的善良，陶渊明忽然憎恶苍天！

不是说，好人会有好报吗？苍天却为何让妹妹这样的好人这么早离世！

如此无能为力的愤恨，交织着无可奈何的悲哀，陶渊明从未想过，只比自己年幼三岁的妹妹，会早早地离开自己。

真情，让陶渊明直面生死。

生与死的意义，让陶渊明重新思考，自己究竟该如何，过此一生。

每读陶渊明归隐，思及前因，在陶渊明的德行清高之外，当有动人真情。

隐逸自然——世外桃源其实是王道乐土

陶渊明辞官了。一个连生存，也成问题的人，又一次丢了饭碗儿。

史书说，他裸辞的理由，是“不为五斗米折腰”。这句话，传颂千古，却没有几人敢真正践行。因为，世人多认定，活着很艰难，但再艰难，也要活着。艰难的世人，学不来陶渊明，更读不懂陶渊明。别不服气，这是事实。

钟嵘《诗品》评陶渊明诗，以为“古今隐逸诗人之宗”。陶渊明的标签，是隐士。殊不知，隐士，才是那个时代真正的勇士。世人论陶渊明归隐的原因，五花八门，却不得要领，大抵未曾从陶渊明的视角，看魏晋的世道。

所谓世外桃源，不是长生仙境，而是王道乐土。归隐，是在浊世里，守护王道最后的种子。

且读陶渊明的《桃花源诗》：

嬴氏乱天纪，贤者避其世。
黄绮之商山，伊人亦云逝。
往迹浸复湮，来径遂芜废。
相命肆农耕，日入从所憩。
桑竹垂余荫，菽稷随时艺；

春蚕收长丝，秋熟靡王税。
荒路暧交通，鸡犬互鸣吠。
俎豆犹古法，衣裳无新制。
童孺纵行歌，班白欢游诣。
草荣识节和，木衰知风厉。
虽无纪历志，四时自成岁。
怡然有余乐，于何劳智慧？
奇踪隐五百，一朝敞神界。
淳薄既异源，旋复还幽蔽。
借问游方士，焉测尘嚣外。
愿言蹑清风，高举寻吾契。

“相命肆农耕，日入从所憩”，化用《击壤歌》的“日入而息”，写桃花源里，生活劳作，皆任其自然；“怡然有余乐，于何劳智慧”，暗合《老子》里“绝圣弃智，民利百倍”之意，写桃花源里的无为而治。

“虽无纪历志，四时自成岁”，就算没有自尧帝设立的官员礼制，四时本来也会自然有序，描绘出无为自然的世界。《尚书·尧典》记载尧帝的功绩：“乃命羲和，钦若昊天，历象日月星辰，敬授民时。”世外桃源里，没有王朝更迭，不需掌历法史书的天官。

唯有无为自然，方得王道荡荡。陶渊明的世外桃源，是以隐逸之道，守卫王道。

《晋书·陶潜传》这样记载陶渊明辞官的经过：郡遣督邮至，县吏白应束带见之。潜叹曰：“我不能为五斗米折腰向乡里小人。”即日解印绶去职。赋《归去来兮辞》。

陶渊明不愿意“束带”见督邮。督邮的权力，包含对县级官员的监督考核，陶渊明的官职，与督邮的意见有关。自汉代以来，督邮多收受贿赂。

什么是“束带”？是官员身穿礼服。《论语·公冶长》说：“束带立于朝，可使与宾客言也。”让读圣贤书的陶渊明，穿着礼服，拜见一个毫无德行修养的文吏，是羞辱。

王道沦丧，礼崩乐坏，在陶渊明的遭遇里，就是将君子的礼，施与文吏小人。

生存所需——归隐只为好好活着

隐逸，不是逃离，而是撕裂。天下无道，故有道之人，以归隐，守护自己的道。

与其说，陶渊明归隐，是为追求自由与天性，倒不如说，是因儒生的愤世嫉俗。但是，这些都是陶渊明诗文的深层意思。如果结合史料来看，陶渊明归隐，只为糊口。没有什么高大上，只是糊口。

历史撕裂了陶渊明。陶渊明又以世外桃源，撕裂历史。

《归去来兮辞》的自序，说明了陶渊明做官的原因，是养家糊口：“余家贫，耕植不足以自给。”家中“幼稚盈室”。

魏晋的土地政策，是按成年男丁分配土地，陶渊明家孩童无多余田产抚养。官吏由政府分配公田，所以，陶渊明的亲故，多劝他做长吏。

陶渊明任职的彭泽，离家乡遥远，“彭泽去家百里，公田之利，足以为酒”。公田只够满足陶渊明自己的生活，不足以养家。陶渊明离乡，家中田地疏于照料，反而粮产稀松。《归去来兮辞》的第一句，是生存的呐喊：“归去来兮，田园将芜胡不归？”

陶渊明有病。

《晋书·陶潜传》记载，陶渊明第一次裸辞后，“躬耕自资，遂抱羸疾。”羸疾，是身体劳累过度，伤及根本，衰弱生病。生病，让陶渊明的生产力落后了。好好一个书生，累成了生存都成问题的农夫。

陶渊明不止身体有病，心理也有。他在《归去来兮辞》的序里自述：“质性自然，非矫厉所得。饥冻虽切，违已交病。”

在一个多病的时代，是否一个患病的人，才是没病的人？

从经济的角度来说，陶渊明选择做官所获得的收益，不如在家务农不做官所获得的收益。

陶渊明的辞官归隐，何尝不是为了生存。为了生存，无可厚非。

陶渊明究竟为何辞官归隐？

为了清高，还是为了糊口？历史撕裂了陶渊明。所幸，陶渊明的诗里，有这个问题的正确打开方式。

上古之民——耕种务农的自然与傲然

与矫情做作的士大夫不同，陶渊明不以躬耕为耻。食以果腹，天经地义，无所谓雅俗，不必假清高。如果活着是庸俗的事，清高的

“雅人”怎不去死？当陶渊明翻开群经与诸子，他读到的，是圣王躬耕，贤者事农。和勤劳的人民相比，高雅的士大夫，不过是一群懒人。寄生虫哪儿来的优越感？

于是，陶渊明作《劝农》诗六首。陶渊明诗中的老庄，与魏晋玄学，大有不同：

其一：

悠悠上古，厥初生民。
傲然自足，抱朴含真。
智巧既萌，资待靡因。
谁其赡之，实赖哲人。

其二：

哲人伊何？时维后稷。
赡之伊何？实曰播殖。
舜既躬耕，禹亦稼穑。
远若周典，八政始食。

其六：

孔耽道德，樊须是鄙。
董乐琴书，田园不履。
若能超然，投迹高轨，
敢不敛衽，敬赞德美。

若是知道陶渊明亲自耕种，累得生病，而躬耕尚不得果腹，读者就会从这组诗里，读出一股哀伤。

《劝农》其一与其二，讲述了一段遥远的历史。

在遥远的上古，最初的人，自己耕种，满足自己的生存需求。他们独立而坚强，顺应自然，抱朴存真，有着合于大道的德行。在阶级分化和国家政治产生后，智谋算计和利益诱导，改变了初民自给自足的农耕生活。人民的生产，竟然无法满足权贵的穷奢极欲！

社会何以至此？是因智巧。至此如何改变？需要仰仗哲人，以深层的智慧，和对善恶的明辨，管理社会生产和分配，使供需平衡，物产富足。陶渊明说，这位哲人，是舜帝时期的大臣——后稷。

后稷做了什么？教导人民耕种务农。

政务注重耕种务农，自舜帝大臣后稷以来，历经大禹，直至周朝，一直保留。因此，耕种务农，在陶渊明看来，不仅是大道的自然，先民的美德，还是圣王的政功，礼教的首务。

樊须，是孔子的学生，他向孔子请教如何种庄稼、种菜，孔子说，我又不是老农夫，你问错人了。等樊须离开，孔子就说樊须是小人。这就是“孔耽道德，樊须是鄙”背后的故事。

不过，孔子的原话，并非瞧不起农耕。

《论语·子路》载：樊迟出。子曰：“小人哉，樊须也！上好礼，则民莫敢不敬；上好义，则民莫敢不服；上好信，则民莫敢不用情。夫如是，则四方之民襁负其子而至矣，焉用稼？”

樊须问农耕，他想通过发展农业生产，用粮食引导民众归心。但孔子认为，人民不会只因为得到粮食，就能被治理。礼、义、信，才是改变人民心理和行为的重要因素。

《子路》篇载子夏问政，孔子答曰："无见小利，见小利则大事不成。"樊须以粮食诱导民众，是施以小利，难成大事。在《子路》篇里，孔子自己对小人的解释，是"小人同而不和"，以粮食引导民众，使民众与统治者"同"，但没有礼义，就不能得"和"。

因此，陶渊明《劝农》诗其六，是在说，比起农耕，孔子更加注重礼义仁德。孔子这样超然物外的圣人，是士人的榜样，士人应当尊敬孔子。陶渊明这些话背后，有一种犀利的讽刺：那些鄙视农耕、蔑视圣人或宣扬名教的门阀士族，真是活得恬不知耻！

出经入子——陶渊明《劝农》诗与中国古代的"哲学"

从《劝农》诗其一和其二所述的历史，看得出，陶渊明经学修养极高。《劝农》诗，不能只用玄学作注释。

到舜的时候，洪水泛滥，无法耕种，农业生产才成为严重的社会问题，恰在这时，治理社会的哲人，也随之产生。这段历史，记在《尚书》里，要细读，才知道。也只有慢慢读出《尚书》里的意蕴，才能读懂《劝农》的含义。

《尚书》的历史叙事，建立在"稽古"的基础上。稽古，是顺考古道以言之。《尚书》中的典与谟，皆记载圣帝所以立治之本，为的是师法古道以成不易之则。

《劝农》其一和其二，提到的"哲人"，出自《尚书》。"哲"在

《尚书》中，分别有“知”和“折”，两种不同含义。“哲”作“知”，即是“智”。

《尚书》中的“哲”，最初形容舜帝：“浚哲文明”。浚，即深，哲，即智。舜的浚哲文明，以尧的聪明文思为先导。舜禅位于禹，禹对于舜帝之“哲”的思考，《尚书·皋陶谟》有记载。

《皋陶谟》记载禹和皋陶关于治国的对话。皋陶在对话中，提出“九德”。皋陶自舜帝时，掌管刑法，刑即是“五刑”，故对话的内容，关乎德与法的关系。

禹曰：“知人则哲，能官人。”意思是，无所不知，即知人之善恶，故能管理民众。人君知人善恶，故而择善而信任之；这一层意思，是说君臣之间的和谐关系。除了知人，还要“爱人”，所以，禹总结说：“能哲而惠”。

皋陶进一步解释，“哲”，不是统治者自己的心机算计，也不是对他人心理的揣摩和行为的控制，他说：“天聪明，自我民聪明；天明畏，自我民明威。”说明，王道教化，不是单纯的自上而下的洗脑和法规，而是上下通达的仁政。

《舜典》记载，舜命后稷管理农耕：“黎民阻饥，汝后稷，播时百谷。”这是舜对农耕的重视。

至《老子》成书的春秋战国，权贵与国家，利用暴力、权势、制度、政令，对平民巧取豪夺。此时的“哲”与“智”，因失去了舜帝的“文明”、大禹的“惠民”、皋陶的“善恶”，而堕落为虚伪和牟利的工具。

陶渊明的时代，又是一个智巧横行的时代。

对治智巧，《老子》采用了返本溯源的方法，提倡“小国寡民”。坏掉的文化，永远修不好，唯有回到历史开始之初的十字路口，才能重新走上正确的道路。

陶渊明的山水田园，何尝不是一处“小国寡民”？

且看《老子》：

> 小国寡民，使民有什伯之器而不用，使民重死而不远徙。虽有舟舆，无所乘之；虽有甲兵，无所陈之；使民复结绳而用之。甘其食，美其服，安其居，乐其俗。邻国相望，鸡犬之声相闻，民至老死不相往来。

再读《桃花源记》，不正是这番小国寡民的景象吗？

此岸有酒——古希腊的酒神与古中国的酒仙

没有酒的田园，不是陶渊明的田园。陶渊明的家族，信奉天师道，不过，陶渊明修行的，却是“酒仙之道”。

中国古代文人没有在酒神的阴影里放纵，因为他们把自己活成了“酒仙”。

古希腊的酒，由酒神带到人间。中国古代的酒，却是由人酿造出来。

“何以解忧？唯有杜康。”

中国古代的酒是杜康，传说中杜康酿出的酒。《尚书·周书》有一篇《酒诰》，是最早的禁酒令，里面讲述了关于第一个造酒之人——杜康身份的各种说法。酒也确实曾与礼相关，与古代祭祀相关，只是这祭祀里没有什么“酒神”。

《诗经·邶风·柏舟》云：“微我无酒，以遨以游”，毛《传》说：“非我无酒可以遨游忘忧也。”借酒忘忧，自古已有。秦汉后，放宽禁酒的政策，乃有酒香弥漫的魏晋诗风。

陶渊明的诗，直到他死后一百年，才因萧统的盛赞，为世人所欣赏。萧统将陶渊明的诗文，选编成集，是为《陶渊明集》。《陶渊明集》是历史上第一本文人的诗文集。

萧统是梁昭明太子，作《陶渊明集·序》，说：“有言陶渊明诗篇篇有酒。吾观其意不在酒，亦寄酒为迹焉。”鲁迅说陶渊明是“田园诗人”。这寄酒为迹，便是用酒去言说寄情山水田园的行为。

七贤饮酒，为了生，陶潜饮酒，为了心。

饮酒，也是对“善”的反思。

对于善恶报应，司马迁《伯夷列传》提出了这样的问题：“（夷齐）积仁洁行，如此而饿死……盗跖日杀不辜，肝人之肉……竟以寿终。是遵何德哉？”善未必有善报。

陶渊明有一首《饮酒》诗回应了这一问题：

积善云有报，夷叔在西山。
善恶苟不应，何事空立言！
九十行带索，饥寒况当年。
不赖固穷节，百世当谁传。

“九十行带索”，在说荣启期。《列子》载，孔子游于太山，见九十岁的荣启期，很穷，却鼓琴而歌，高兴着呢，孔子不懂，便问他为什么高兴。荣启期说：“贫者士之常也，死者人之终也，处常得终，当何忧哉？”孔子曰：“善乎！能自宽者也。”

君子固守节操，那么，无关顺境逆境，贫穷富贵，这节操都是要坚持的。这就是陶渊明的回答。所以，那善恶的现世报并不重要，善是一种自心的坚持。既然如此，饮酒者没有那些富贵名利也无妨，不被人认同也无妨，自己心中怀有善，这饮酒，便是“善心”的自证了。

中国古代文化中的“自然”，却不是“nature”。古人认为“自然通神明也”，又言“自然者无称之言穷极之辞也”。

故自然并非自然界，而是自然界的运动所呈现于人的一种性质。这种性质，是事物运动的生命力所在，正因有生命力的存在，事物才能生存。

陶渊明的诗中就有这自然，那“悠然见南山”的“见”，便是自然的心境。

再看另一篇《饮酒》诗：

秋菊有佳色，裛露掇其英。
泛此忘忧物，远我遗世情。
一觞虽独尽，杯尽壶自倾。
日入群动息，归鸟趋林鸣。
啸傲东轩下，聊复得此生。

饮尽一杯菊花酒，自倾壶再斟。这一切都那么自然，如同“日入群动息”。当人的生活回归于自然，“聊复得此生”，人的一生才有了回归。

陶渊明诗中的自然，是大自然中人的“自然”心境。这种自然的审美倾向贯穿了陶渊明的诗，并通过他饮酒的行为得到了充分展现。饮酒，是人的自然行为，自然的心性，在酒中显现，再落于纸上，便有了自然淡雅，清新天成的诗句。

于是，酒仙精神，是一个过程，而不是一种结果。因为自然没有终结。

道法自然——陶渊明独创的自然说

陶渊明对“自然”的见解，集中体现在五言诗《形影神三首》中。

陈寅恪先生在《陶渊明之思想与清谈之关系》一文里，对《形影神三首》有详细的按语。

陈寅恪先生认为，陶渊明的《形影神三首》，提出“新自然说”；陶渊明的自然，是委运任化，“求融合精神于运化之中，即与大自然为一体”，这样的自然，与名教不矛盾，所以，陶渊明是“外儒内道”。

我们接着陈寅恪先生的按语，侧重从诗的角度，来读《形影神三首》。

《序》

贵贱贤愚，莫不营营以惜生，斯甚惑焉；故极陈形影之苦，言神辨自然以释之。好事君子，共取其心焉。

陈寅恪先生认为，“长生”，既是指修仙求长生不死，也是指名教立言以求不朽。神辨自然，即是陶渊明自己创立的自然之说，陈寅恪先生称之为“新自然说”。

《神释》

大钧无私力，万理自森著。
人为三才中，岂不以我故。
与君虽异物，生而相依附。
结托既喜同，安得不相语。
三皇大圣人，今复在何处？
彭祖爱永年，欲留不得住。
老少同一死，贤愚无复数。
日醉或能忘，将非促龄具？
立善常所欣，谁当为汝誉？
甚念伤吾生，正宜委运去。
纵浪大化中，不喜亦不惧。
应尽便须尽，无复独多虑。

陈寅恪先生说，这首《神释》，“意谓形所代表之旧自然说与影所代表之名教说之两非”，和“己身别有发明之新自然说”。诗的前八句，陶渊明主张“神灭论”，与慧远的《形尽神不灭论》相对立。接着反驳修仙、立善、醉酒之说。陶渊明在最后六句诗中，提出“委运任化”的新自然说。

如果活着，什么都不做，安心等死，人又为何，要活这一遭?

人是万物之灵，因为人有“神”，既然有神，人便可以选择委运任化，顺应自然。大道之理自会彰显其森然秩序，神与自然相契，正是道的显现，神因显道而具有了生命存在的意义。

神的委运任化，不是随波逐流，不是迷失自我，不是麻木无情，而是无我与自在相同一的境界。这是陶渊明所修的道，在《神释》一诗中，首两句与尾两句，可以概括：

大钧无私力，万理自森著。

应尽便须尽，无复独多虑。

《神释》一诗，妙在理趣。诗的理趣，不是以说理为乐趣，而是将论辩所不能明的真理，以诗的直观昭然于读者心上，如此似顿悟之趣。

陶渊明针对魏晋时期的人生问题，以《老子》的“玄通”与《庄子》的“齐物”为思想基础，发明自己的“新自然说”。陶渊明的新自然说，不仅在魏晋玄学中独树一帜，也在道家思想史中继往开来。

《老子》说：“古之善为道者，微妙玄通，深不可识。保此道者，不欲盈。夫唯不盈，故能蔽而新成。”

善为，是为无为，无为合乎自然，道法自然，故以无为能合道而称其为善为。微妙，搏之不得名曰微，微是道的性质，是无物之象；妙是道的生化；无物的恍惚与生化的妙有，相通而同谓之玄。深，即是渊深，道渊兮似万物之宗，和其光、同其尘，故不可以名言得分辨，谓深不可识。无为，具有道的玄通渊深。

不复多虑，不正是心中的“蔽而新成”吗？

《庄子·齐物论》说：“如求得其情与不得，无益损乎其真。其形化，其心与之然，可不谓大哀乎？彼是莫得其偶，谓之道枢。枢始得其环中，以应无穷。是亦一无穷，非亦一无穷也。故曰莫若以明。”

人以名言对事物进行分辨，必然落入一端，而与另一端对立。如果以多元和系统的视阈来看，所有对立的两端，都仿佛在一个圆环上，从一端可以走到与他对立的另一端，任何一端的是非，都可以在有限的圆环上无穷地循环。任何意见分辨，都不会改变真理，不如止息分辨心，即“以明”，方能体证道枢。

在神看来，形苦于生死而饮酒，但饮酒伤身而不得寿；影苦于生死而立善，但立善劳心而不得寿；为解死亡带来的困苦，形乐于当下的放纵，影寄于未来的流传，然而这些于死亡皆毫无意义。这是《神释》一诗与《庄子》思想契合之处。

通过形影神的对话，所阐明的人与自然同一的委运任化，是陶渊明对《庄子·齐物论》的“吾丧我”思想的进一步发展。

读懂陶渊明的诗文，便知陶渊明真正读懂了五经与老庄。

人生实难——陶渊明的一生都是少年

公元 427 年，即刘宋文帝元嘉四年，六十三岁的陶渊明，为自己写下《自祭文》，同年，逝世。

人生如逆旅，谁不是过客？由生之死，许是行人归乡。秋风萧索，鸿雁南飞，草木黄落，黑夜渐长，陶渊明自叹道：“陶子将辞逆旅之馆，永归于本宅。呜呼哀哉！”

却为何生不可以是本宅，死不可以为逆旅？也许生时多情而事不如意，死后寂静而喜乐无知。陶渊明说：“自余为人，逢运之贫”，却不得不“勤靡余劳，心有常闲。乐天委分，以至百年”。

这份委运任化的豁达，识运知命的宁静，终究是将死之人在纩息之际，还要对亲友做出的交代。若人生由得自己，谁又甘愿宵晨耘耔，得终田园？

人生是一场颠倒妄想，求一番苦，以葬另一番苦。

陶渊明终于悲叹：“人生实难，死如之何？呜呼哀哉！”

未知生，焉知死？方生方死，方死方生。未知死，焉知生？这是庄子的齐论。

终究人不得知晓生死。除非死过一次。礼崩乐坏之后，鬼神无术可通，死是一扇紧闭的门，生是漫无归宿的流浪。

陶渊明的时代，是生死迷失其意义的时代。

黑夜总要有一盏明灯，唯有，才是人间。人总要在水中照见自己的形影，唯见，才知自己。活着总不能只为活着，不唯，才不违此生。

放不下，便会与世事相悖，于是，陶渊明又拿起了酒杯：“但恨多谬误，君当恕醉人”。

有一样放不下，便有许多放不下。最终一切都放不下。

看雨的人，看不尽天下所有的雨。做梦的人，梦不进别人的梦。放不下的一切，正是拿不起的一切。圣人在黑夜里长袖一抚，转过身不看天下。贤者背负大道，在田园里终其一生。

魏晋时期，多有自祭之文，自挽之诗。陶渊明在《自祭文》之前，作有一篇《与子俨等疏》，写给自己的儿子们。明代林云铭《古文析义》评论说：

“与子一疏，乃陶公毕生实录，全副学问也。穷达寿夭，既一眼觑破，则触处任真，无非天机流行。末以善处兄弟劝勉，亦其至情不容已处。读之惟见真气盘旋纸上，不可作文字观。”

《与子俨等疏》开篇就说：“天地赋命，生必有死；自古圣贤，谁能独免？”生死与富贵，不是人力所能强求。

陶渊明曾是那“开卷有得，便欣然忘食”的少年，“见树木交荫，时鸟变声，亦复欢然有喜”。他仿佛生来就活在诗书与自然中。生是苦，以这番苦，换来诗书与自然的喜乐，值得。

曾经的少年，没有利欲的折磨。盛夏时，他躺在北窗下，有凉风缓缓吹来，他便欣然自谓是上古的伏羲。那时的他，思想单纯，见识浅薄，他以为这份天真的快乐，可以一生一世地保留。

人都曾是少年。但少年不是成年人的情怀。少年是值得用一生去守护的理想。用一生守护的，就是一个人的道心。

在颠倒梦想里，守道心如初，这就是陶渊明的诗酒田园。

不穷尽一生，无以自证道心，这就是陶渊明的道。

玄学简史——魏晋玄学的谬误与误国的清谈

陶渊明的诗歌和思想，与魏晋玄学，有怎样的关系？

魏晋时期，流行玄学与清谈。陶渊明的思想，没有追逐潮流。陶渊明的诗，没有在魏晋玄学的温床里开花结果。陶渊明的诗，在文化上，是对魏晋玄学的突破和超越。

魏晋玄学有“贵无”和“崇有”之争。

裴頠的《崇有论》，载于《晋书·裴頠传》。裴頠的崇有，能平衡有无关系，不是崇有而非无，之所以叫作崇有，只是为了反对贵无。

裴頠《崇有论》认为：“生而可寻，所谓理也。理之所体，所谓有也。”事物的产生与存在，必然有显现的过程，这个过程是理，理得以存在的基础，称作有。

于政治和行为，裴頠提倡“守以恭俭”“事无过用”，这何尝不是老庄思想，何尝不与陶渊明思想相契合！裴頠认为，贵无必贱有，贱有必忘礼，礼制不存，则无以为政。

很不幸，裴頠所言，成了真实的历史。

《崇有论》之后，西晋先遭遇八王之乱，又遭遇五胡乱华。

公元 311 年，那个口中雌黄、一世龙门、自比子贡的王衍，兵败，被羯族的石勒逮住，石勒问他晋朝的事情，“衍为陈祸败之由，云计不在己”。反正晋朝这个项目做砸了，都怪他们，不能怪我。王衍的清谈本事第二，他的甩锅本事第一。

为了苟活，王衍劝石勒称帝。称帝成众矢之的？石勒又不是好忽悠的傻子，便怼了王衍一句：“破坏天下，正是君罪。”王衍看晋朝，还不如石勒一个外人看得准，难道是因为旁观者清吗？想想，还是杀了王衍吧，对自己王朝都不能尽心的人，石勒也不指望他对自己尽心。

王衍，这个活得极细腻的男人，死得太粗糙。石勒的部下，随便推倒一堵墙，将王衍埋葬。

当天夜里，王衍被埋之前，终于说了句大实话：“吾曹虽不如古人，向若不祖尚浮虚，勠力以匡天下，犹可不至今日。”真是人要死了，其鸣也哀啊！终于，王衍自己也承认了“祖尚浮虚”的“贵无”，毁了西晋的江山。那年，王衍已经五十六岁了。朝明道，夕死可矣。

公元 316 年，长安失守，西晋灭亡，西晋末司马氏五王南渡长江，当时有童谣唱道："五马浮渡江，一马化为龙。"公元 317 年，"马化龙"的司马睿，在建康重建晋廷，为晋元帝，史称东晋。中原权贵士族，大批量避乱南方，扎根江南，史称"衣冠南渡"。

鸠摩罗什的学生，有"解空第一"之誉的僧肇，有《肇论》传世，第二篇《不真空论》引龙树《中论》："诸法不有不无者，第一真谛也"，为两晋玄学贵无和崇有的争论，画上句号。

《肇论》中《般若无名论·妙存第七》进一步说："玄道在于妙悟，妙悟在于即真，即真即有无齐观，齐观即彼已莫二。所以天地与我同根，万物与我一体。同我则非复有无，异我则乖于会通。所以不出不在，而道存乎其间矣。"

空性超越有无，不可以有无得之。于是，贵无与崇有之争结束。之后的东晋玄学，该走向何处?

该放下玄学，真正回归自然——这是陶渊明的路。

与以往的圣贤和文人不同，陶渊明的意义，不在于化身隐遁的符号，而在于，完成诗人心智模型的构建。

陶渊明之前，有写诗的人，但没有把自己的一切写成诗的人。陶渊明的全部生活不仅入诗，他还以诗化的方式对话着同时代的思想。

诗对于陶渊明，不只是思想的载体，更是一种特殊的认知方式，这种认知方式，结合真情的推动、直观的体证、自然的流露、道术的传承，是陶渊明之前全部诗歌精华的凝练。

天下有道则见，无道则隐。诗人必然是隐士，才能赋予诗以"显道"的境界。

诗酒田园，本就是修道。

17

昔我未生

——王梵志糙口一吐，就是整个大唐盛世

游吟乞丐

曾年少无知，我以为世间最浪漫的职业，是乞丐：可以像风游荡于五湖四海，且歌且行不顾白天黑夜，总能在挨饿时得到施舍，无拘无束地一生一世。

幻想过长大后，做一个不一样的乞丐：像游吟诗人手捧钟竖琴，用一首诗，换来一箪食。或许一生无人相爱，于是，爱都浇奠与生养万物的大地。

我曾年少无知地以为，如此便可笑对时光如飞。

少年总不甘一生乞讨。一张白纸，尚未被打翻的墨汁泼得乌七八糟时，总会期待胭脂与妖娆。多少少年，不曾想为自己的一生，画满富贵荣华？你也曾，少年来着。

做梦是自己的事，现实却由不得任何人。

初唐白话诗僧，王梵志，就是遭遇现实的人。你看他的诗，现实得带刺：

吾富有钱时，妇儿看我好。
吾若脱衣裳，与吾叠袍袄。
吾出经求去，送吾即上道。
将钱入舍来，见吾满面笑。
绕吾白鸽旋，恰似鹦鹉鸟。

邂逅暂时贫，看吾即貌哨。
人有七贫时，七富还相报。
图财不顾人，且看来时道。

王梵志曾当过两年半的小官，想来也曾家境殷实，诗云：

三年作官二年半，修理厅馆老痴汉。
但知多少与梵志，头戴笠子雨里判。

只是这人，自己非要看不得官场贪腐，辞官而去，落得穷困，却怨得何人？

自作自受也就罢了，倒是妻儿嫌贫爱富，翻了脸，自己心里，可就不好受了。

于是王梵志想着有钱时，妻儿像鹦雀般讨好自己，没钱时，好脸都不给一个。不过，不给好脸，钱就能像从前那样回来吗？有道是富贵流转，等被伤透心的人再有了钱，那被伤的心还能如初般待你吗？

关键是，我穷，就真和你没关系吗？王梵志的妻子，想来不是个好妻子。王梵志有诗云：

家中渐渐贫，良由慵懒妇。
长头爱床坐，饱喫没娑肚。
频年勲生儿，不肯收家具。
饮酒五夫敌，不解缝衫袴。
事当好衣裳，得便走出去。
不要男为伴，心里恒攀慕。

可问题是，王梵志后来又有钱了吗？

没有。

于是他晚年被儿女抛弃，成了一个乞讨求生的诗僧。

王梵志对自己的子女，亦曾细心养育。孝会一代一代相传，他希望自己的子女明白。但他面对子女的不孝，却也无能为力，只得感叹“孝是前生缘”。人都会死，那不孝的子女，也会老死：

父母生男女，没娑可怜许。
逢着好饮食，纸裹将来与。
心恒忆不忘，入家觅男女。
养大长成人，角睛难共语。
五逆前后事，我死即到汝。

身为乞丐，却活得久，怕是痛苦得难耐！王梵志诗云：

可笑世间人，痴多黠者少。
不愁死路长，贪着苦烦恼。
夜眠游鬼界，天晓归人道。
忽起相罗拽，啾唧索租调。
贫苦无处得，相接被鞭拷。
生时有苦痛，不如早死好。

无力于贫富，便只得豁达于生死。看透生死，便可看破贫富。然而生在世间的痛苦，又岂是“看透”二字，就能轻易化解的？

诗僧王梵志，在穷困中，竟也宁愿做一个俗人，俗得懂得关心自己，关心那个无人关心的自己。既然曾经有钱，留着自己吃饱不好吗？人情凉薄，人若不“自私”，还奢望谁来对你“无私”？于是王梵志写下一首现实得刺眼的诗：

得钱自吃用，留着柜里重。
一日厥摩师，空得纸钱送。
死入恶道中，良由罪根重。
埋向黄泉下，妻嫁别人用。
智者好思量，为他受枷棒。

虽不是所有的期待终成梦幻泡影，但也不是所有的荣华都如影随形。追求荣华，是梦想；沦为乞丐，是现实。乞丐还会再有荣华富贵的梦想吗？从富贵到乞丐，是命。

这个老乞丐凭着诗歌求乞，这诗歌是他用心习得的技艺。即使靠诗歌换得金钱，王梵志仍认为学问本身的价值远非金钱能比，故作诗曰：

黄金未是宝，学问胜珠珎。
丈夫无技艺，虚沾一世人。

有才也好，有财也罢，人终须一死，而才与财，只是活着时的意义。可是，有了技艺，真的是件好事吗？王梵志诗云：

工匠莫学巧，巧即他人使。

身是自来奴，妻亦官人婢。
夫婿暂时无，曳将仍被耻。
未作道与钱，作了擘眼你。
奴人赐酒食，恩言出美气。
无赖不与钱，蛆心打脊使。
贫穷实可怜，饥寒肚露地。
户役一槩差，不办棒下死。
宁可出头坐，谁肯被鞭耻。
何为抛宅走？良由不得止。

工匠学的巧手艺，真不是件好事。且看大唐盛世多少繁华，都是贫贱工匠的血汗！中国有工匠精神的传统吗？当然有。中国古代的工匠精神究竟是什么？是遭人奴役虐打，连自己的妻子都保护不了的无力！好一个大唐盛世，好一个工匠精神。

我以为王梵志的诗，之所以入不了清高文人的法眼，是在于他的诗把现实写得透彻。写现实，不都算艺术，但写透现实，透彻得让人不寒而栗，才看得出诗人的艺术造诣。而大多数人的诗，总是站在“美”和“清高”的贞节坊下，逃避自己脚下的现实。

当现实被诗歌写透的时候，现实深层的矛盾自然纤毫毕见。所以通观王梵志诗集，总能找到主题思想相互矛盾的诗作。就好比，有诗劝人学艺，又有诗告诫工匠学艺不可精巧。粗略一看，很不搭调，细心一读，自觉悲愤。现实写透，那现实社会中的矛盾，自然会被诗歌所包含。

恰是这现实矛盾，让王梵志的诗，有情。王梵志的诗，善用冲突与反转，来表现现实中的矛盾。现实中不合理的矛盾，既让人感到荒诞，又让人感到无助。而承受这些现实矛盾的，恰恰是人自身。于是，现实矛盾带给人的荒诞和无助中，产生出了悲愤与觉悟。且看那句“生时有苦痛，不如早死好”，便知。

人生不堪狂欢，只能在忍受痛苦中，恰恰好地等死。

诗读到这里，你若闭上眼睛，是否也会看到，茫茫大漠，一个老乞丐且歌且行，在烈日下，握着乞讨来的干粮，噙着泪，仰天大笑？

诸漏皆苦

人生是一场苦难。佛说，诸漏皆苦。

富豪躲过饥寒，又在急功近利与钩心斗角间，受着另外的苦：吃不进，拉不出，睡不着，醒不来。

人生在世，苦难不因富贵而消除。追求富贵，本身就是在追求更深重的苦难。

人们总是无力于改变苦难，亦难安心于苦难。于是不安而无力的人们团聚在一起，以为相聚便是苦难的消弭。相聚的时光岂能没有酒醉？酒醉本就是不安与无力，只是醉到深时，容易把心事忘记。

你会在痛苦中遇见酒神，但他无权赦免你的罪。他只能带给你醉，让你醉得以为自己可以赦免整个世界。

如果自己不能快乐，就在比自己更悲惨的人身上寻找快乐，这又有什么意义？这样，就可以消除生命中本身具有的苦难吗？这当然不能，也毫无意义。这是一种虚伪。

王梵志倒是写过一首“虚伪”的诗：

他人骑大马，我独跨驴子。
回顾担柴汉，心下较些子。

自打乞讨为生，王梵志还能再笑话谁？起码他还活着。活着就可以笑话死了的人，来求个知足吗？也许死人正笑话着王梵志：你活着受苦，倒不如死了的好！

“众生必死，死必归土。”面对死亡与生命的苦难，王梵志的人生里没有狂欢，只有看透。

城外土馒头，馅草在城里。
一人吃一个，莫嫌没滋味。

土馒头就是坟包包。死一个人，葬一座坟。纵然厌恶，也难逃一死。嗯，不是还有仙丹，吃了白日飞升，就可以长生不死吗？王梵志可不信这些：

古来服丹石，相次入黄泉。
万宝不赎命，千金不买年。

别以为他是僧人，才如此笑话道家丹药服食，他一样说佛法不能让人不死呢：

玉髓长生术，金刚不坏身。

俱伤生死苦，谁免涅盘因。
精魂归寂灭，骨肉化灰尘。
释老犹自去，何况迷愚人。

佛祖和老子都已作古，痴迷之人又怎能有法子长生不死？偏生这些人好说千年万年，岂不可笑。且看王梵志的诗：

世无百年人，强作千年调。
打铁作门限，鬼见拍手笑。

人生不堪狂欢，因为狂欢里没有不死。

也许王梵志在饥饿难耐时，也曾渴望有一场胡吃海喝的狂欢，也许他在病痛难忍时，也祈盼有奇迹降临让他的身体不受病痛。也许当这些奢望终成梦幻泡影，他便忽然把所有憧憬都放下了。

放下，不是去放下，而是你放不下的，统统都无所谓放下，就都放下了——这莫不是一种悲哀？

人生不堪狂欢，悲哀都够了。

糙口一吐

《庄子·达生》开篇曰：

“达生之情者，不务生之所无以为；达命之情者，不务知之所无奈何。”

生命与命运，非一己之力能左右，又何必去强求长生与常乐？

活下去，是一个不断失去的过程。失去亲友相伴，失去荣华富贵，终于还有一副躯壳，未曾丢掉。最后一死，了之。当我失去了一切的时候，那个一无所有的我，又是什么？

活下去，没什么大不了。不断失去，也没什么可怕。只是失去了自己的我，我又该从何处找回？意义的虚无，虚无得彻底。这才是生命中最深切的苦难。

韩愈评李白的诗，说诗里有“庄骚”的结合。“庄”指《庄子》，“骚”指《离骚》。这是“庄骚”一语第一次出现在文献中。然而庄骚的结合，比李白早。自汉魏晋文学始，庄骚已开始结合。

先看汉代贾谊的《鵩鸟赋》：

> 释智遗形兮，超然自丧；寥廓忽荒兮，与道翱翔。乘流则逝兮，得坻则止；纵躯委命兮，不私与己。其生兮若浮，其死兮若休；澹乎若深渊之静，泛乎若不系之舟。

文中有屈子的郁郁悲伤，终在庄子的逍遥豁达中寻得精神的出路。大抵古代文人不得志是常有的事，总不能一不得志，就都去投江。于是，离骚自然需要庄子来成全。

每一个朝代，都有跌落到社会最底层的文人。王梵志便是这样的文人。

然而王梵志的诗里没有“庄骚”。他的诗，在对生命痛苦的态度上，比庄骚更加通透。他不需要勉强地找寻精神上逍遥自在的内心体验，更不必把自己的凄惨归咎于俗世抑或命运。他选择直面。

他直面生死无常，而不在内心逍遥里逃避，他直面人心险恶，而不在尘俗世道前哀怨。他的诗有一种挣扎着的力量，毫不扭捏，更无懦弱。他的语言不着铅华，因为他的诗句里的道理掷地有声。

人生不堪狂欢，唯有道理，能得彻悟。

我多想在这一世的生命里，遭遇千年前的大唐盛世。千年前敦煌的飞天该有多么明媚的色彩，长安月下捣衣的人在等谁归来？

他们说西域的胡杨有三千年的命：活着一千年，死了不倒、立着一千年，倒了不朽、躺着又是一千年。我便行向大漠，望胡杨树皴裂的树皮里的沙里，能窥见千年前大唐盛世的影子。

翻过一页又一页唐诗，臆想枯竭了大唐盛世，徒留阴冷的字迹，教后人读出千奇百怪的诠释。读一回王梵志，终于得知，诗人也可以活得真实。

我抚摸胡杨树的枯枝，我读王梵志曾在西域写下的诗；我便已在今生，邂逅千年前的大唐盛世。

原来千百年来，众生依然在苦海里沉沦，原来世上所有人，终究一死。原来大唐盛世里的世人也遭遇着世态炎凉，纵使那一世繁花似锦，国风泱泱。

这就是大唐盛世。这也是任何一世。这就是王梵志的诗。他糙口一吐，就是整个大唐。

我未生时

他糙口一吐，就是生死之苦：

我昔未生时，冥冥无所知。
天公强生我，生我复何为？
无衣使我寒，无食使我饥。
还你天公我，还我未生时。

冥冥，与昭昭相对。世间可见可感之事物，谓之器，是为昭昭者，皆属形而下者。而形而上者谓之道。古人谓“由昭昭入冥冥”，即是由形而下者悟通形而上者，是为入道。人未出生之前为先天，人之先天，已具元神，但未接触世间事物，故可以知而“无所知”。

元神出自道，故言其“冥冥”。《庄子·在宥》云：“虚空渺茫，至道之精，窈冥冥。”冥冥，即是形容至道之精。

“天公强生我”，这一“强”字，欲道出天公生我之不合理处。在唐代，天是天，道是道，二者有别。

先秦子学文献《列子》提出“先天五太”，认为从道到天地分出，经历了这样五个阶段：太易、太初、太始、太素、太极。太极阴阳两分而天地开，阳为清气在天，而人之神志由脑髓产生，神志为清气，属阳，故出于天。

至唐代，刘禹锡作《天论》，将其时民间“天”的观念概括为两类，一为“阴骘说”，一为“自然说”。他认为阴骘说拘于昭昭，以为“天”有赏善罚恶的功能，又认为自然说泥于冥冥，以为“天”的自然现象和人的善恶无关。

王梵志的诗，表达的意思更绝妙：我是在与你这天公对话的，我便拿你天公当人看，而不拿你当大西瓜看。你既然像个人，干吗不像个人一样干事呢？人都要有善恶，遇事讲个道理，你是天公，比大家地位都高，皇帝都给你当儿子，你却是最不讲道理的！

为何？你既然要让我来到这世上，为何不给我衣食，让我挨饿受冻？你以为我穷，是因为我不努力吗？且看王梵志笔下的“贫穷田舍汉”：

贫穷田舍汉，庵子极孤妻。
两穷前生种，今世作夫妻。
妇即客舂捣，夫即客扶犁。
黄昏到家里，无米复无柴。
男女空饿肚，状似一食斋。
里正追庸调，村头共相催。

这贫农夫妻俩都给人打工，结果回家依然没饭吃。家里正要催“庸调”呢。

租庸调，是唐初赋税制度，其以人丁数为依据，不论土地、财产多少，皆要按丁纳绢粟。而唐初自耕农数量众多，各自有地耕种，然唐高宗时土地兼并已严重，庸调对失去土地的地主佃户，自是重负不堪。

于是王梵志《贫穷田舍汉》复言此现象之广泛：

门前见债主，入户见贫妻。
舍漏儿啼哭，重重逢苦灾。
如此硬穷汉，村村一两枚。

交不起庸调，难免借外债。自己没有地，肯定还不起。这就是恶性循环了。

这世间并不是那么美好，不是你努力就什么都好了。只能说，你不努力，会活得更糟糕。活在世间，操劳忙碌，却吃不饱饭！如此一世，倒不如不活！

于是王梵志作诗道：

你道生时乐，吾道死时好。
死即长夜眠，生即缘长道。
生时愁衣食，死鬼无釜灶。
愿作掣拨鬼，入家偷吃饱。

这世道使民不聊生，于此天理何在？是天公，让贫民恨不得指着他的鼻子臭骂！可是王梵志不想骂，他只是写诗，与天公论理。一句“还你天公我，还我未生时”，如霹雳，撕裂长空。

王梵志另有一诗，也喊出了“还我未生时”：

人间养男女，真成鸟养儿。
长大毛衣好，各自觅高飞。
女嫁他将去，儿征死不归。
夫妻一个死，喻如黄檗皮。
重重被剥削，独苦自身知。
生在常烦恼，死后无人悲。
寄语冥路道：还我未生时！

未生之时，人与天为一。天生万物以养人。如今天生人而不养人，并非错在天，而是错在人。总有人活得滋润，而这些人的小日子，靠的是压榨别人得来。

大抵身在世间所受的痛苦，譬如饥寒，皆因为形所累。

《庄子·达生》云：

> 夫欲免为形者，莫如弃世。弃世则无累，无累则正平，正平则与彼更生，更生则几矣。事奚足弃则生奚足遗？弃世则形不劳，遗生则精不亏。夫形全精复，与天为一。天地者，万物之父母也，合则成体，散则成始。形精不亏，是谓能移；精而又精，反以相天。

是故王梵志的诗，在求生的绝望中，写出了“弃世”。

王梵志《昔我未生时》的创作年代已不可考。同是生活于隋末唐初的诗人王绩，有一首《石竹吟》，其中恰有“昔我未生时”一句。《石竹吟》诗：

> 萋萋结绿枝，晔晔垂朱英。
> 常恐零露降，不得全其生。
> 叹息聊自思，此生岂我情。
> 昔我未生时，谁者令我萌。
> 弃置勿重陈，委化何足惊。

《石竹吟》与梵志诗所不同之处，在于石竹对自己生命存在意义的追问，有“委化”作为出路。委化，即顺应造化，弃置，即是不再追问自己生存的意义，使意义的判断被悬置起来。

身不由己，生，亦不由己。我既然追问出了生存的意义，就意味着我不愿在世间浑浑噩噩。同样的追问，士大夫阶层终是可以选择“顺其自然”，在“相顾无相识”的时候，犹自“长歌怀采薇”。虽然有些伤感，终不至于绝境，哪儿像贫民，吃饱饭都困难！

王梵志在绝境中高呼：“还你天公我，还我未生时”，其中多少生存的无可奈何啊。然而真正的无可奈何，是不去追问，不去追问天公那生命存在的意义。既然开始追问，便必然会有意义在追问中产生。一句“还我未生时”，又有多少生命的自强不息啊！

墓畔之歌

王梵志歌唱死亡，因为死亡，对富贵与贫贱，一样公平。

对于权贵，死亡会让他们失去，对于贫民，死亡会让他们回归。

不仅以王梵志为代表的中国古代贫民这样吟诵，西方近代诗人也这样认为。

英国十八世纪，新古典主义后期，“墓畔派”代表诗人托马斯·格雷（Thomas Gray，1716—1771），创作了他的代表作，《墓畔挽歌》。

这首诗有着古典主义英文诗语言韵律美感的极致，也有着消极浪漫主义细腻的感伤情绪与精致的风物描写。

我们在这里提到它，是因为它表达了社会不平等之下的死亡追问，对贫苦农民平凡生活的赞扬，以及对自傲而卑鄙的权贵的鞭挞。

让我们先来读《墓畔挽歌》第九节：

The boast of heraldry,
the pomp of power,
And all that beauty,
all that wealth e'er gave,
Awaits alike
the inevitable hour.
The paths of glory
lead but to the grave.

家族的荣光，权力的强大，所有的美丽，以及财富换取的一切，皆一同等待，在最后降临的时刻：所有繁荣的路，最终归于坟墓。

忽而遥想西域的长夏，三伏天，烈日下，风卷起漫漫狂沙。有多少人捧一口坎儿井清冽的雪水，在葡萄架的阴凉下相依为命，相看已垂泪。

仿佛坟墓里有人吟唱，相和的人呜咽在墓旁。都说别人的生活好，这山看那山高。看那老乞丐吟着诗走进黄沙千丈！他笑叹世人走不出红尘万丈。笑笑，也就罢了，死了都好。

命运的防线浸入银白月光，在空气中荡漾，仿佛人生不再由不得自己。静看月下沙，看到月光如烟，从沙上升起。梦成了风筝，被月光推向天外的天。

仰望星空，愿我的生命能去到我目光所及处，以彼为墓。

生命不堪狂欢，而狂欢罔顾死亡。

18

情到天然

——李白的《静夜思》与情景交融

科举无路——唐代科举制与李白的家世背景

如果梦想是用来摔碎的，那宁愿不要给人梦想。

魏晋选官，用九品中正制，逐渐重门第轻才学，终致“上品无寒门”。唐朝沿用隋朝科举制，并加以改进。科举，为平民打开上升通道，朝廷中，以白衣公卿为美。不过，真正的宦海之路，在中举之后。官场杀伐，可还白衣如雪？一品白衫，紫袍如血。

唐代科举，途径有三：

一是岁举之常选，每年设进士、明经、明法以及诸科。二是制科，随人主临时所欲而列为定科者，例如博学宏词、哲人奇士、洞晓玄经等科。三是上书及第，是常举外，进献文章或著述之辈，经官方考核通过，也可以按制举授官，例如开元廿年，陈庭玉上《老子注》，授校书郎。

一时大唐群星闪耀、百花烂漫。可惜科举的每一条路，李白都走不通。

隋朝科举，立下规矩，“工商之家，不得仕进”。至于唐朝，“取仕之科，多由隋旧”。很不幸，李白出生在商人之家，没有参加科举的资格。李白的父亲，在历史里，甚至连真名都没留下，他客居蜀地经商，蜀人称他李客，他遂以客为名。

五岁就已经启蒙的李白，是他们全族人的希望。

世界总有阳光照不进的阴暗，任何盛世，都有无处安放的心灵。

世间究竟有多少流浪的心灵，让盛世总安放不尽？他们的流浪，是否是盛世的祸果？

隋末多难，李白先族，流离散落，隐姓易名，以至唐朝，漏于属籍。故李白无户籍文书证明自己并非商籍，而世人已知李白父亲是个商人。李白参加科举的资格，是扯不清楚的事情。

天无绝人之路。连曾经的宰相，也愿意把孙女嫁给素人李白，说明他看好李白的前程。

自幼饱学多才的李白，除了科举取士，只有选择其他途径——靠权贵推荐。

不屑科举——玉真公主的别馆与李白的梦想

唐开元十八年，初夏，李白来到长安。谒宰相张说，并结识其子张垍。李白寓居终南山玉真公主别馆，玉真公主，是唐玄宗同母的御妹。

李白笔下的玉真公主，犹如九天仙女：

> 玉真之仙人，时往太华峰。清晨鸣天鼓，飙欻腾双龙。
> 弄电不辍手，行云本无踪。几时入少室，王母应相逢。

道教式的华丽的文采和创意，溢出了诗，有些过分。才华迎面喧嚣，细读竟是李白心理的急切。诗才若不表现得夸张，麻木于享乐的贵族，又怎会因心动而多看一眼李白？人总有所求。公主有荣华富贵，所求是长生登仙，在诗的结尾，李白便说“王母应相逢”，赞公主得仙缘。再请公主由同情心想想李白，李白何时遇贵人？

当世人在求仙的时候，诗仙在求仕。

终南山，是道教楼观派的发源地。传说春秋时期，函谷关令尹喜，结草为楼，以观天象，见紫气东来，遇老子而求《道德经》。有楼观台遗迹，唐皇室数次扩建宫观，是为道教第一洞天福地。

终南山的秋天，雨水连绵，白昼似乎无暇开展，贵族的别馆，浸在阴雨下的黑暗。山中潮烟起，为雨色更添迷离，李白在玉真公主的别馆，看终南山的秋雨落下，看得满目萧飒。昏暗里迷失方向，羁绊处忧恨增长。

李白把这些写进《玉真公主别馆苦雨赠卫尉张卿二首》，诗句法度井然：

秋坐金张馆，繁阴昼不开。
空烟迷雨色，萧飒望中来。
翳翳昏垫苦，沉沉忧恨催。

困境里的李白，仍然心怀梦想，用诗给友人讲了三个历史故事：

“弹剑谢公子，无鱼良可哀。”

“饥从漂母食，闲缀羽陵简。”

“何时黄金盘，一斛荐槟榔。”

第一个故事，是冯谖弹铗而歌。第二个故事，是韩信报答漂母。第三个故事，是关于南朝刘宋的刘穆之：

刘穆之世居丹徒，少时家贫，常到岳父家讨吃喝。一日吃太饱了，求槟榔，被一帮大舅子小舅子们嘲笑说："槟榔消食，君乃常饥，何忽须此？"后来，刘穆之当了丹阳尹，召舅子们喝酒，至醉饱，令厨人以金盘盛槟榔一斛进之。

想来那时，乞求权贵推荐扶持的李太白，多么像那岳父家乞食的刘穆之！李白心中多么渴望有一天得偿所愿，能报答帮助他的人，也能在羞辱他的人面前扬眉吐气！他多么希望自己弹着剑铗吟唱的诗歌，能被知己听到，然而回应他的，只有剑铗闷沉的声响。

咏史以言志，慷慨而悲壮。也许所谓的"谪仙人"，于李白而言，其实只是，想由体制外闯进体制内的痛苦煎熬。

那么，李白究竟为何不考科举？

是因为科举艰难，还是不屑科举？都不是。李白的取仕之路，走得比科举更艰难，也比科举更让他不屑！那是因为，李白无法科举取士，所以不得不放弃科举之路。

但是，我们带着这份无从科举的委屈与挣扎，是否就能读懂李白呢？

读不懂！

李白的才情，终在不得志中化为狂傲。不屑科举，是李白为自己建立的信念。

"我本楚狂人，凤歌笑孔丘"，这哪里是楚国的陆通歌唱着"凤兮"、告诉孔子"往者不可谏，来者犹可追"，这是李白嘲讽自己乞仕，又以先贤和圣人为自己抬高身份。孔子是素位圣人，才子又何必乞官？

人生有许多无能为力。李白的坚持，也许是狂。但若是李白放下了，他就真的会被从云端贬入凡尘。**最美的诗，一定属于不与世道妥协之人的才情**。李白必须是不屑科举的人，才能写出才华横溢的诗。

李白就这样艰难而煎熬地坚持着。

如果梦想是用来摔碎的，那可以摔碎的，都不是真正的梦想。

得罪权贵——权贵根本不怕被李白得罪

不是梦想，才会毫不迟疑地摔碎。

天宝元年，李白由玉真公主和贺知章推荐，诗文得唐玄宗赏识，供奉翰林。饱读诗书、深察民情、志济天下的李白，终于有幸侍奉君王左右，为皇家写诗填词取乐。

梦想不是不能实现，而是能实现的，都不是原来的梦想。

李白仍然如昔日一介平民不得志时，醉饮坊间。

有人说，李白是一个恃才傲物、蔑视权贵的人，所以才会醉酒以后，让高力士给他脱靴子，得罪高力士，然后被谗言害了。

李白为了求官，何尝少结交权贵？以李白性情，结交何尝不会烂醉？若李白真的蔑视权贵，被他蔑视的人又怎会推荐他做官！与权贵相处，如何把握分寸，李白早就心中有数。**李白只是在梦想无法实现时，选择了做回追梦时的自己**。

天宝中，皇宫里，有四本红紫浅红通白的木芍药，移植于兴庆池东的沉香亭。花开时，唐玄宗与杨贵妃一同，秉烛赏花，将黑夜照亮如白昼。李龟年带着梨园弟子，将以歌助兴。唐玄宗却说，“赏名花，对妃子，焉用旧乐词？”于是命李龟年拿着金花笺，宣赐李白，立进《清平调》三章。

李白酒还没醒呢，填词的事儿，却是提笔而就。李龟年和曲而歌。杨贵妃晃着玻璃七宝杯，品着西凉州的葡萄酒，笑领歌词。唐玄宗从此更看重李白。

这三首《清平调》委实才华横溢。

其一：

云想衣裳花想容，春风拂槛露华浓。
若非群玉山头见，会向瑶台月下逢。

将女人写成仙女，是李白的成名绝技，但也是众多诗人都能想到的创意，谁还不是个仙女呢。李白诗的绝妙，在于让云和花活过来，写他们眼中，看到的仙女杨贵妃。君王赏花的时候，花在欣赏贵妃。

其二：

一枝秾艳露凝香，云雨巫山枉断肠。
借问汉宫谁得似，可怜飞燕倚新妆。

曾经的人神之恋，有楚王与巫山神女。然而云雨之后，两不相见。唐玄宗能得仙女般的贵妃相伴，是幸事。历史上能媲美大唐的王朝，是大汉。贵妃的荣宠，汉宫中，唯有妖妃赵飞燕比得了。但是，赵飞燕却比不了杨贵妃的天生丽质。这首诗，怎么看，都是李白帮唐玄宗加深对杨贵妃的感情。

杨贵妃以天上地下第一的美丽，享受着古往今来唯一的荣宠。

其三：

名花倾国两相欢，长得君王带笑看。
解释春风无限恨，沉香亭北倚阑干。

春风里有花开，也有花落。人因花开而欣喜，也因花落而悲恨。刹那美好，不是永恒美好。刹那无常，却是世事无常。春风不来，花不能开，君王不顾，美人难欢。所幸君王不畏倾国而爱美人，春风如期而名花盛开。

越在高位，越是有如临深渊、如履薄冰的感觉，也越是珍惜名花与美人的刹那芳华，仿佛凭珍惜就能永恒的，还有自己所拥有的一切。**这第三首诗，妙在抓微妙的心理。**

古人论诗，评《清平调》，认为辞藻艳丽，美中带刺。这些，是《清平调》的表面。**《清平调》的深层，有李白向唐玄宗提出的问题：面对历史变迁，美好如何清白地永存？**有人以为李白太过胆大，敢以妖妃的典故，触君王的逆鳞。这其实，是李白写出了唐玄宗与杨贵妃心中深知而难于直面的问题。

《清平调》的艺术，妙在洞悉心理，并未得罪权贵。李白醉后作诗，情商与智商如此高，才是真正让人叹服的点。

一诗成谶——杨贵妃和她的干儿子安禄山

杨贵妃有个干儿子，名叫安禄山，是胡人，后来是逆贼。他发起的叛乱，终结了大唐的盛世，从此花败人亡，竟让李白诗里的“倾国”与“断肠”，一语成谶！

这是无数唐人心中的愤恨，以至于他们要追问“干儿子”究竟怎么个“干”法。

唐代姚汝能，作《安禄山事迹》，写安禄山入宫掖不禁，或与贵妃对食，或通宵不出，绯闻在外，唐玄宗竟听而不闻。宋代司马光《资治通鉴》直接用这段八卦为史实。

唐人心中会想，一个肚皮肥赘到膝盖的矮胖子，靠着装憨厚耍心眼儿，害得一个国家军权旁落，是何等讽刺而可恨的事！

大抵百姓心中，一个君王摘下了皇冠，也就戴上了绿帽。

翻开唐史，我们能看到，太多人，在安史之乱前，预见了叛乱。

凉州献新曲，唐玄宗召诸王共赏。曾把太子之位拱手让给唐玄宗的李宪，开口说：“曲虽佳，然宫离而不属，商乱而暴，君卑逼下，臣僭犯上。发于忽微，形于音声，播之咏歌，见于人事，臣恐一日有播迁之祸。”唐玄宗默然。等到安史之乱发生，唐玄宗才想起李宪的话。

李白懂诗，是因为李白懂人心。懂人心，又怎会不懂大唐君臣？

李白可以用诗，为大唐造一个美轮美奂的梦。谁又来守护李白匡扶天下的梦？

如果梦不能实现，是否可以变得现实？如果不能现实，是否烂醉时就能忘了自己的梦？如果烂醉都依然清醒，是否该重新开始追梦？

静夜思想——举首低头间的羁旅乡思

李白的诗，我仍然最喜爱《静夜思》：

床前明月光，疑是地上霜。
举头望明月，低头思故乡。

唐人所说的床，或许是“胡床”，是坐具。今人所说的床，却是卧具。然而“床前明月光”中的“床”，究竟用来坐还是卧？诗句里读不出方向，考据里自然找不出答案，这便纠结不得了。学术界当然也可以争论，各自以此磨砺考据功夫。

考据不等于读诗。卧具上未必不能坐着，坐具上当然可以卧着，就算想蹲着站着，你自家的床上，想什么姿势，都可以。说来读诗，只读到“床”后有“前”，那毕竟就是在“床前”上寻味，而不应于“床上”纠缠。

再读“床前明月光”：不论坐卧，明月光只在床前，莫不就是说，明月光在眼前、在身边、在屋里、在李白未走到屋外的不经意间。“床前”的“明月光”，自然被李白看见，才会写进诗里。然而这一句“床前明月光”，却无一字写李白的动作行为，只是眼前景色的自然呈现。

这自然呈现眼前的“明月光”，也就自然显现了李白不经意不刻

意的心境。

这心境究竟如何?

“疑是地上霜”。心境如霜。

明月光可以皎洁光彩，可以清净安宁，但月依旧是月，不为离别缺，不因团聚圆。月光的色泽，终究取决于看月光之人的心境。

空气中轻薄的水汽，在寒冷的温度下，在冰冷的器物上，凝结成霜。霜色掩不住器物本身的颜色，却让器物的颜色，多了一层朦胧。轻轻拂过，霜华应指而化，难以捉摸，唯余寒凉。

这世间总有太多、看见时看不清、摸到时尽消融的存在，一如庭前月光、指尖霜华、羁旅时的故乡。

明月光只是视觉所及，喻之于霜，便调动了触觉。故“疑是地上霜”，不单单是暗喻，还是通感。光是实景，却无法触摸，故为虚物，以霜喻光，是用虚写把“光”写到了实处。

目所见之明，竟是身所感之冷，那意境里，又添了一层心理落差。于比喻引发通感，从通感形成对比，这两句诗寥寥十个字，情味幽远。

低头看见床前那明月光，自然要抬头看看天上的明月。于是“举头望明月”。

月亮在天上。一直都在。天上离人间很远。一直都远。月光在床前、在眼前、在身边，很近。明月却远在天边，若不举头眺望，定然不能寻见。

世间多少在眼前又在天边的东西?

故乡的思念，在心中如在眼前，在远方如在天边。这眼前与天边，都只在人低头与抬头之间。低头与抬头，是容易，眼前与天边，是愁怨。

世人皆知，月圆团聚，最是怀乡，写到唐代，都成陈词滥调。**唯李白写出，这月圆怀乡，只在一举首低头间。**月圆是景，怀乡是情，唯得举首低头，这身外之景，世人之情，才得与我相关。如此一首《静夜思》，写月圆思乡，把思乡之情的触发，自然而然的流露，写得极致真切。

举头望明月，低头思故乡。

从此身到明月，由明月归故乡，瞬息万里，这是“一念三千”的诗境。唯有心空灵无碍，才有诗精妙如此。

这首《静夜思》，还有一个版本，第一句，作“床前看月光”，比“床前明月光”，文献更早。但这“看”字，用意刻意，着意平直，情意乏力，意趣俚俗，终不及“床前明月光”的意境。“举头望明月”一句，由“望”字构建的意境，只一个“看”字，就荡然无存。

诗证佛理——《静夜思》里的缘起妙境

望得那明月，便有了景。思念起故乡，又有了情。低头思故乡，故乡不在眼下。眼下所见为何？是那明月光，凉白色若地上秋霜，看得心中凄然，却又只是光华流转，终连悲伤也在心头把握不住。

天上明月，地上光华，心上故乡，都读若“长安一片月”。是一片月，却有千千结。这就是情景交融的妙，好叫一首五绝二十字，字字平易，却越读越要读进去，越进去越觉读不尽的意，越读不尽越感身临其境。

这是佛学里“境由心生、心随境转”的妙法。**诗人写诗，不黏着于情景两端，而是于中道的无所得处，写出心境的缘起，如此诗境，有一沙一世界的圆融无碍。**

故而《静夜思》里的情景，当然不是分作两样事物，然后交融一起。诗人的诗境里，本来交融难以理性分别，只有读者去思量，才分别出来情景。

是故“情景交融”，要紧处不在“情景”，而在“交融”。交融处如入众妙之门，见虚空中万象生灭，灿烂光华。

倒不是说，诗仙李白写诗，一定用的是佛教天台宗的一念三千。《静夜思》这样短小精巧的五言诗，要在二十个字里，写出一方天地，就必定会契合于一念三千的佛理。五言诗的漫长历史，让诗的作者与读者在心识里慢慢打磨培养，自然有了这五言诗的通趣。

诗是心中的种子，生长过漫长岁月，终在盛唐，绽放菩提之花。

世间一切有为法，皆因缘起，而具性空。有为法是世间一切存在的事物。诗写有为法，写到至真处，即是写佛法。

世间一切有为法，皆是无为法。故而诗人又何必刻意照搬佛学而作诗？生命即是有情，芸芸众生走过滚滚红尘，情本来融于一切，又何必劳烦诗人刻意叫情景交融？

这是唐代佛学与诗的关系。

情景交融——从历代诗论读《静夜思》

说到中国古代的诗词，少不得要说“情景交融”。从诗三百的起兴，到王夫之的理论，情景交融贯穿整个中国古代诗歌史。说到中国古代诗词的历史，定不能跳过唐诗。说唐诗，却不谈李杜，不如不说唐诗。

李白与杜甫合称“李杜”，李白诗仙，杜甫诗圣。于是乎，诗与道的文化定位里，李白独占鳌头，诗与儒的文化认知里，杜甫拔得头筹。

诗歌理论史并不是一开始就有“情景交融”一说。细读“情景交融”的理论嬗变，也颇为有趣。以这理论的历史，来读李白的《静夜思》，又是一番更深的理解。

刘熙载《艺概·诗概》说：“雅人深致，正在借景言情。”

这是情景两分，要拿一个来表达另一个。

李白的《静夜思》，写的“床前明月光”是景，“低头思故乡”是情。借明月光，写思故乡，一路读来，确实雅人深致，言辞平易而高雅，意蕴深远而变化，是借景言情的妙趣。

王昌龄《诗格》谓：“事须景与意相兼始好。”

这是讲“情景相兼”。

读《静夜思》，明月光，似寒霜，思故乡，默低首。景与情，各有各的意味，各有各的趣味，各有各的韵味，虽然相通，却又不同。

看得见的明月，回不了的故乡，这般距离间隔，就是情与景的“相兼”。如果情和景，都写成一样，诗读着就是铁板一块，人读不进，意读不出。

姜夔《白石道人诗说》称：“意中有景，景中有意。”

于是情景真正开始交融了，便有了你中有我、我中有你的表述方式。在《静夜思》里，那一句“疑是地上霜”，是月色清寒，也是心情微凉，如此心情，方得见到月色如霜，这正是景中有意，意中有景。

范晞文《对床夜话》总结得极好：“情景兼融，句意两极，琢磨瑕垢，发扬光彩，殆玉人之攻玉，锦工之机锦也。”

那句“锦工机锦”比喻极恰当。**诗是一段锦，情景如丝线交织而就**。若把丝线拆来，便不成诗了。细读李白的《静夜思》，看明月光、疑是霜华、望明月、思故乡，这一连串动作，如织锦，文理紧密，细想其中思乡之情，确实如琢磨美玉，润泽细腻。

然而，以上的论述，并没有说明“交融”。既然交融，哪儿还有情与景的分别？以上材料中，情与景总是在对立的状态中寻求在诗歌中互助的存在方式。简而言之，就是要有情也要有景，情和景要能相互表达。

情景交融的理论，在王夫之《薑斋诗话》里，说得最是透彻。

王夫之《薑斋诗话》论曰：

“云霞出海曙，梅柳渡江春。淑气催黄鸟，晴光转绿苹。”“云飞北阙轻阴散，雨歇南山积翠来。御柳已争梅信发，林花不待晓风开。”

皆景也，何者为情？若四句俱情而无景语者，尤不可胜数，其得谓之非法乎？夫景以情合，情以景生，初不相离，唯意所适。截分两橛，则情不足与，而景非其景。

《静夜思》里的情与景，由此体味，又进一层。若没有举首与低头，月华的霜色，断不得见，纵然别人能见，没有思乡之情，也写不出举首与低头的自然。

一生乡思——谪仙人李白的家世命运

学者有考证，李白的《静夜思》，究竟创作于何时。有说李白出蜀，有说漫游金陵，有说流放夜郎，莫衷一是。

我却认为，**思乡，不是李白一生中特定时期的事，而是李白一生的事。**

且读《静夜思》里的乡思，有个特点。这乡思，如果不由明月触发，不在举首低头之间，便不得出来。说明这乡思，李白已习惯了放在心里，不去打翻。唯有习以为常的愁苦，才会这样，这样的愁苦，是为了安放一生的乡思。

李白一生，都在思乡。李白思乡，带着李家数代人的乡思。

《新唐书·李白传》讲李白的家世背景："李白，字太白，兴圣皇帝九世孙。其先隋末以罪徙西域，神龙初，循还，客巴西。"

兴圣皇帝，是十六国的凉武昭王，李暠，陇西人，自称西汉飞将军李广十六世孙，西凉初代国君。李唐皇室有胡人血统，要做中原汉人的皇帝，就要给自己找个合适的祖宗。于是找到了李暠，封为“兴圣皇帝”。

李白祖上，于隋代末年，获罪流放西域，至唐中宗时回来，客居四川西部。李白父亲是商人。时人称李白之父，为“李客”，以其为西域人。

按《新唐书》的说法，李白，与李唐皇室同宗。《旧唐书》于此，只字不提。《唐才子传》对此存疑。

且不论皇室血脉有无，而可以确定的是，背井离乡，从李白的先祖，已经开始。**李白的思乡，承载着李家几代人的愁思。**

陇西，现在的甘肃，从魏晋至隋唐，是中原汉族士族的避战之所。许多中原官方太学里绝迹的学术，在陇西，以家学的方式传承。中原文人不断涌入，带动了陇西的学术交流。

可惜李白的家世，于史书中，不见家学传承的记载。**如此更好，没了万卷书的负累，万里路行得更轻松，看风景便是风景，而不是别人写过的风景。**凭借自己学识，作出如此诗篇，更让人佩服！

李白的诗才，洒脱飘逸，正在于自己读书得来了学识。

李白的诗文，除了自身才情，还需依靠学识。李白的“诗仙”之名，恰是得来于此。

唐代孟棨在《本事诗·高逸》中，记载了“诗仙”之称的由来：

> 贺监知章闻其名，首访之。既奇其姿，复请所为文。出《蜀道难》以示之。读未竟，称叹者数四，号为“谪仙”，解金龟换酒，与倾尽醉。期不间日，由是称誉光赫。贺又见其《乌栖曲》，叹赏苦吟曰：“此诗可以泣鬼神矣。”

这段记载，可与李白《对酒忆贺监诗序》相印证："太子宾客贺公，于长安紫极宫一见余，呼余为'谪仙人'，因解金龟，换酒为乐。"

贺知章听闻李白的名声，去紫极宫，拜访李白。一看李白，颜值真高，深感惊喜，又求李白诗文来看，还没读完，就叫了四次好，给了李白一个名号："谪仙"。贺知章高兴啊，就解下金龟，换酒，和李白痛饮。金龟，是唐代官员配饰，以此换酒与新友痛饮，可见贺知章心中，友人重于官禄。

《蜀道难》，与神仙方术无关，与异邦历史有关。可见"谪仙"之"仙"，在说李白才学超凡，不关神仙道教。谪仙人，意味着本是天上仙人，家在天上仙境，**谪仙人，也是流浪世间、离乡的人。**

《静夜思》里的李白，不是仙人。李白是一个一生思乡的人。

李白的故乡，究竟在何处？李白自己也不知道。

举头即是明月，低头迷失故乡。

所谓诗仙——不读非圣之书的李白

李白的情感思念，都会放大得比常人更甚。

且读《本事诗》里提到的乐府诗《乌栖曲》，诗如下：

> 姑苏台上乌栖时，吴王宫里醉西施。
>
> 吴歌楚舞欢未毕，青山欲衔半边日。

银箭金壶漏水多，起看秋月坠江波。

东方渐高奈乐何！

李白此诗，明咏吴王因西施而荒废国事，实则暗讽唐玄宗与杨贵妃之事。这首诗写吴宫享乐，皆有自然事物相对比，而自然事物，又都具有人的情状行为。这样写来，把享乐的场景，抛进历史的长河，是“泣鬼神”之笔。

李白的精神，融入语言，冲破事物本身的限制，横跨历史，超脱时空。

李白一生，尝试过做很多事，有许多机遇，但除了写诗，其他几乎都以失败告终。

比如投入永王府，成为幕僚，结果永王造反。叛乱很快被平，李白跟着倒霉，要不是郭子仪求情，估计会死。最后李白流放夜郎。

李白晚年穷困潦倒，到当涂县，投奔其族叔、县令、书法家李阳冰。李白重病，临终之前，将诗文手稿，托付李阳冰。李阳冰将李白诗文，辑作《草堂集》，并作序。李阳冰《草堂集序》这样评论李白的诗歌思想：

不读非圣之书，耻为郑、卫之作，故其言多似天仙之辞。凡所著称，言多讽兴。自三代已来，风骚之后，驰驱屈、宋，鞭挞扬、马，千载独步，唯公一人。

从中可以看出李白诗歌创作的特点：

1. 李白的学养，以儒家经典为思想根基，以写男女求爱寻欢内容的诗作为耻辱。

2. 李白的作品，多用“兴”与“讽”这两种取法《诗经》的手法。

3. 李白的风格，与楚辞相承，但不落窠臼，翻出新意，超越前人。

依此说李白“仙”名的由来，李阳冰认为，首先，因为李白诗作的语言，“似天仙之辞”。**之所以“言似仙辞”，源于李白的儒家思想。**《本事诗·高逸》可以佐证，载李白论诗，云：“梁陈以来，艳薄斯极，沈休文又尚以声律，将复古道，非我而谁与！”

这是说，南朝的梁国和陈国，诗文艳丽轻薄，南朝文人沈约，崇尚声律，带歪了诗风。复兴古代诗歌之道，只有李白自己！

诗仙李白，年轻时的诗，太多道教风貌，这何尝不是为迎合李唐皇室贵族喜好？但李白之“仙”，不独为此。

于是，“诗仙”的意义，在李白一生，发生了三次转向：道教仙风的诗、才学超凡的诗，以及传承圣学的诗。

其中，李白“诗仙”之名的本义，无关道教神仙，亦无关道家思想。

仙，是对逝去的王道乐土的另一种描述。

大道更迭——礼乐徒有虚名的大唐盛世

正因如此，大唐盛世，才容不得李白。

唐玄宗的大唐盛世，文化风貌如何？

概括来说，是**重塑权威，激励涌现**。

唐玄宗以进一步弘扬道教，来重塑李唐君权的神圣权威，这是重塑权威。经济发展和科举制度，激励各种文化思想，在短期内大量出现，相互促进，形成部分之和大于整体的质变，是为激励涌现。

于是，唐玄宗重塑权威，激励涌现，必然要处理“一”与“不一”的关系。《文始真经·卷一》云：“圣人以知心一、物一、道一，三者又合为一。不以一格不一，不以不一害一。”但是，涌现，必然让系统经历从混沌到有序的过程，新的有序，必然优于权威。所以，大唐盛世的“一”与“不一”，权威与涌现，不可能和谐共存。

玄宗时期，道教空前繁荣。

唐玄宗崇道，曾下诏，制令天下士庶家藏《老子》一本。收集道书，辑成《道藏》。设“崇玄博士”，科举史上，首次出现道举。天宝十四年，颁御注老子并义疏于天下，同年，安史之乱爆发。

唐代儒学如何？

唐太宗命孔颖达编纂《五经正义》，融合南北经学。孔颖达为孔子后人，隋朝已有名望，年轻时候，经学水平就超过当时的老先生们。于是老先生们，找了刺客，想弄死孔颖达。隋朝的儒生，有口头上的学问，没心性上的修养。

唐代权臣，如太宗时期历任将相，都在《文中子中说》中出镜。文中子王通，是隋朝大儒，虽也号“欲行王道”，但思想杂糅儒释道三家。

儒学发展，是否礼乐兴盛?

礼乐彻底退出了民众的生活。且读《新唐书·礼乐志》：

> **由三代而上，治出于一，而礼乐达于天下；由三代而下，治出于二，而礼乐为虚名。**

意思是，夏商周三代，儒家德行教化，融于日常生活的方方面面，所以，上至朝廷，下至百姓，所事莫不出于礼，而礼乐达于天下，民众受教化，风俗自然而然地迁善远罪。这是“治出于一，礼乐达于天下”。

自秦朝用法家，变更制度，后代王朝皆用秦制，政治重点在于簿书、狱讼、兵食，礼乐仅停留于朝廷的文书记载，百姓至老死不得见礼乐，更不得礼乐教化。礼乐徒有虚名，仅仅被说成是用来“教化天下”的东西。这是“治出于二，而礼乐为虚名”。

在行政制度上，唐代用隋朝制度，隋唐制度溯源于曹魏，而曹魏用秦制。

唐代与西域文化交流频繁而深入，唐朝文化受胡风影响很大。朱熹说：“唐源流出于夷狄，故闺门失礼之事不以为异。”这一文化背景，必须秦制，方能便于管理。秦制的法家思想，与稷下黄老一脉相承。其经典《尹文子》认为：

> 道不足以治则用法，法不足以治则用术，卫不足以治则用权，权不足以治则用势。势用则反权，权用则反卫，术用则反法，法用则反道，道用则无为而自治。

大唐盛世的君权权威里，杂糅了不同的“道”。这些“道”，都是各自世界里的第一、唯一和真一。唐玄宗的大唐盛世，在文化中召唤着一种不存在的最高价值，并期望将这种最高价值，赋予大唐君权。

大唐君权塑造的“道”——这种虚幻、杂糅而异化的“最高价值”，必然在历史的进程中自行贬黜，让大唐盛世的文化，继魏晋玄学之后，堕入虚无。

佛学倡“诸法无我”的“性空”，是虚无主义的良药。

隋唐佛学昌盛，并非因为南北朝时期的佛教推广，也不是因为隋唐佛教作为社会群体具有政治影响力，更不是因为隋唐士大夫阶层对佛教活动的参与，而是因为，唐代社会道术紊乱的现实，充分彰显了佛法的“缘起性空”。佛法本来是世界的实相，唐代社会，是引导众生体证佛法的契机。

正因空性，才有世间诸般众妙显现。因此，大道之妙，与佛法性空，是非一非异的关系。这是佛学所说的“中道”。

大唐盛世，王道沦丧，遂以“大道”取而代之。大道也在自行贬黜，遂援佛法以对治。这就是李白真正面对的文化生态！

诗仙李白，该如何修自己的诗道？

诗仙之道——忘情、全神、超形、彻性、合道

世人喜欢说李白是浪漫主义诗人，杜甫是现实主义诗人。李白自己不知道什么是浪漫主义，也不可能带着浪漫主义的思想，去创作诗歌。

世人又喜欢说李白的诗注重抒发情感，杜甫的诗注重描写现实。李白诗的风格，叫“精神”，不叫“情感”。南朝诗论，反对诗经的“诗言志”，提倡“诗言情”。李白不喜南朝诗歌，不会用自己的诗来“言情”。

李白与唐代两位著名道士相交，一个是司马承祯，另一个是吴筠。这二人的思想，都在于“精神”。

李白曾与吴筠一同隐居修道，有诗唱和。吴筠通经义，美文辞。吴筠面见唐玄宗后，向唐玄宗举荐李白。

吴筠著《玄纲论》，提倡“忘情全神”。

《玄纲论·性情章第五》云：“以性动为情，情反于道，故为化机所运，不能自持也。”《同有无章第七》云：“苟忘其情，则全乎性，性全则形全，形全则气全，气全则神全，神全则道全，道全则神王，神王则气灵，气灵则形超，形超则性彻，性彻则返覆流通，与道为一。”

诗如何忘情？

读李白的《蜀道难》：“但见悲鸟号古木，雄飞雌从绕林间。又闻

子规啼夜月，愁空山。蜀道之难，难于上青天，使人听此凋朱颜。”

诗中的悲、啼、愁、凋，不属于李白，也不属于读者，但读之自会把自己代入诗境，而在诗境中，自己又不会去搜寻那些悲愁之情，而是为蜀道之难、难之天险、险恨万物的气势所惊撼。《蜀道难》以忘情而写出震撼魂魄的“难”。

李白之后，诗论所谓“情景交融”，其实是李白诗道的“忘情”。

司马承祯，是上清派茅山宗第十二代宗师。这人可高冷了，武则天诏他，不应。李白年少时，与司马承祯相遇，司马承祯赞李白有“仙风道骨”。李白拿这事儿写成了《大鹏赋》。今《大鹏赋·序》有言：

> 余昔于江陵，见天台司马子微，谓余有仙风道骨，可与神游八极之表。因著大鹏遇希有鸟赋以自广。

司马承祯说的“神游八极”，是什么意思？司马承祯有《坐忘论》，因时人“重道德之名，轻道德之行”，故“寻经旨而与心法相应者，略成七条，以为修道阶次”。其中，第七阶次，是“得道”，曰：

“夫道者，神异之物，灵而有性，虚而无象，随迎莫测，影响莫求，不知所以然而然之，通生无匮，谓之道。至圣得之于古，妙法传之于今，循名究理，全然有实。上士纯信，克己勤行，空心谷神，唯道来集。道有至力，染易形神，形随道通，与神合一，形神合一谓之神人。”

这段话是说：道是人的灵性，这种灵性，让人可以感知外物，也让人可以调节自己的感知，这是人与生俱来的能力，这种能力，叫作“神”。凭借这种能力，人可以提升自身。提升以后，人的意志会与感知结合为一，让自己得道。

李白的诗，正是以精神为道。

李白诗中，如何是精神之道？

且读《将进酒》，一来就是精神：“君不见黄河之水天上来，奔流到海不复回。君不见高堂明镜悲白发，朝如青丝暮成雪。”

这诗境是让人赞叹的瑰丽奇妙啊！浩荡黄河水，眺望不知源，远入天际处，仿佛天上来，却最终入海，一去而不还。青丝在朝暮之间化为白发。

读来只觉李白的精神，在瞬息之间与天地相通，将古往今来凝入浓墨一滴。诗人假若受器物形质的负累，断不能作出这灵动变化的诗句。

李白所感知的外物，不是物理世界里的物体，而是意义世界里的符号。

有时，对于人心而言，意义世界才是真实，而物理世界只是逃避真实的麻药。所以，李白的诗，读来有一种撕掉世界的伪装后的惊心动魄。这可谓是司马承祯的“行随道通，与神合一”。

《周易·系辞上》曰：“神无方而易无体”。孔颖达疏：“神则寂然虚无，阴阳深远，不可求测，虽无一体可定也。”

诗人心性唯有如此精神，诗才能超越宇宙，显出仙人之才。

谪仙悲剧——生活在两个世界里的李白

盛唐文化，充满自信。魏晋玄学，有言意之辨，倾向于言不尽意。盛唐文化不同，以诗的语言积极地抒写着心中的真实。

李白的诗里，有着这份文化的自信。他的笔墨极为有力地铺陈出他心中的诗境，仿佛真实世界本就该如他诗中那般奇幻瑰丽！

李白是一个同时生活在两个平行时空中的人。

历史在他面前，是一条静止的河，他超越时间，穿越古今，把每个时代的文化精髓，攒在一起写成了诗。诗境里的李白，翻排古往今来，超脱历史之外。

但是，现实为李白走出的每一步铺满荆棘，也许这就是他的精神超脱现实时间的代价。

他曾以为自己可以效法古人，然而人不能两次踏进同一条河流，而历史也无法重演。

诗仙究竟仙在何处？仙可以道教论，以儒学论，以王道信仰论，以才情空灵论，但回到李白的生存处境，我以为，根本上，**当以历史与现实的冲突来论**。

有人指李白说唐诗重在抒情。未必。但以李白诗而论，唐诗善于写史，却是事实。

海浪把月影拍碎在彼岸。长安满城落花，深宫的流言蜚语里，尽是李白。也许有的人来到世间，只为完成一场流浪。有人想拥抱住这个世界，而世人只想从他的失意里玩味诗艺。

他是李白，是无数人心中的大海和彼岸。他只为把仙界的诗，传到人间。

星辰跌落尘埃，它曾灿烂得耀眼。天空有流星划过，水面上两棵浮萍相聚。流浪世间，不为不再流浪，只为留下怀念。

举头望明月，低头思故乡。

19 诗圣非圣

——杜甫的《登高》与幻想的圣人

独自登高

诗圣杜甫，有一首七言律诗，号称古今七律之最，这首诗，题为《登高》：

风急天高猿啸哀，渚清沙白鸟飞回。
无边落木萧萧下，不尽长江滚滚来。
万里悲秋常作客，百年多病独登台。
艰难苦恨繁霜鬓，潦倒新停浊酒杯。

先读首联。

秋日登高，高处的西风，没有阻挡，风速更疾，风力更劲。高处的天空，没有遮挡，越发空阔。猿声呼啸，声音哀伤，听之幽远空荡，一如这秋风急，一如这天空高。

江中洲渚，清洁纯净，河沙被江水涤去泥土，洁白清明。飞鸟在江上盘旋。

“渚清沙白鸟飞回”，是一种对徘徊的态度。

忽然一日，你回首此生，所有走过的漫漫长路，都不过在一方窄窄的土地上徘徊。忽然一瞬，你低头默想自己的挣扎，以为飞向更高的天空，却终究在江河上打转。

这时，你看江中渚清沙白，突然如看一生通透。

《登高》首联，诗人的视线，由天空移向江渚，感官从触觉与听觉收回，集中于视觉。

风之急，天之高，猿之哀，一样空阔，让人孤独，三者意象同趣，故能相合。

再读颔联。

登高极目，见林木直接遥遥天际，疾风瑟瑟作响，让落叶萧萧飘下。这是衰败。

登高望远，见长江源头，远上天际，江流不尽，从天际滚滚而来。这是不息。

衰败与不息，其间的连接，最是耐人寻味：纵然衰败，亦有不息；万物衰败，天地不息；即使不息，难免衰败；心源不息，何惧衰败；生生不息，自然衰败。

无边落木，终萧萧而下，这是顺势而写；不尽长江，自滚滚而来，这是更进一层。这两句，句势相和。无边写广，不尽写远，萧萧写乏，滚滚写劲，落下写去，来而自来，皆是这两句中的意趣相对。

相和而相对，这般境界，与那衰败而不息的意味，完美契合。

又读颈联。

离乡万里，常年漂泊在外，而今悲秋的情绪，与乡愁纠缠，更让人心中悲伤。

人到中年，病痛缠身，孤苦无依，如今登高，竟只有自己，独自一人。

离乡是悲苦，漂泊是悲苦，多病是悲苦，孤独是悲苦。这些悲苦，在空间是横跨万里，这是一生走过的路；这些悲苦，在时间上穿过百年，这是人生最好的时光。

由无边落木，写及万里悲秋，从不尽长江，吟到百年多病，无边落木引发了万里悲秋，不尽长江一如百年多病。颈联便是由景及情，由物及人，与颔联相呼应。

那辽阔而悠远的气势，一气呵成，读来方知这独登台的一人，孤立于宇宙之间。

原来世间所有经历，人生所有苦痛，最终只是自己一人承受——谁不是如此？这是何等可悲！而这，又是这世间秋来落木、大江东去的无常使然，竟让人悲而无能为力！既然无能为力，悲又有何可悲？

悲到失去悲的意义，这才是悲的真正可悲处。

“万里悲秋常作客，百年多病独登台。”

颈联把情感寄托于颔联所构建的无尽境界，让悲情充满天地之间。

来读尾联。

艰难苦恨繁霜鬓，艰难写世事，苦恨写自心，繁霜鬓，写世事自心在自己身体上留下的改变。人因世事艰难，而心中苦恨，因心中苦恨，而鬓发繁霜。

这一笔流畅至极，环环相因。由外物及内心，由内心到自身，将颈联充满天地的悲，写进自己的心身。

如此仿佛把整个世界的悲，压缩进斑白的鬓发，让人读来，感觉身体都被这悲，压得沉重难耐。

潦倒新停浊酒杯，潦倒时，都会借酒消愁，只为喝醉，不管酒的清浊。然而潦倒而多病的人，连大醉一场，都不行。

心中所有的悲伤，在这一刻，被切断了宣泄的途径，让人心中梗塞。

这一生的不得志，只因志不得轻易放弃。不得放下的志向，终于让心中的悲伤放不下。要是有一样可以放下，且把手中的浊酒杯放下，权当安慰吧！

潦倒新停浊酒杯，写尽人生贫病潦倒的五味杂陈。然而这一句，终于把颔联、颈联，以及尾联第一句的恢宏气势，收归平和淡泊。

但是那悲，又如何因强装平淡而消除？尾联读罢，言尽而意不尽，人在诗境里，久久走不出。

这是杜诗的魅力。它能给你一个世界，让你沉浸其中。这是《登高》的魔力，它能创造一个境界，用杜甫一生的悲伤之力。

读完后，感觉写诗的诗人，竟与"诗圣"无关，倒像一个生活悲惨的大叔，在讲述自己的遭遇。

历来读杜甫的诗，慢慢形成了这样的套路：先像训诂五经一样注释杜诗，再像美化孔孟一样，结合粉饰后的杜甫的遭遇，来解释杜甫想表达的意思，最后回到"诗圣"的地位，把杜诗捧到天上。

读杜诗、读杜甫、读诗圣，是三件事。

读杜诗，需要反复涵泳。读杜甫，需要设身处地。读诗圣，需要回归经典。

下面，让我们来读读杜甫。

蜀黍你好

读罢《登高》，并不见一个遥远时代、孤傲诗圣，负手立于高山。诗中的杜甫，更像一位大叔，在人面前，讲述着他自己的苦难与悲痛。

他历尽寄人篱下的生活，他找不到稳定的工作，他不仅没钱买房，他的孩子还因为他没钱，活活饿死！这些，都少不了和他那怪脾气相关。所以，中年的他，再不向人炫耀才华。

《登高》里，没有杜甫的过往，也没有杜甫的炫耀，没有刻意的才华，也没有矫情的痛苦。只有鬓上霜华，浊酒新停，与一生命运前的无能为力。

登于高处的杜甫，不仅在看眼前的风景，还在看自己一生的坎坷。

杜甫的坎坷，皆因他自身修养，不适合官场。

《旧唐书·杜甫传》记载了杜甫丢官的一件事：

“房琯布衣时与甫善，时琯为宰相，请自帅师讨贼，帝许之。其年十月，琯兵败于陈涛斜。明年春，琯罢相。甫上书言琯有才，不宜罢免。肃宗怒，贬琯为刺史，出甫为华州司功参军。”

房琯罢相，看似因兵败，又似因无才，但真实原因，是结党营私，这在《房琯传》里，唐肃宗乾元元年六月的罢相诏书有说明：

“崇党近名，实为害政之本；黜华去薄，方启至公之路。房琯素表文学，夙推名器，由是累阶清贵，致位台衡。而率情自任，怙气恃权。虚浮简傲者进为同人，温让谨令者捐于异路。”

房琯结党营私，具体怎样？

先说房琯的儿子，房孺复，娶妻，以妻子娘家社会地位不高，就养很多婢女陪睡。他妻子的保姆看不下去，劝他别这样。他就买了棺材，让人把保姆活生生抬进棺材里装着。妻子才生了孩子没几天，就逼妻子上船回娘家。结果他妻子遇上风浪，死了。他这人品，靠着房琯的背景，居然一直做着杭州刺史。他的第二任老婆，很彪悍，直接把前任的儿子，用杖打死，埋进雪里。

这在官场，其实不算大毛病。房琯真正的坑，在于站错队。

房琯分配天下兵权，加重了藩王的权势，削弱了肃宗的皇权。这是他被罢相的根本原因。

杜甫上疏，说房琯有才，不应罢相，就是往肃宗的枪口上撞。杜甫这官场中的政治觉悟，令人不敢恭维。

杜甫毕竟不可能放弃对仕途的执着。唯有取仕，方能实现自己对王道乐土的梦想。

王道是官场的反面，而实现王道，只有从官场开始。这是多么扭曲的现实。

在扭曲中坚持梦想，这是做不成事情的杜甫，唯一做成的事情。

因为一个人，没有实现梦想的能力，就让他放弃梦想，这是比杀人还恶毒的事。但一个人，如果因为梦想不能实现，而放弃梦想，这却是比自杀更容易的事。

圣人死了

世上本无圣人。这是事实。

我更愿意从现代心理学的角度，去理解文化中塑造“圣人”的行为。

人不可能完美，因为完美，不存在。但人需要追求完美，才能不断进步。当人追求完美的时候，必然要塑造“完美的榜样”，这个榜样，就是“圣人”。塑造圣人的心理机制，叫作“心理补偿机制”。

没有完美，所以，才需要以追求完美，来补偿这一缺憾。没有圣人，所以，文化才需要塑造圣人，让人们相信，人可以达到完美。

世上本无圣人，但文化不能没有圣人。

当文化中有了“圣人”的目标，而世上不可能有圣人的实现，这就引发了圣人的虚无、求圣之人的痛苦。

窃以为，杜甫诗中的沉郁痛苦，正在于圣人的虚无，因为杜甫，是求圣之人。

世上本无圣人，现实亦无可能有圣人。

那么，当圣人不存在的时候，求圣之人，所追求的，又是什么？

于是，我认为，中国古代诗歌，逾三千年历史，最大的讽刺，莫过于称杜甫为“诗圣”。

这个讽刺，不是讽刺杜甫，也不是讽刺诗歌，而是讽刺依“诗圣”读杜诗的人。

若是没有颠沛流离，不陷穷愁潦倒，断读不懂杜甫。说杜甫是诗圣的人，可愿学做诗圣？不愿。那些荣华富贵的文人，谁又愿意一生困苦？

愿学诗圣，即是愿得穷困。用自己的一生，换来读懂别人的一生，是一桩赔本的买卖。

于是，诗圣，成了悬念。

读懂杜诗，是可遇而不可求的缘分。

书圣可以凭书法的技艺来评论，画圣可以靠绘画的造诣来判断，茶圣可以用茶道的贡献来推崇。唯独诗歌，基于语言，而语言合于思想，思想难分高下，故而，人各有各的视角，难找出一个统一的“圣人”标准。

《中庸》以“中庸”为圣人之境，圣人必须有平天下的君权帝位。

《中庸》说：“故大德必得其位，必得其禄”，且看杜甫，官位卑微，不得其位，贫穷困苦，不得其禄，以“圣”呼之，莫不是故意给杜甫添堵？

《中庸》说“中庸”的定义是：“喜怒哀乐之未发，谓之中；发而皆中节，谓之和”，杜甫写诗，必需喜怒哀乐，否则何以为诗？“中节”意思是“符合法度”，杜诗合理，而不是“合法度”，否则哪儿来的“三吏三别”？

让我们再看儒家经典里，论证诗圣杜甫是圣人的论据：

《礼记·乐记》云：“故知礼乐之情者能作，识礼乐之文者能述。作者之谓圣，述者之谓明。明圣者，述作之谓也。”

杜诗是“作”。

汉魏以降，礼乐教化，彻底堕为虚名，不复存在。礼乐不能教化，则诗当如何存在？这是杜诗要解决的问题。

诗是乐的一部分，自孔子删诗，编诗三百，让诗独立于乐。秦朝以后，随着诗歌用于娱乐，诗与历史民生相脱离。直至杜甫，文人的诗歌创作，才将诗歌，重新带回历史与民生。

我认为，杜甫的诗，为礼乐的虚无、王道的沦丧、儒学的衰落，寻找到出路。这个出路，就是诗歌创作。一旦找到出路，新生的形式，就会具有新的意义，不同于以往。

杜甫的诗歌创作，于语言来说，源于经典，却能情志强烈，打通诗书，这是《尚书》与《诗经》所不能。于历史而言，《春秋》只记权力之事，而杜甫却以诗，述史事中的民生。

所以，“诗圣”是对“圣人”的颠覆。

于是，依诗圣之圣，解读杜诗，不妨说，是一群迷路的求圣之人，将曾经的一个书圣之人，当作了圣人。

杜诗，写的是中国古代文化的衰落。解读杜诗，本身无法挽救这种衰落，因为解读杜诗，本身就是这种衰落的体现。

且看杜诗以后，哪个朝代，不是“朱门酒肉臭，路有冻死骨”？朱门里的权贵，哪个不曾读杜诗？

就像孔子成了圣人，走上了神坛，而历史，早已礼崩乐坏得无以复加。

然而，一个圣人尚且无可奈何的世界，终有求圣之人，在诗中孜孜不倦、锲而不舍，控诉着世道险恶，召唤着王道乐土！

当我们谈论“诗圣”的时候，我们究竟在谈什么？

我们在谈，世上已无圣人，诗中尚有希望。

20

坐看苍苔色

——王维诗中的禅意与佛理

静看小雨——《书事》里的禅趣

我曾臆测人类艺术的起源该是和雨有关。下雨了，本想外出狩猎的原始人，只得留在山洞里，围坐篝火旁。鸟兽都在巢穴里躲雨。白天，人有精神，于是有人起身，凭空做起了打猎的动作，有人呼喊着，配上了声音。众人欢笑。音乐与舞蹈，便诞生在下雨的时候。这是雨对于人类文化的意义。

后来，那群山洞里一起躲雨的人，有的当了首领，有的当了祭司，那第一个起舞歌唱的人，又该享有多么崇高的盛誉？

王维是一个可以独坐看雨的人，他可以静静地看雨，看到物我两忘的境地。他有一首五绝诗，题为《书事》，写静坐对雨：

轻阴阁小雨，深院昼慵开。
坐看苍苔色，欲上人衣来。

静极而生动，是这首五绝诗的禅趣所在。

先来细读这首诗。小雨初停，天还未放晴。白昼如黄昏，天阴。这种天阴，不是阴沉，是阴得很轻。这轻阴一现，那小雨就仿佛被它搁置起来，不得再见了。

这便是“轻阴阁小雨”，“阁”，同“搁”，是使事物停滞下来的意思。若直接写雨停了以后天还是阴的，便索然无味，诗人用一

"阁"字，便赋予了天气以主观的行动，进而让发出行动的天气产生了别样的意味。

下雨时，人不想动，天把雨收起来时，还是不想动。雨把院子打湿，人就懒得走那湿漉漉的地，反正许久不见人来，院门就不用开了。天也阴着不是？我就正好慵懒下去吧。

"深院昼慵开"，就是着重于"慵"这个情绪点。慵，就是懒的意思。可是懒人，是人主观造成的行为，这"慵"就不一样，慵是雨后、阴天、深院、白昼一同造成的结果。这一句"深院昼慵开"，把"轻阴阁小雨"的境界收拢到深院的诗人身上，而诗人身处的情境氛围让读者仿佛也能置身其中，这是这两句诗的妙处。

让我们再跟着王维一同慵懒地看下去：

看雨，看到天把雨收起的妙趣，不也是一件劳神费力的事？

雨落在深院里，已积下苔藓满地。越是有雨，越要静坐闲看，便越是容易看得慵懒，更不会下地穿过院子，去开那可开可不开的门了。

天阴把细雨收起，那些没来得及收回去的雨，都落在这苔藓里了。天色轻阴，山岚起时，木色混淆。风把雨后的清凉吹进衣襟，轻阴小雨映在眼帘，流进心里。

忽然看得青苔的鲜艳，跳跃起来，与风凉和山景，一同流向自己。

这便有了"坐看苍苔色，欲上人衣来"的妙句。"坐看"，是静，"苍苔色"，也是静，静坐到觉得苍苔色都会要动起来，染上静坐的人的衣衫，便是静极生动。不过，这两句诗的妙处，并不在于用"欲上"二字赋予苍苔色以动作，而在于通过苍苔色的"欲上"，让那种静到极致时可以体物至微的心境得以呈现在读者面前。

苍苔不是苍苔，我不是我。雨曾是那场雨，只是它让物我两相忘，又融于彼此了。**静极生动，进而物我两忘，周遍圆融，这就是《书事》里的禅意。**

王维的《书事》，只有二十字，却内含着丰富的层次。“轻阴阁小雨”和“深院昼慵开”，不就是在写天气的情绪色彩影响了人吗？天阴可以搁置小雨，不就是让景物可以自己行动起来吗？于是苔色欲上人衣，这要染向人的苔色，这可以自己行动的苔色，自然也是如此。

这首《书事》，历来很少人关注。《书事》里没有明显的山水田园，也没有明显的佛理禅意，所以《书事》不被当作王维诗歌的代表作。但是，当我们在讨论王维诗歌的基本特征时，不就是在讨论王维诗歌里无处不在的特征吗？难道除了山水田园和佛理禅意的诗，王维就没有其他诗作？难道王维的其他诗作都不应该是王维写的？这样读王维的诗，真像瞎子摸象。当我们给王维贴上“诗佛”的标签，我们就戴上了有色眼镜，对王维的全部视而不见了。其实，精读了《书事》这首小诗，才能探寻到王维诗歌里佛理禅意和山水田园的真正本源。

若只依照“诗佛”的名头来读王维的诗，终究读不透彻。王维诗中的禅意，要在王维认知世界的方式上看。

在王维的静坐看雨中，有禅意自然生出。

王维诗中的禅意，皆源自他的体物至微，源自他的情真意切。这些，都在《书事》里纤毫毕现。

体物至微，就是能察觉事物细微的变化，并且自己的情感很容易被环境调动起来。和普通人相比，体物至微的人，更容易把自己的内心投影到物理世界，似乎世界上的一草一木，都有自己的心灵和意志。而这些，并不是体物至微的人的臆想。其实，只要我们静心观察事物的细微处，我们也能发现细微处的灵动，也会忍不住和它们交流。一如“坐看苍苔色，欲上人衣来”。

当一个人体物至微的时候，他必然会放下对自我的执着，因为此时的他，全部的心思都在自我之外的事物上。体物至微，必然是一种“无我”的精神状态。佛家以“诸法无我”为核心思想。“诸法无我”是原始佛教三法印之一，符合佛学思想的理论，就一定会符合“诸法无我”。因此，王维的体物至微，本身就蕴含了天然的佛理和禅意在里面。

凝碧往事——关在安禄山囚牢里的王维

王维的情真意切，表现在哪些方面?

让我们来读王维的人生遭遇。

王维是个大孝子，他母亲去世，他悲恸得茶饭不思，骨瘦如柴。大孝之人必是情真之人。

《唐才子传》说王维“丧妻不再娶，孤居三十年”，可见王维在爱情上的情真。

那年安禄山叛变，攻陷两都，玄宗逃命。王维没来得及跟上出逃的队伍，被安禄山捉住。王维吃泻药，又装作哑巴，安禄山便把他拘禁在洛阳普施寺，想让他接受官职。

有一天，安禄山在凝碧宫大摆筵席，与党羽一同吃喝玩乐，而那些被迫助兴的人，都是往日玄宗时的梨园子弟与教坊工人。昔日帝王宫中曲，如今贼寇席上听。

《明皇杂录》载：“乐既作，梨园旧人不觉嘘唏，相对泣下，群逆皆露刃以胁之，言有泪者当斩，而悲不能已。有乐工雷海清者，怒而投乐器于地，西向恸哭。逆党乃缚海清于戏马殿，支解以示众，闻者莫不伤痛。”

乐曲奏响的时候，昔日梨园里的艺人们，都不禁哽咽，彼此相看，忍不住泪流而下。反贼们都亮出兵器，威胁艺人：谁流泪就杀谁！然而艺人们的悲恸依然没有停止。有一位乐工，名叫雷海清，愤怒地把乐器摔在地上，向着西边、唐玄宗逃走的方向悲恸地大哭。反贼们竟把雷海清绑在戏马殿上，砍断了他的四肢……

听闻此事的王维，心中悲伤难耐。他默默写下一首诗：

万户伤心生野烟，百官何日再朝天？
秋槐花落空宫里，凝碧池头奏管弦。

一个王朝的没落，是万户黎民与文武百官命运的跌宕。乱军过处，民不聊生。昔日皇宫空无一人，唯有秋槐花落，自是无人看。昔日皇宫中奏乐演唱的人，却被乱臣贼子要挟，为他们奏乐取乐！

曾以为盛世可以千秋万载！何曾想终究无常。

我们只是用自己的生离死别，换来一个盛唐。

《凝碧池》这首诗在野史里，还有后续故事。

喜欢唐代诗人野史的人，大多知道王维和裴迪的忘年之交“好基友”关系。他们总会说，王维的老婆去世那么久，没见王维续弦，更没见王维写诗怀念，而王维却写了很多暧昧的诗给另一个年轻的——男人。这个男人就是秀才裴迪。王维在辋川别墅常与裴迪游玩，有大量诗歌唱和。

这是因为，裴迪在王维被安禄山囚禁在菩施寺的时候，冒死看望过王维。王维当时把自己写的《凝碧池》一诗偷偷交给了裴迪。后来叛军被打败，皇帝要怪罪王维在叛军里任职，是裴迪进宫呈上王维当时的《凝碧池》，这才救了王维的命——当然，这也是野史啦——唐人笔记里的故事。

如今读来，这“凝碧池头奏管弦”似是平淡无奇，其实这样才最能写出王维心中的痛。因为王维对乐舞，有着超乎常人的敏感。

《旧唐书·文苑下》载：

> 人有得《奏乐图》，不知其名，维视之曰：“《霓裳》第三叠第一拍也。”好事者集乐工按之，一无差，咸服其精思。

王维能记住乐舞全过程中每个人的动作，足以看出乐舞在他心中印象的深刻，也可以看出他对外物的敏感精思。这样的王维，道一句“凝碧池头奏管弦”，心中该见到往日怎样的歌舞升平，而眼下又是怎样的乱世沧桑啊！

这就是王维的情真意切。

情真意切，一定程度上，源于体物至微。能把事物看得更清楚，就意味着能把事物看得更真切。于是，事物引发的情感，就会更加强烈。当人体验到自己心中激烈的情感时，人就会知道，这种情感真实不虚，它真实得无法强求，真实得自然而然。情到最真处，是是非非自然清晰可辨——这就是真情的力量。

翻开王维那些无关山水田园的诗，你会看到他情思的细腻，以及盛唐繁华之下民众的悲戚。

王维《闺人赠远》其二云：

> 远戍功名薄，幽闺年貌伤。
> 妆成对春树，不语泪千行。

这首诗写的是闺中少女年龄渐长、盼望到边关追求功名的心上人的事情。

送去戍守边疆的人，是否被安禄山忽悠进了他的叛军？只觉得那句“妆成对春树”里，蕴含着无限的伤感与无奈。妆成了，姣好的容颜却不能让自己的心上人看到，只能对着春天发芽开花的树木。树木在该开花的时候等来了春天，而此刻的闺人，却在该出阁的年纪，等不来自己的心上人。

不看王维最具代表性的山水田园诗，也不看王维那些和禅意佛理有关的诗，就读王维年轻时的诗作，我们会发现，**情真意切与体物至微，就是贯穿了王维全部诗歌的东西**。原来王维，仍然是那个王维，无论是否学佛与参禅。

我想，这就是诗佛最有趣的地方：体物至微与情真意切，恰恰是尘世里生命的美丽色彩，王维超脱红尘的禅意，竟是从这里出来，而不是从经论古卷与机锋话头里出来。王维因为诗而成了“佛”，恰恰不是因为他写了多少青灯古刹。

不禁要问：诗佛王维的禅，是哪门子禅？王维的诗里，恰好就有答案。

诗佛未悟——看王维诗歌里的精深佛学造诣

古人有这样一个说法：李白是诗仙，杜甫是诗圣，王维是诗佛。

提到诗佛，是以道家的仙和儒家的圣作为参照。我们可以推测，这个说法，要表达的，是诗歌领域内，儒释道思想鼎立的情形，鼎力意味着势均力敌。唐代的文化空前繁荣，儒释道三家思想都得到了极大发展。唐代文人可以从儒释道三家思想中选择一种，作为自己的生活方式，而不是被强行约束在儒家礼教的框架内。王维显然选择了佛家思想。

王维在中年后，没有了在官场上经营的心思，他长期过着亦官亦隐的生活。王维居住在辋川别墅，每日诵经坐禅，与僧侣交游。在这期间，王维的诗文明显以佛学禅思为题材和内容。例如，他应神会之请，为六祖慧能所作的《能禅师碑》，就记述禅宗南宗思想以及南宗的社会影响。于是，后人说王维是“诗佛”，便是依据他笃信佛教、潜心修行的生活和体现出禅意佛理的诗文。

可是，说王维是诗佛的这些理由，都不充分。

写佛学的诗人很多，修佛法的诗人也很多，如果王维可以是诗佛，那些人何尝不可以是诗佛？我认为，“诗佛王维”这个观点，不是我们读王维的诗歌所要得出的结论，而是引导我们更深入理解王维诗歌的路标。

王维是一个可以体物至微的人，这样的人都十分敏感，外界的刺激，在他那儿，会比在普通人那儿来得强烈。王维是一个情真意切的人，这样的人都会情绪鲜明，他们会更加清晰地意识到自己的喜怒哀乐，而他们的意识会反过去强化他们的喜怒哀乐。**王维的遭遇带给了他痛苦，痛苦被他的体物至微和情真意切放大成一条毒龙，这条毒龙，需要禅修来制服。**这，或许是“诗佛”的另一层深意吧。

让我们来读王维的《夏日过青龙寺谒操禅师》一诗，从中可以看出王维精深的佛学造诣：

龙钟一老翁，徐步谒禅宫。
欲问义心义，遥知空病空。
山河天眼里，世界法身中。
莫怪销炎热，能生大地风。

第二联所言“义心”，是佛教用语，指因迷于事或迷于理而产生的疑惑不决之心。“空病”可参看《摩诃止观》卷六（上）云：“空门者，观幻化见思及一切法，不在因不属缘，我及涅盘是二皆空，唯有空病，空病亦空。此即三谛皆空也。”

世界上所有的事物，以及人们对事物变化的认识结果，都是它们内部原因和外部环境共同作用的结果。佛学认为这些事物都在变化，所以，它们不包含不灭的实体，就如同人体内没有灵魂。那么，没有不灭的实体，这个道理，就是“空”。但是，如果把空当作世界的本质，就仍然是有那么一个不灭的实体，这就违背了空本来的意义。违背空本来的意义，就是空病。从空病出来，才能体会到真正的“空”，这就是王维诗中说的“空病空”。

所以说，**王维参禅，证的是空性。**

再看第三联的“山河天眼里”，我们不禁要问，王维是否终能以天眼观看尘世呢？所谓“天眼明”，是佛教的一种神通，神通是人的超自然能力。

据《大毗婆沙论》卷一〇二载，天眼明可彻见未来之事而生厌离之心。又读史书，言王维“临终之际，以缙在凤翔，忽索笔作别缙书，又与平生亲故作别书数幅，多敦厉朋友奉佛修心之旨，舍笔而绝。”

想来王维临终前，对死亡有所预感，故而书信作别亲友。我于是愿相信他终修得天眼明，可看破尘世，究竟解脱。

王维的诗里，有他超乎常人的体物至微，也有他与生俱来的情真意切，这两点，让王维的诗产生出天然的禅意，这种禅意与诗歌的题材、素材、思想并非直接相关。所以诗佛诗中的佛趣，在于诗佛王维本身的体物至微和情真意切。

于是，我们不禁要问，王维隐居辋川的时候，潜心修佛，他最终是否大彻大悟了呢？这个问题不好说，因为关于“大彻大悟”，我们还有更多的疑问：

有人一生就等一次机锋棒喝，然后顿悟。佛祖在菩提树下独自参悟，又有谁给他当头一棒？顿悟前的灵机一闪，错过了还会再来吗？秋叶在枝头等一场风雨的枯黄，佛祖在树下等谁来渡他出苦海？

21 究天人之际

——《江雪》与柳宗元的理想人格

千年江雪——柳宗元的《江雪》与苏轼的格调

千年前，长安城，大唐盛世，有一场“雪”，史称“永贞革新”。革新失败，发起革新的“二王八司马”被贬官。柳宗元是二王八司马之一，被贬永州。

柳宗元行向永州，遇到了一场雪。这场雪换来他的一首诗，从此唐诗五绝里，有了一首巅峰之作。这首诗，题为《江雪》。《唐诗三百首》对柳宗元的五言绝句诗，单单收录这首《江雪》。要了解柳宗元的诗，自然该从《江雪》开始读：

千山鸟飞绝，万径人踪灭。
孤舟蓑笠翁，独钓寒江雪。

千山如同樊笼，唯独飞鸟可以逃离，然而飞鸟已绝迹。山中道路无数，终有崎岖通往外界，然而已尽覆冰雪。这是“千山鸟飞绝”写出的绝境。绝境里可有逃出生天的路？有，有“万径”那样多。然而柳宗元独对千山万径，却没有另外的出路。他似乎感觉到人生无路，天地间更无处可逃，逃亦无人相伴。这是“万径人踪灭”写出的孤独。

但是，人的希望却不会因绝境和孤独而磨灭。在这冰天雪地里，有蓑笠翁，在垂钓，也许他在等待寒江下的鱼儿，来告诉他，雪，终不能霸占整个世界！蓑笠翁仍然在风雪里，垂钓，他仿佛用自己的行为在宣告着：此方天地的风雪，能奈我何？这是“孤舟蓑笠翁，独钓寒江雪”所写出的坚韧意志。

柳宗元《江雪》的艺术价值曾经一度被忽视。这首诗的好，要扫开雪的遮蔽，才能看到。

范温《潜溪诗眼》云：“子厚诗尤深远难识，前贤亦未推重。自老坡发明其妙，学者方渐知之。”意思是说，柳宗元的诗，意境和艺术价值都在一个很深的层次，很难一下就辨别出来，古代的文人也就没有推崇和重视柳宗元的诗。直到苏轼发现并说明了柳宗元诗歌里的价值所在，研学诗歌的人，才渐渐理解其中的妙处。

柳宗元与韩愈同倡“古文”，所以他的文章多为人重视，**但柳宗元诗的妙处，至苏轼方才解读得透彻**。

苏轼是怎样解读《江雪》的呢？下面，我们来看苏轼对《江雪》的“浑然天成”的评论。

《东坡题跋》卷二《书郑谷诗》，有一语评柳宗元《江雪》：“殆天所赋，不可及也”，意思是：《江雪》如同天然生成的诗歌，有着圆满而自洽的意境，这样浑然天成的诗，是人力的刻意雕琢写不出来的。此可谓对《江雪》推崇之至。

苏轼的评语，出现在怎样的情景中呢？《归叟诗话》里面有答案。

宋人王直方，号归叟，著有《归叟诗话》，其中一条，记录了苏轼的评论，说道：

> 郑谷《雪》诗云：“江上晚来堪画处，渔人披得一蓑归。”此村学堂中语也，如柳子厚“千山鸟飞绝，万径人踪灭，孤舟蓑笠

翁，独钓寒江雪”，此信有格也哉，作诗者当以此为标准。

可见，苏轼对《江雪》的评价，出现在与郑谷的诗的对比中。

细想郑谷那两句诗，“堪画处”，是要说风景美得可以入画了，那究竟怎么个美，以至于堪画呢？他写不出，就笼统一个“堪画处”，把难题都丢给别人了。他是古代诗人里的“丢锅侠”。堪画处，如同现在小学生作文里经常出现的“风景如画”，其实这样说了等于没说。

既然“堪画”，便是风景极好，却叫“披得一蓑归”，霎时觉得这行为粗陋起来，坏了“江上晚来”的调调。再者说，“披得一蓑归”，就是个寻常事儿，且写得也是寻常，不足以充诗了。如同写一段美妙的爱情，却以“穿裤子走人”做结尾，真是大煞风景的一把好手，让人捂脸。

王直方与苏东坡皆崇尚诗兴与自然。他认为“但知有韵底是诗”，又“以声律作诗”，便入了末流。也就是说，光有诗歌的韵律形式，却没有诗歌的高品质内容，肯定不能叫诗歌，那就像丧尸不算活人一样，光有形式的诗歌，就叫“丧诗”。

柳宗元的诗，就没有这样的毛病。

柳宗元这《江雪》，恰是浑然天成的佳作。那么，当苏轼在说《江雪》是“浑然天成”的好诗的时候，他到底在说什么呢？接下来，让我们进一步解读《江雪》的“浑然天成”。在接下来的几段文字里，我们会看到苏轼心中的“low 货”和“高逼格”的等级标准。

宋代人洪刍，是黄庭坚的侄子，《诗林广记》里引用了洪刍的《洪驹父诗话》，里面也记载了苏轼对《江雪》的评论：

东坡言郑谷《雪》诗，特村学中语。子厚此诗，信有格也哉！殆天所赋，不可及也。

从这段话来看，《江雪》好在“有格”和“天所赋”，这二者是什么意思、什么关系呢？我们先说“有格”。

古人讲的“有格”就是“有逼格”的意思吗？当然不完全是。

“有格”是从“意”上看。《文镜秘府论·论文意》云：“意是格，声是律，意高则格高，声辩则律清”。意思是，**诗文的思想情感属于内容，这种内容的优劣决定了诗歌审美上的趣味高低**；诗歌字句的声音构成了诗歌在形式上的音律，字句之间声音不含混，诗歌的音律就会产生清丽的美感。那么，带着“意是格”的观点来看，《江雪》有格，是因为“天所赋”，这个观点意思就是，诗意无雕琢痕迹，可谓浑然天成，仿佛“天所赋”，这样的内容让诗歌具有很高的格调。

这个观点里的“天所赋”，是否在故弄玄虚呢？明明是人写的诗，怎么就成了天写的诗了？

所谓“天所赋”，正是欧阳修所言“非与可诗，世间原有此句，与可拾得耳”之意。陆游所谓“文章本天成，妙手偶得之”，也是这个意思。妙手偶得之，说的是“诗兴”，诗兴大发的时候，好诗句自然就涌上心头，挡都挡不住。

其实，说到这里，我们很想问问苏轼——如果可以问到他——当一个人在写诗的时候，他究竟该怎样让“天”来帮他写诗？

诗歌毕竟是人类艺术创作的结果，一句“天所赋”，终究会在高逼格中让人一脸蒙。天然的绮丽风景又被说成“鬼斧神工”，试问鬼神作诗的方法，我辈凡人从何得知？莫不是写诗先要开坛“降神”、请鬼上身？

苏轼很会带节奏，他固然推动了人们对柳宗元诗歌艺术的重视，却也把《江雪》的艺术价值带偏了方向。或许，苏轼并没有理解柳宗元所理解的“天”。

《江雪》确实没有刻意雕琢，确实是一首浑然天成的好诗。但是，我们反过来想，任何一首好诗，不都应该是浑然天成的吗？“浑然天成”其实并没有真正读出《江雪》独特的意味，“天所赋”就是一句隔岸观火的话，本身和“堪画处”一样，属于说了等于没说的话。读诗，终究要读进诗的文本里，读进诗人的世界里，否则就只会喊“天所赋”这样的口号了。

下面，让我们参照柳宗元在永州写下的《囚山赋》，来理解《江雪》真正的内涵吧。

千山囚笼——柳宗元在永州的真实心理感受

世间不乏万水千山。永州外千山环抱，那曾是柳宗元的囚牢。

柳宗元在永州写下《囚山赋》，赋中写道：

> 胡井眢以管视兮？穷坎险其焉逃？顾幽昧之罪加兮，虽圣犹病夫嗷嗷。匪兕吾为柙兮，匪豕吾为牢。

“胡井眢以管视兮？穷坎险其焉逃”，写的就是柳宗元的困境与绝境。

眢，读音 yuān，形容井水枯竭。坐于枯井底，仰观井口天，犹如管窥。柳宗元被贬永州，生活如同枯竭的井——没有水的井，徒有井的外表，却失去了井的意义。被困于枯井，多么让人绝望！

永州远离长安，消息不通，渐渐地，柳宗元也就远离了那政治上的钩心斗角，官场上的灯红酒绿，社交上的人情世故；他也远离了亲人与故交。他在井底，抬头仰望，那井口大小的一片天。这是他心中仅有的一片希望，或是仅有的一点怀念。

可是就算离开这枯井，他也无处可去！天下之大，无处安栖！即使逃出去，历尽坎坷艰险的道路，又能逃向何处？这世界，容不下柳宗元安身。这世界，本不就是一个枯井？逃出永州千山间的井底，才发现抬头仰望的天，依然遥不可及！

“顾幽昧之罪加兮，虽圣犹病夫嗷嗷”，写出了柳宗元在绝境里恐惧的心理。

幽昧之罪，谓裁断不清不白之罪。二王八司马革新朝政，本意要对抗藩镇割据、宦官专权、官吏贪腐，没想到他们在政治斗争中失利，死的死，贬的贬。

当柳宗元想到这幽昧之罪加身，便会惶恐不安。即使是圣人，也会受杂乱的狗咬声影响，感到烦忧。政治斗争是残酷的，一旦失败，就会有性命之忧。圣人也是人，在性命的威胁之前，圣人也会本能地恐惧。

困境总有出路。但是，当困境里的人放弃寻找出路的时候，困境就会变成绝境。天离他很远，威胁离他很近。没有水的井，不得安宁的行尸。这千山囚牢，不仅囚身，更是杀心。

“匪兕吾为柙兮，匪豕吾为牢”，这两句表达了柳宗元对现有处境的不满。

匪，不是。兕，读音 sì，古代指犀牛。豕，读音 shǐ，猪。柙，读音 xiá，指关野兽的木笼。人本非犀牛与猪，却受囚于柙与圈。囚禁人的，是千山，伤害人的，是世道人心。

再读《江雪》，那句“千山鸟飞绝”，不正是在说这千山囚牢吗？永州无亲友，有威胁环伺，便叫飞鸟绝，犹如井水枯。

柳宗元《囚山赋》又言：

> 积十年莫吾省者兮，增蔽吾以蓬蒿。圣日以理兮，贤日以进，谁使吾山之囚吾兮滔滔？

十年了，无人来探望，没有来自长安的消息，只有我身边的蓬蒿，慢慢生长。我如蓬蒿中的芳草，竟与蓬蒿相偎依。

时政日日更新，朝臣日日精进，而我在井底，看那遥不可及的天。天，是我等不来的希望，还是我渺茫的未来？这永州千山，如海浪滔滔，将我囚禁着。

没有出路，这是绝望。

这是绝望，但心中有光。

只要心中有光，就算面对困境，也依然能坚持自己的信念，这才是真正的柳宗元。

公元 816 年，柳宗元被召回京师后，又再次被遣出做刺史。当时，二王八司马之一的刘禹锡也在被遣之列，应当去播州。播州比柳州更加偏远蛮荒。柳宗元流着泪说：“播州不是一般人能住的地方，况且刘禹锡的母亲年事已高，他没有办法把这事告诉他的老母，更没有母子一同前往的道理。”于是，柳宗元向朝廷请求，情愿让自己被遣派播州，换刘禹锡被遣柳州，即使因此再度获罪，死也无憾。

韩愈的《柳子厚墓志铭》里记载了这件事，韩愈的评价是“士穷乃见节义”。柳宗元病逝后，刘禹锡将柳宗元诗文整理出版，这就是传世的《柳河东集》。刘禹锡扶养柳宗元的儿子，韩愈教授其诗歌写作。

在永州的柳宗元，依然眺望着一片天空。

天，能救他吗？不能。因为他不是一个向天祈求的人。他眺望天空，不为天空，而为自己可以眺望。在枯井的绝境里，仍然自顾自地保留着希望。这，不就是《江雪》里那独钓的蓑笠翁所做的事吗？

《囚山赋》是对《江雪》的意境扩写。千山就是囚山，“千山鸟飞绝”就是囚山里的绝境，“万径人踪灭”，就是十年来脱离时代发展、与亲友不得相聚的孤独。但是，柳宗元依然是那个人，那个不顾一切、自顾自地坚持的人，即使，他深刻地感受着环境的绝望。

那么，《江雪》里的蓑笠翁，是否就是柳宗元自己？

天人之际——蓑笠翁是柳宗元的理想化人格

很多人认为，柳宗元在《江雪》中以蓑笠翁自寓。

例如《古唐诗合解》卷二言：“江寒而鱼伏，岂钓之可得？彼老翁独何为稳坐孤舟风雪中乎？世态寒冷，宦情孤冷，如钓寒江之鱼，终无所得。子厚以自寓也。”

这段话意思是说，天冷的时候江水温度低，鱼会潜伏在江水深处，所以垂钓，钓不到鱼。既然钓不到鱼，《江雪》里的那个老翁为什么还安心地坐在孤舟里？世间的事最终难免让人心寒，官场浮沉终究让人情孤独冰冷，这一切，就好像钓寒江里深潜的鱼，最后肯定钓不到。因此，柳宗元用蓑笠翁比喻自己。

世人多以柳宗元被贬永州一事，来揣测其创作时的心境，故容易有“自寓”的论断。

我认为柳宗元《江雪》里的蓑笠翁，是柳宗元理想化人格的形象体现，这种理想化人格在柳宗元“究天人之际”的《天说》中可以读到，这种人格伴随柳宗元一生。

柳宗元的《天说》，其中有一段，认为“天”其实与瓜果无异，并不能赏善罚恶，也不能左右人的命运，希望“天”来赏善罚恶，是错误的思想：

> “天地，大果蓏也；元气，大痈痔也；阴阳，大草木也；其乌能赏功而罚祸乎？功者自功，祸者自祸，欲望其赏罚者大谬；呼而怨，欲望其哀且仁者，愈大谬矣。”

柳宗元认为人生在世，不当迷信他物，与其祈求那些超自然的外力帮助，倒不如关注自己的德行。人的生死，便是生死，不在于天，于是他说：

> “子而信子之义以游其内，生而死尔，乌置存亡得丧于果蓏、痈痔草木耶？”

柳宗元认为，人将自己的生死与命运寄托于天，如同寄托于瓜果草木，是十分荒谬的事情。

那孤舟独钓的蓑笠翁，以一份旁人眼中的孤独，对千山雪漫天寒，不正如独自一人对着一个大果子一样的天吗？他存在着，在这漫天风雪里，做他自己要做的事。

人自为人，是为天人之际。

那风雪里的千山，是囚笼。那寒江独钓的蓑笠翁，却不仅仅是柳宗元。蓑笠翁是在柳宗元思想中，人应有的生存状态。

宋朝范晞文的《对床夜语》说："唐人五言四句，除柳子厚《钓雪》一诗之外，极少佳者。"他认为，柳宗元的《江雪》是唐代五言绝句诗歌的顶峰。

范晞文在《对床夜语》中讨论五绝唐诗，认为虚实极为重要，他说：

> 唐人家法，以四实为第一格，四虚次之，虚实相半又次之。其说"四实"，谓中四句皆景物而实也。于华丽典重之间有雍容宽厚之态，此其妙也。"四虚"序云：不以虚为虚，而以实为虚，化景物为情思，从首至尾声，自然如行云流水，此其难也。否则偏于枯瘠，流于轻俗，而不足采矣。

这段话的意思是，唐代五言绝句创作的方法，分三个等级，第一等是四句都写实景，第二等是四句都写虚景，第三等是两句写虚景、两句写实景。所谓实景，是外界真实的景物。所谓虚景，是被转化为人的情感的景物。

《江雪》的四句诗，都是实景，这实景之中，并没有直接的情感表达。但《江雪》里的这些景物与人物，与柳宗元的人格相应，与柳宗元的思想相彰，与柳宗元在永州的处境相同，由此实而虚，虚复实，乃使《江雪》仅仅二十字，得以生出深远厚重之境。

然而柳宗元在写《江雪》的时候，其实也不会去想自己写的是实景还是虚景。对他来说，他其实就是在表明绝境中自己的意志。

当我们在读《江雪》的时候，我们其实是在读柳宗元浓缩后的人生——看它在绝句里慢慢蔓延，如墨氤般展开一层层境界。

试问柳宗元创作《江雪》的时候，会想到范晞文的虚实相生和苏东坡的天之所赋吗？如果他想到了，这首诗就不会有浑然天成的意境了。

我们认为，《江雪》要放在柳宗元的“天人之际”思想中进行理解。《天说》里的“天”对应着《江雪》里的漫天风雪，《天说》里的人对应着《江雪》里的蓑笠翁。柳宗元在《天说》里究天人之际，他认为天不能主宰人的命运，人的选择在于自己的意志。所以，《江雪》的妙处，本质上，在于天人之际中人的意志。柳宗元的一生践行着这种意志坚定的人格，蓑笠翁并不是柳宗元在永州的自寓，而是柳宗元人生理想的缩影。

《江雪》的世界，是儒者究天人之际的世界。

人的一生，或许只为等一场雪。看雪从天而下，遮蔽苍生，由此方知天人之际，原来全在于自己的坚持。

22 云间烟火

——刘禹锡的《竹枝词》

含沙射影

唐代连州，山林之中，有莫瑶人，过着自给自足的生活。他们放火烧山，烧出一片耕田，耕种三五年。他们在山泉旁边，搭起茅寮。莫瑶人是盘古的后裔。他们与水边鲛人交换货物，和山中精怪订立婚姻。

山中多瘴气，水中多鬼蜮。鬼蜮能含沙射人，所中者，身体筋急、头痛、发热，剧者至死。莫瑶人越过荒山深涧，从未被鬼蜮伤害。

想来乡村里，市井中，朝堂上，多少含沙射影，让人防不胜防！

就在大唐的连州，来了一位刺史，就因为写诗，咏长安城外玄都观里的桃花，便被人诬为含沙射影，从京城长安，远调蛮荒，他，就是刘禹锡。

官场纷争，宦海浮沉，纵然心志坚定，也难免累累伤痕。累世儒仕的刘禹锡，突然羡慕起山间的莫瑶人——做个莫瑶人挺好，起码不被含沙射影。他写下了《莫瑶歌》：

莫瑶自生长，名字无符籍。
市易杂鲛人，婚姻通木客。
星居占泉眼，火种开山脊。
夜渡千仞谿，含沙不能射。

莫瑶人，就是今天的瑶族人，而今连州的瑶族，是过山瑶。他们会打起小长鼓，以歌舞，祭祀先祖盘古。在古老的《南蛮传》里，盘古是一条狗。如今的《盘王大歌》里，盘古是神灵。

这位刺史，和别的官吏不同，他不会歧视少数民族。因为他自己，就是匈奴族后裔!

连州的岁月不曾虚度。除了写诗、听民歌，刘禹锡还编成了《传信方》，推动当地医疗发展。

元和十四年（819 年），刘禹锡丧母，回乡守孝。同年，挚友柳宗元病逝。

后调任夔州刺史。刘禹锡上《夔州刺史谢上表》，感谢皇帝任命，说自己到夔州会施行礼乐教化："《礼经》有制，羸疾仅存。甘于畎亩，以乐皇化。"他作的十一首《竹枝词》，就是用于移风易俗。

让我们读《竹枝词》其一：

杨柳青青江水平，闻郎江上唱歌声。
东边日出西边雨，道是无晴却有晴。

《竹枝词》本是民歌，这首诗话语明白，自不必太多解释。

杨柳青青，江水平缓流淌，听到男子在江畔，唱歌的声音。杨柳的颜色，是静态，江水的平缓，是安静。静中有歌声，形成一种反差。

于是，捻起这一点反差的意味，写出了有反差的天气：东边出太阳，西边下雨。日出是晴，下雨不晴，到底有晴，还是无晴，又怎么说得清？想那唱歌的男子，究竟对我有情，还是对我无情，又如何猜得清？

意境渊源

乍一看，这首诗的艺术技法，不过是起兴、对比、谐音。历来传诵此诗，也必称道谐音的妙趣。但是，这首诗真正的妙处，在于，诗意能跳出格局。

这个妙处，要在“东边日出西边雨”的另一层意蕴上说：这两句诗，把疑问和期待，含蓄地抛给了唱歌的男子。因为春天男女对歌，本就是为了传情。细读“道是无晴却有晴”，正是丢了个话题给对方，想知道对方究竟是有情还是无情。这摆明就是期待对方向自己进一步表达感情。这样表达，不直白，但很真切，如果要形象地比喻这种表达方式，当然是“杨柳青青江水平”。

于是读这首《竹枝词》，便能于委婉明丽中，读出“四重意”：第一重，是字面的有晴无晴；第二重，是谐音的有情无情；第三重，是希望唱歌的男子表明自己有情；第四重，是向唱歌的男子表明自己有情。

诗有四重意，便是诗意跳出格局。

《四库全书》收入刘禹锡的《刘宾客文集》，作《提要》说刘禹锡的诗“含蓄不足，而精锐有余”。我想定是那写提要的人，未曾读过刘禹锡的《竹枝词》，才会这般一概而论。

且看《竹枝词》前两句，写春意盎然里，有男子歌声。虽不言听者喜悦，这春色中歌唱，也足以表达愉快之情。可是，接下来两句，就没有顺着这条思路去写。如果顺着写，不外乎就是调情、互撩、动春心、两相悦、矫情、作死，都是陈词滥调，俚俗趣味，读着像看市侩嘴脸，脸上刻着一眼望得到头的人生。

这个套路怎么破？重启一端写过来。“诗豪”刘禹锡，诗歌特点是“重意”和“骨力”。能让诗意跳出格局，重启一端来写诗境，就是“意”与“骨”的由来之因。

诗意跳出格局，是刘禹锡独有的诗道，其文化渊源有二。

首先，是刘禹锡少年时学习的意境说。唐代佛学发展，影响诗学，产生了“境界说”。诗僧皎然作《诗式》，形成了完整的境界说体系。刘禹锡幼年跟随皎然学诗，汲取了皎然的佛门诗学中心随境转、境由心生的精华。诗僧皎然的《诗式》仍遵循儒家，融汇道家。于是，其理论根基，与刘禹锡自己的儒学思想，可以融合。

境由心生，则以意可以跳脱于境外，心随境转，则在新生境中可以新生意趣。境流动变迁，有意贯联，贯联的意，坚定清晰，如同诗的骨骼。这是诗豪诗中“意”与“骨”的关系。

其次，刘禹锡自己的儒学思想，反对以固定的观念，看待事物。

例如，唐代孔颖达编《周易正义》，注“潜龙勿用”，认为阳九阴六，“阳得兼阴，阴不得兼阳”，这是认为地位有固定的尊卑之别。刘禹锡与唐代密宗大师僧一行的曾徒孙董生，一同用占验推演，推翻了孔颖达的结论。为此，刘禹锡作《辩易九六论》记述详细论证过程。

乾为君，坤为臣，君臣利亨，是天地交泰，但君臣之位，天定尊卑，不可僭越。安史之乱后的中唐，恰是乾坤相互兼得的颠倒世道。

就在创作《竹枝词》的夔州，刘禹锡作《因论》七篇，素材是生活中的药、氓、牛、舟、力、骥、病，论证事物之间的相互转化、条件改变后的策略变化等，无不以对立双方的相互转化，为思想基础。

对立双方的连接，让刘禹锡能“淘尽狂沙始见金”，看“旧时王谢堂前燕”，终“飞入寻常百姓家”。意境从此处跳到彼处，自然有意的豪壮、骨的劲力，而能够连接境界的彼此，则又是意的思致、骨的结构。

慢读《竹枝词》，其中意与骨，确实如此。

刘禹锡晚年，与白居易多有诗歌唱和。白居易作《刘白唱和集解》，称刘禹锡为“诗豪”，认为刘禹锡的诗，“其锋森然”，意境“神妙”。他举了两个例子：“雪里高山头白早，海中仙果子生迟”，和“沉舟侧畔千帆过，病树前头万木春”。

我却以为，如此森然与神妙，根由在刘禹锡的性情。他的性情，从永贞革新开始，一辈子都是那样。

永贞革新

他们从权力之巅，跌落困顿深渊，只在从春到秋、短短一百天。

他们是主导“永贞革新”的“二王刘柳”：王伾、王叔文、刘禹锡、柳宗元。

永贞革新，一抑制藩镇，二整治宦官。

安史之乱的战火，烧毁盛唐繁华，腹中诗书，对上暴力杀伐，竟只是无助。帝王与文人才子，都在寻找着大唐未来的出路。

削藩，是朝堂政治的重点。君王对朝臣的怀疑，导致宦官专权。

出路的方向众所周知，就看路怎样走出去。

永贞革新之政，“既得用，自春至秋，其所施为，人不以为当非。”刘禹锡这样说。二王极其信任刘禹锡，认为刘禹锡会成为未来的宰相。于是，二王所行措施，多是刘禹锡的计策。

永贞革新的大权在握，让刘禹锡忘了自我。

刘禹锡“既任喜怒凌人，京师人士不敢指名，道路以目”，这是“挟邪乱政”。

反扑开始了。

支持永贞革新的唐顺宗，遭宦官与藩镇勾结，一同施压，迫使他禅位给太子。太子登基，是唐宪宗。唐宪宗任用二王刘柳的政敌。

二王死，刘柳贬，唐宪宗制有“逢恩不原”之令。短短一百多天的永贞革新，结束。

朗州教化

刘禹锡一去朗州十年。

盛极而衰，物极必反。

朗州穷乡僻壤。昔日才子刘禹锡，居然在朗州，找不到一个可以对话的人。在朗州十年，刘禹锡唯以吟诗作文，陶冶性情。

是的，他曾经的确太过了。幸好，他自己知道。

朗州在湖南，是春秋战国时的楚国，其风俗，尚巫鬼淫祀。昔日屈原被放逐，曾据民间巫祀歌辞，创作《九歌》，以移风易俗。刘禹锡仿照屈原先例，为新辞以教巫祝。

刘禹锡新辞广为流传，以至于中唐以后，朗州一带的民歌，竟大多出自刘禹锡手笔。

孤守蛮荒的日子，忧愁不安的折磨。

他读罢诗文，忽然思索，原来不论多么才华横溢的人，贬谪蛮荒，都会心生愁苦。然而出众的才情，就不能用来报效朝廷吗？难道就不能因为才能，去原谅一个人的过错吗？莫非是因为嫉妒他的才能？

岁月磨去他最美的年华，却依然磨不平他桀骜的性情。

是的，他曾经的确太过了。幸好，他自己知道。可惜，他改不掉。

于是，他错失了一次翻盘的机会。

玄都桃花

元和十年，刘禹锡从朗州，被召还回京，预备授朝中官职。

刘禹锡高兴，高兴得误判了形势。

他去看桃花，写下一首诗——《元和十年自朗州至京戏赠看花诸君子》：

紫陌红尘拂面来，无人不道看花回。
玄都观里桃千树，尽是刘郎去后栽。

长安道上扬起尘土，车水马龙游人无数，都说是看花回来。长安城外的玄都观，有道士种下桃花千树。这些繁花，全都是我离开后的风景。

这些繁花，只算得上我离开后的风景，我在你们之前，你们不过是我身后的风景。

人们都知道桃花好看。我离开后，你们栽花，我看不到。但是，我这不是回来了吗？反正我都会看得到桃花，你们当时，把我贬谪蛮荒，又有什么意义？

唐宪宗读罢，不悦，于是，下诏把刘禹锡安排到播州——一个比朗州更偏远的穷地方。

唐宪宗虽然打断了永贞革新，却没有停止抑制藩镇割据的步伐。换句话说，刘禹锡当年所做，唐宪宗如今正在做，而且做得有声有色。

这么推算，唐宪宗莫不是在刘郎去后，栽的桃花千树？

更要命的，不是刘禹锡去后的桃花千树，而是唐顺宗去后的桃花千树。唐代野史，一直有唐顺宗禅位唐宪宗后，就被唐宪宗下毒整死的传言。下毒整死不一定，但起码父子二人是政治敌对，却可以肯定。

刘郎去后，岂不就去，唐顺宗去后？

这话听在唐宪宗耳里，他会想：我好意给你刘禹锡机会，叫你回来，你却还是我的对立面！

御史中丞裴度，站出来，帮刘禹锡说好话：“刘禹锡有母，年八十余。今播州西南极远，猿狖所居，人迹罕至。禹锡诚合得罪，然其老母必去不得，则与此子为死别，臣恐伤陛下孝理之风。伏请屈法，稍移近处。”

大意是说，刘禹锡的老妈妈，年过八十，播州太远，刘妈妈去不了，恐怕刘禹锡不能给刘妈妈送终了。这恐怕对陛下提倡的孝道不好，所以请陛下把刘禹锡派到一个近一点的地方。

宪宗的回答很耐人寻味：“夫为人子，每事尤须谨慎，常恐贻亲之忧。今禹锡所做，更合重于他人，卿岂可以此论之？”

这反驳，彰显一代帝王批判性思维：所谓孝道就是，好儿子，不应该让父母担忧；刘禹锡的所作所为和招来的结果，不就是很好的反面教材吗？

宪宗这话，背后的意思，有两点，首先，刘禹锡是罪有应得，咎由自取；其次，希望他引以为戒，改过自新。

刘禹锡的问题，就是一时狂妄，说了不该说的话。他本来该对唐宪宗的仁德，感恩戴德，而他，却不识趣地，讥讽唐宪宗曾经的做法。

刘禹锡的性情，导致他不堪任用，他被外派连州，就是作《莫瑶歌》的连州。

十四年后，刘禹锡再次回京。他心里，依然过不去玄都观桃花的坎儿。

他作《游玄都观诗序》，写道：

“贬朗州司马。居十年，召还京师，人人皆言有道士手植红桃满观，如烁晨霞，遂有诗以志一时之事。旋又出牧，于今十有四年，得为主客郎中。重游兹观，荡然无复一树，唯兔葵燕麦动摇于春风，因再题二十八字，以俟后游。”

作《再游玄都观》诗：

百亩庭中半是苔，桃花净尽菜花开。

种桃道士归何处，前度刘郎今又来。

曾经的唐宪宗，早已死了。被宦官毒死。

唐宪宗妄图长生不死，吃错了药，性情大变。差点因韩愈上《谏迎佛骨表》，而杀死韩愈。幸好被裴度劝阻。长生不死药，解不了毒药。生死终究是在自己。

唐宪宗就像那不知何处去的种花道士，其实都是死了。他曾经费心经营的朝政，一朝易主。太子继位，为唐穆宗，对唐宪宗宠臣，行杀罚贬斥。一朝天子一朝臣啊！

刘禹锡这首诗，仿佛在宣告：凡是整我的人，都死在我前面。

诗与禅茶

愿时光倒流，回到曾经，那时，他还是少年。

少年的性情，可以由着自己。

他在山中，品茶学诗。

深山南，积烂石，生野茶，紫芽新发，如薇蕨始抽。僧人负籯，凌露采茶，得一升。茶僧持箅入棚，贯茶而焙。

风炉里灰烬余温，暖着“尹公羹、陆氏茶”，鹾簋里精盐如雪，纸囊中茶香犹在。大唐湖州，妙喜寺中，诗僧皎然，正与茶圣陆羽，对坐品茗。

蠲忧忿以酒，荡昏昧以茶。那时，世人仍借酒消愁，自欺而已。皎然却在茶里，品出禅意。他放下手中茶杯，“风回雨定芭蕉湿，一滴时时入昼禅。”

皎然笑向陆羽说：“俗人多泛酒，谁解助茶香。”

忽有云鹤，惊乱而下。

皎然与陆羽身旁，坐着一位少年，两髦而执笔砚，一直闭目，听风入松林的声音。此刻，他睁开了双眼。

皎然看向他，淡淡地说：“诗若重意，则诗句中，只见情性，不见文字，盖诣道之极也。向使此道，尊之于儒，则冠六经之首；贵之于道，则居众妙之门；精之于释，则彻空王之奥。”

少年似有所悟，对曰：“能离欲，则方寸地虚，虚而万景入，入必有所泄，乃形于辞。因定而得境，故翛然以清；由慧而遣辞，故粹然而丽。”

皎然微笑，说：“诗有二废，虽欲废巧尚直，而思致不得置；虽欲废词尚意，而典丽不得遗。”

少年沉思片刻，答：“片言可明百意，坐驰可驭万景。”

这个学诗的少年，名叫刘禹锡。

旁边一个小和尚笑说：“烟景随缘到，风姿与道闲。”

刘禹锡呷一口茶。

皎然吟诗：

“一饮涤昏寐，情来朗爽满天地。
再饮清我神，忽如飞雨洒轻尘。
三饮便得道，何须苦心破烦恼。”

23

曾经沧海

——《悲遣怀三首》与元稹的真情

只想有家

一开始，元稹只是想，有一个属于自己的家。

元稹八岁丧父。异母兄长，与元稹生母不和，于是元稹离开家，跟随母亲，投奔舅族。

那时，祖上显赫的元家，已经衰微，田产不多，老家就一套大房子，靠着做贩卖女奴的生意糊口。幼小的元稹，只能靠自己发奋读书，苦心为文。

十六岁，元稹科举，考明经科，两经及第。

元稹家贫，没有太多学习资源。西窗苦读十年，他将及第的原因，归功于亡父留给他的书。元稹亡父曾编过一本《百叶书要》，荟萃群言。这让买不起太多书的元稹，凭一本书，概览万卷。

寒窗前，油灯下，多少凉夜风霜，让手捧亡父书籍的少年，在猛一抬头间，想起破败的家。

通过科举考试，朝廷不会马上安排官职。放榜之后，等待的过程，叫作“守选”。

没有俸禄收入的元稹，依然贫寒。任职前的日子，不外乎在写诗文、游山水、会朋友、访亲戚上消磨时光。

年少的他，喜欢看永寿寺的牡丹，“尽日听僧讲”；喜欢读杜少陵的诗集，“少陵自有连城璧”；又与诗人杨巨源友善，“日课为诗”，后来成了一辈子的朋友。

他曾享受慵懒的生活，挥霍须臾的韶华，翩翩少年，也飘飘欲仙，“疏慵日高卧，自谓轻人寰”。那时，他在开元观辟谷，“食柏炼玉颜”。

年少好时光，总会让旁人添许多遐想。有宋代文人，臆断元稹在守选期间，访到了表妹崔莺莺。《崔莺莺》是元稹写的传奇小说，元稹和崔莺莺，则是后人造的低俗小说。

二十二岁，元稹守选期满，入长安，参加冬集。其后结识了白居易。

元白二人诗章赠答，爱等兄弟。那时节，红叶青苔地，凉风暮雨天，他们一同吟诗，从此秋思，不再独自悲戚。相交的岁月，元白不只有诗和酒，还一起讨论天下事，作朝策论。

一个人走进风景，成了最美的风景。

他在最美的韶华，遇到最好的她，陪他走过最贫贱的现实。

她是韦丛，新婚那年，她二十岁，元稹二十四。

曾经那个幼年丧父、寄人篱下的穷苦少年，终于成家了。

贫贱夫妻

韦丛，是太子宾客韦夏卿最疼爱的小女儿。

她集万般疼爱，选甘而味，借光而衣，顺耳而声，便心而使。亲戚骄其意，父兄可其求，韦丛从出生，直到二十岁，都过着顺心如意的安逸日子。

自嫁与元稹，有太多不如意的事，韦丛始知贫贱。吃不饱，穿不暖。

那时的元稹，就像战国时的稷下先生黔娄，黔娄家贫，以至于死时衣不蔽体。韦丛搜寻自己的嫁妆，从荩草编的小箱子里，取出珍藏的料子，为元稹缝制衣裳。

“野蔬充膳甘长藿，落叶添薪仰古槐。”

她曾十指不沾阳春水，而今采来野菜，充作餐肴果腹。喜欢甜食的她，嚼着炒好的野豆苗，笑向他说：好甘美。

为了省钱，她收集庭中古树的落叶，搭着柴禾一起烧。那日，他见她扫尽落叶、仰头望着老槐树的空枝，他心中是说不出的悲伤愧疚。

喜好与友人饮酒吟诗的元稹，犯酒瘾的时候，会缠着韦丛，像个孩子般软磨地求韦丛支出家用的银钱，沽酒解馋。韦丛终于心软，又不愿亏欠生活用度，只好拔下头上金钗，毅然用自己心爱的首饰，给元稹换钱买酒。

她在与他一起的时光里，慢慢地失去着曾经的美好。

从面对他的贫穷，到融入他的贫穷；从贫穷，到更加贫穷。嫁给他，他不能让她更好，却还不断从她身上，索取着她仅有的美好。

然而她对他的坚信，就像拔下金钗时的干脆。

韦丛相信元稹。“贫贱夫妻百事哀”，但是她，却不悔于色，不戚于言，他人以元稹为拙，韦丛却以丈夫为尊。

元稹般落的生涯，韦丛却当作合于大道，元稹浪费整日整夜的时间，用在酒局上应酬同僚，韦丛却以为他是亲近贤人。

她竟以为有夫如此，是一生幸事！

若非心地善良，性情温润，知书达礼，用情至深，不谙世事，谁又能像韦丛，甘居贫贱，而坚定不移？

在你的生命中，是否有一个人，曾对你说：“你没钱的时候，老婆养你，等你有钱了，你养老婆。”

阴阳分离

元和四年（809 年），七月九日，韦丛，去世，于东都洛阳。

那年，她二十七岁，元稹三十一岁。

在西京长安，得罪权贵，被排挤到东都洛阳，元稹幸得陪伴在韦丛身旁。

他本欲与她携手，同行千里，哪想忽然分形独飞。

没有她的家宅，只是一所空屋。无心公事的元稹，以空荡荡的心，对着空荡荡的御史台。将无关紧要的公事办理完，他仍回到空荡荡的屋子。

元稹彻夜难眠。洛阳城明月千里，透过他紧闭的窗户，只有一线。时光在他昏暗的哀思里溜走。他美好的家，像燃尽的灯，若残灰散落。

他曾经，只是想要一个家。

她来了，他有家了。

如今她走了，他的家成了空屋，他的心留在了没有她的空屋里，一片灰暗。

他因为公务在身，竟不能为亡妻扶灵回乡！

他忽然厌倦自己曾追求的权势，憎恨自己亏欠她的陪伴。他写下哀怨的诗：

朝从空屋里，骑马入空台。
尽日推闲事，还归空屋来。
月明穿暗隙，灯尽落残灰。
更想咸阳道，魂车昨夜回。

元稹抚亡妻灵柩，送出洛阳十里，回来时转身那一刹那，发现自己从此，竟独身一人！

他曾经，终于有了一个家。他如今，只有自己独身一人。

结发夫妻，同甘共苦。如今她去了，人间的苦与乐，都只有元稹，独自品尝。

结发时，正青春，青丝如黛，鬓角乌黑。而今结发人已去，他在悲伤里，白发生。

白居易看望他，他已厌倦了宦情。

官场上打拼，元稹正是带着韦丛对他的相信。他曾许她未来的幸福，她也曾相信那虚无缥缈的未来。她相信的未来，来了，而她，走了。白居易对元稹说："宦情君早厌，世事我深知。"白居易却不知，元稹爱韦丛，究竟多深。

元稹想为亡妻写诗，却忽然觉得，世间的文字，终不过写给活着的人，对于逝者，那些哀悼之辞，又有何意义？

元稹作《祭亡妻韦氏文》，这样写自己的悲伤：

呜呼！死而有知，岂夫人而不知予之心乎？尚何言哉？且曰人必有死，死何足悲，死且不悲，则寿夭贵贱，缞麻哭泣，藐尔遗稚，蹙然鳏夫，皆死之末也，又何悲焉。

这是在说：

如果死了的人，都能知道活着之人的心，亡妻又怎会不知我心中的悲伤，何必要用言语向她的亡魂讲述呢？人皆有一死，死是所有生命的必然结果，死本身何必悲哀？悲伤改变不了死亡，那么悲伤还有什么意义！死尚且不能悲，寿命的长短，身份的贵贱，失去亲人的人，还有什么可悲呢？

元稹亡妻的墓志铭，由韩愈所作，为《监察御史元君妻京兆韦氏夫人墓志铭》。

一生难忘

元稹后来，几经磨难，终于成为宰相。

韦丛之父，韦夏卿，倾心辟士，颇得才彦，其后多至卿相，世谓之知人。这位伯乐，个人性情休养极好，从来喜怒不形于色，是治礼的儒者。当年的千里马，青年元稹，恰恰专于礼。

韦夏卿知元稹的才德，十分爱惜，便将最心疼的小女儿韦丛，许配元稹。韦丛一直相信跟着元稹，会有美好的未来。

韦夏卿不是千里马元稹的伯乐，韦丛才是元稹的伯乐。

美好的未来，来了，韦丛却没能等到。

元稹为韦丛写下《遣悲怀三首》，其一，我们前文串讲过了，下面，我们先讲其二，再讲其三。

我们先读其二：

昔日戏言身后意，今朝都到眼前来。
衣裳已施行看尽，针线犹存未忍开。
尚想旧情怜婢仆，也曾因梦送钱财。
诚知此恨人人有，贫贱夫妻百事哀。

韦丛与元稹，曾开玩笑，说死后之事。不想死后之事，居然成真。本来夫妻戏言，却因一人早逝，另一人见证，这是多么痛苦的事。

亡妻旧日的衣裳，早已施舍给别人，都没剩下几件了。当年未做完的针线活，还一直留着，不敢打开看。这是“衣裳已施行看尽，针线犹存未忍开”。

人虽死去，悲虽无奈，情却犹在。

会想起旧日情感，可怜婢仆的艰辛。也会因梦见妻子，而烧去纸钱。情感一直都在心里，总会因人与事触发，这一生都是如此，这就是“尚想旧情怜婢仆，也曾因梦送钱财”的意思。

情一直在，那亏欠的折磨，恩情的怀念，都会一直存在心里。世事在变，会改变事物，但也会加深思念，让情生出更多的思念。

“诚知此恨人人有”，看似一句安慰自己的话：生离死别，阴阳相隔，是所有人都会经历的事，所以不必要太过于悲伤。而“贫贱夫妻百事哀”，则又推到了安慰，把悲伤更推进一层。世间之人，都会经历亲人去世，但贫贱夫妻的生活，却有各种各样的困难，带来比普通人更多的悲哀。

这两句诗，更深一层的意思，是说，贫贱夫妻百事哀，就像人皆有死、此恨人人有一样，是人力无法打破的必然规则。既然如此，这份对贫贱时妻子的追思，便会伴随一生，无法破解。毕竟不论怎么做，元稹都再无可能，弥补亡妻在贫穷时承受的哀伤！

何以为报

再读其三：

闲坐悲君亦自悲，百年都是几多时。
邓攸无子寻知命，潘岳悼亡犹费词。
同穴窅冥何所望，他生缘会更难期。
惟将终夜长开眼，报答平生未展眉。

第一句，“闲坐悲君亦自悲”，不是“悲君亦自悲”。悲君，因君死，而我亦会死，故亦自悲，这样的意思，粗鄙庸俗。着“闲坐”一语，道破悲思，在放松时自然而然涌上心头。闲坐，最是生命自然的状态，是人生处境浮上心头的时刻，此时“悲君”和“自悲”，则重点不在写“悲”，在写“亦”，“亦”就是君与我所经历生活的共同悲苦。

于是，开始写这“悲”中的一层又一层意思。

第二句，“百年都是几多时”，是万物齐一、寿夭相通的论调。意思是告诉亡妻，你所遭遇的苦，我也一样遭遇。

“邓攸无子寻知命，潘岳悼亡犹费词”，这两句，用了邓攸和潘岳二人的典故。

南北朝时期，邓攸有个弟弟，弟弟死得早，留下一个小儿子，由邓攸抚养。胡人打入京城，邓攸带妻子、儿子、侄子逃难。路上食物不够，邓攸就丢弃儿子，带妻子和侄子继续逃。最后邓攸一生都没能再有儿子。

潘岳，是西晋大帅哥潘安，是太康文学的代表，曾为其亡妻作《悼亡诗三首》。

用事典，要翻出深意，更要讲出新理。且看元稹诗中的深意与新理：

邓攸以为儿子死了，还可以再生一个，结果再也生不出来，这是命。邓攸一辈子没儿子，这才知道，什么是命中注定。潘岳的《悼亡诗》每一首都很长，读者都说写得好，但人死了，说这么多，写得再好，又能有什么意义？不过是浪费言辞罢了。

“邓攸无子寻知命，潘岳悼亡犹费词”，这两句，写的是元稹在追问命运与人力的对抗中，对死别带来的悲哀的绝望无助。

生死的悲哀，将人引入意义的虚无。

遂有“同穴窅冥何所望，他生缘会更难期”之句。

先说“同穴窅冥何所望”。窅，yǎo，意思是幽暗。死同穴，谓夫妻死后，合葬一墓。设若身死以后，灵魂不死，合葬就是死后团聚，则墓穴之中，幽暗不见，又能有什么值得盼望？这是字面意思，引申来说，就是，死后是另一个世界，另一个世界的意义，对于现实世界，并没有意义。此句用一语双关，讲的是儒家丧葬之礼，而下一句，“他生缘会更难期”，则从佛理上写来。

且看“他生缘会更难期”。今生缘，来世续。这是轮回转世观念，带给人的希望。然而来世遥远，悲伤却在今生，是否来世夫妻就能救回今生已死的她？来世自然劝慰不了今生的悲伤。

这两句，把文化习俗中，对悼亡的宽慰，全部打碎！悲伤的力量，如此之大！

“惟将终夜长开眼，报答平生未展眉”，便是诗人放不下的悲伤，导致的最终结果。

“惟将”与“报答”，看似主观行为，实则悲伤使然，虽是表达悲伤，反倒加深悲伤。世间悲哀，都不过情绪，然而元稹悼亡诗的悲伤里，有愧疚、有无奈、有亏欠、有自责、有自哀、有情深，都是对亡妻的念念不忘——这便是“终夜长开眼”。

洞房花烛夜，他掀起她的红盖头，看见她如花笑靥。她陪伴他一生，始终为贫贱忧愁，眉头难展。他再也没有机会，抚平她紧锁的眉头。

他的手握过她纤纤玉指，他的唇染过她唇上胭脂，他的双眼看着她的双眼，他们曾以为如此，便是一生。如今她常闭双眼，他唯有双目常开，仿佛她犹在对面。他一生念念不忘，她一生恋恋相伴。

念念不忘，必有回响。仿佛她犹在身旁。

卿本佳人

网上盛传韦丛死后，元稹入蜀，与女诗人薛涛，搅在一起。

这脑洞大，够低级趣味。

元稹入川，是去川东梓州，那时薛涛居住成都，二人不在一地。元稹入蜀，公务按狱，不到三个月，回长安。没时间精力找薛涛。

看看元稹在四川的反贪政绩：“劾奏故剑南东川节度使严砺违制擅赋，又籍没涂山甫等吏民八十八户田宅一百一十一、奴婢二十七人、草千五百束、钱七千贯。时砺已死，七州刺史皆责罚。”

薛涛年龄，比元稹大十九岁。古人生孩了生得早，大十九岁都可以当他的妈了。难道元稹还有这等雅好？所谓元稹的《寄赠薛涛》，宋明元稹诗集中没有。传世诗集里没有，莫非是从元稹、薛涛的坟墓里盗出来的？

《新唐书·元稹传》赞元稹：“稹性锋锐，见事风生。既居谏垣，不欲碌碌自滞，事无不言，即日上疏论谏职。”就是这样，元稹才会被人整。

唐代相权，不同以前，“同中书门下平章事”的职位，才是真正的宰相。元稹为相，三个月就被罢免。元稹与裴度有过节。有人做局刻意挑拨，告诉裴度说元稹找叛军刺杀裴度。裴度向皇帝举报，结果一调查，没有刺杀这事。结果是元稹、裴度一同，“具罢平章事”。

《元稹传》说元稹的诗：“稹聪警绝人，年少有才名，与太原白居易友善。工为诗，善状咏风态物色，当时言诗者，称元、白焉。自衣冠士子，至闾阎下俚，悉传讽之，号为元和体。”

如清代陈世镕，在《求志居唐诗选》中论《遣悲怀三首》说：“悼亡之作，此为绝唱。元、白并称。其实元去白甚远，唯言情诸篇传诵至今，如脱于口耳。”

诗人不是万能的，没法把每一首诗写成绝唱。评论诗人，读他写得烂的作品，究竟于诗歌历史，有何启迪？莫不是要学如何写一首烂诗？

慢慢读元稹的《遣悲怀三首》，将一种情反复淬炼，终至写情入理，由理生情，让一首诗有限的文辞，成就生生不息之意境。将情与理融入化境，白居易无一诗能如此。诗人各有千秋。一较高下毫无意义。

24 未做娼妓

——女校书薛涛写男儿气概的《筹边楼》

万里桥边

昔日水中鱼凫，江畔金乌，青铜扶桑树，早已踪迹全无。司经局与弘文馆里的楷书手，无暇顾及那些无人问津的书，任书虫啃掉最后的记录。锦江水不知王朝更迭，只流过无数个春夏。大唐锦江畔，又开过一季浣花。

蜀地自古富庶，秦国灭蜀国，设蜀郡，郡守李冰，治水都江堰，蜀中良田，再无洪水与干旱的祸患。蜀地地接中原与少数民族地区，自司马相如重开通商之路，蜀人经商，多有巨富。

在中原战火纷飞的时候，通往长安的官道，依旧车水马龙。商旅押着沉重的货物，行上熟悉的漫漫长路。财富在积攒，岁月在荏苒。有少年入蜀，有人不如故。

出蜀入蜀，必经万里桥，万里之行，始于此桥。若人一生注定漂泊万里，则走过的哪一座桥，不能叫作万里桥？只是唯独这座万里桥边，住着一位女校书罢了。

女校书门前，种满了菖蒲花，引得往来路人流连。

有朋友赠诗与她：

“万里桥边女校书，枇杷花里闭门居。

扫眉才子知多少，管领春风总不如。”

诗中的女校书，就是薛涛。

万里桥边，有太多远去千万里的离别。薛涛总在桥边送别友人。她写下一首《别友人》：

水国蒹葭夜有霜，月寒山色共苍苍。
谁言千里自今夕，离梦杳如关塞长。

《诗经·蒹葭》云：“蒹葭苍苍，白露为霜。所谓伊人，在水一方。”

薛涛《别友人》的意境却是：水国茫茫，蒹葭有霜，月色寒凉，山色苍莽，一切尽在苍苍深青色里。这开头两句，用咏物起兴的典故，化入情景如一的意境，把凄凉的情绪，写出了看得见的颜色。

相隔千里，始于今夕。今夕离别，悲伤万分。然而更折磨人的，却是今夕之后，无数个漫漫长夜里的离人梦。离梦杳杳，了无绝期，一如友人一去边塞，那边塞望不到尽头。

古代女子，总希望嫁得良人，有好的归宿。然而未来的归宿看不到，眼下的苦难无绝期，一生的苦看不到尽头，一生就这样看透！这是薛涛生命中持续萦绕的矛盾。于此意义上，生出了千里自今夕与离梦杳无期的对比。

花开相思

薛涛以诗交友，有了许多朋友。

朋友总是越聚越多。唐代士人的社交，少不了诗。女诗人这个爆点，可以吸引很多流量。

薛涛的一位朋友，叫作李德裕。

李德裕与薛涛，都是喜欢花卉的人。

李德裕在东都洛阳城，建有平泉庄，远方之人，多以异物奉之，卉木台榭，若造仙府。他作有《平泉山居草木记》，记其别墅奇花异草树石名品，以及相关诗二十余篇附于后。

李德裕送给薛涛的礼物，是花。

薛涛作诗酬谢：

> 吴钧蕙圃移嘉木，正及东溪春雨时。
> 日晚莺啼何所为，浅深红腻压繁枝。

诗中嘉木，是棠梨花，棠梨花，就是海棠花。蜀地本无海棠，自李德裕赠海棠与薛涛，蜀中才有了海棠花的娇艳。

薛涛喜欢花，因为她在花的开落里，看到了自己。

她在春日里看花，写下了《春望词》：

花开不同赏，花落不同悲。

欲问相思处，花开花落时。

人对花的开落，都有各自不同的态度。但总会在花开花落的时候，生起相思之情。女子的容颜，正在这相思中流走。春去春来，花会再开，容颜却不会如初。

远在异乡的人，也看到了花开，也如我一般，有着相思。而他可知我为这相思，累得形容疲惫，痛苦不堪？

那堪花满枝，翻作两相思。

玉箸垂朝镜，春风知不知。

花压低树枝，眼泪不断，如玉的筷子。

人一生，会有很多离别。有时，错过一个人，便错过一生，错过了最想和他在一起的那个人，之后所有的莺歌燕舞，都不过是逢场作戏，这，就是相思。而那被思念的人，是否心知？

筹边楼上

李德裕没当上宰相，遭竞争对手牛僧孺一党排挤，被贬官到西川。

唐代四川，分剑南西川与剑南东川，各有节度使。

那时的四川，是个烂摊子。

太和三年（829 年），剑南节度使杜元颖不晓军事，武备废弛，且苛待士卒，导致士卒引南诏入寇，攻破成都外城，掠走数万人。民不聊生。

南诏是当时云南的少数民族政权。

太和四年（830 年），李德裕到达，操练军队，修葺工事，囤积粮草，勘测地形，绘制与南诏、吐蕃有关的军事地图，蜀地遂安。李德裕又遣人入南诏，求其所俘工匠，得僧道工巧四千余人，复归成都。

同年，四川理县的筹边楼，建成了。

李德裕在筹边楼，每天召集老于军旅、习边事者，不论民族与身份地位，访问山川、城邑、道路险易的详细地理情报。不到一个月，李德裕熟悉得如同亲身涉历。于是派人制作军事地图。

李德裕邀薛涛登楼，作《筹边楼》诗：

平临云鸟八窗秋，壮压西川四十州。
诸将莫贪羌族马，最高层处见边头！

第一句写筹边楼上的视线：视线可以与云间飞鸟齐平，足见其高。八面有窗，开窗可见八面秋色，可见视野广阔。

第二句写筹边楼在战略上的影响：筹边楼能将西川四十州，尽收眼底，纳入管理范围内，是为“壮压”，可见其气势雄伟。

这两句，以楼高望远的实景，写统治西川的虚景，将所见高楼风景，写到政局现实，如此虚实交织，角度独到，眼界高明。

第三句是劝诫，劝将领不要贪图羌族地区的骏马。

第四句，说明劝诫的原因，因为筹边楼的最高层，可以看到边塞的尽头。边塞外面，是虎视眈眈的吐蕃蛮子，他们打进关内，只会烧杀抢掠！将领因以抵御蛮族入侵为己任，名利安逸都是浮云。

《筹边楼》前两句，言辞恢宏壮丽，后两句，意味急转，语气严肃恳切。这首诗，在诸将领听来，是“捧杀”。

这首《筹边楼》的受众，不是李德裕，而是蜀中诸将，劝诫诸将，是在帮李德裕说话。可见薛涛与李德裕，相交甚笃，相知至深。

纵观中国古代诗歌史，诗中有男女喻君臣，故男子可以以女子视角作诗，乐府有民女抒悲愤，故女性以理与男性分庭抗争。如何能使女性独自开辟一方诗歌的天地，以至于不同于男权文化中的诗歌世界？如果刻意划分女性的独立特征，反而强调了男权的现实存在。所以，在男性权力主导的文化里，为女性诗歌寻找只属于女性的定位，很难。

薛涛的《筹边楼》，是一种尝试。读诗，不见作者为女子，也不必是男子，如此，才是女性诗歌的独到之处。

降将之死

太和五年（831 年）九月，吐蕃维州守将悉怛谋，请求以献维州城，投降唐朝。

其城南界江阳，西屏岷山；北望陇山，积雪如玉；东望成都，若在井底。一面孤峰，三面临江，是西蜀制约吐蕃的军事要地，却被吐蕃安插内奸夺得。吐蕃称之为“无忧城”。

贞元时，韦皋镇蜀，想尽一切办法，拿不下维州。于是，李德裕怀疑有诈。不想守将悉怛谋带着郡中部属，全部归降于成都。

结果，朝中的牛僧孺使坏，让皇帝下诏，把悉怛谋降部全部送回去，结果吐蕃赞普把他们所有人，全部用酷刑折磨虐杀！

世事诡谲，终究不是诗歌所能期待的美好。

不曾为妓

特别的人，总会有特别的故事。特别的女人，总会被赋予特别的故事。薛涛的故事，被传得很特别。

她其实根本不是什么女校书，就是陪酒唱歌的娼妓！为什么扯上女校书？因为有人上疏，奏请封她为校书。其实上面根本没批下来。

上疏的人是谁？宰相武元衡。

八卦的看点，就这么来了：薛涛如何沦为娼妓？

八卦的人，继续编故事：薛涛的父亲到东川做官，举家入蜀。薛涛才几岁，就跟着到了成都。结果薛父病逝，留下薛涛母女，相依为命，艰难度日。然后，薛涛长大，漂亮伶俐有才华，当娼妓挣钱。

尘埃不知道自己的起伏，庸众不自觉生活的坎坷。谁的人生没有悲惨？只是太多人不想说自己的事，却喜欢看别人的好戏。也许唐代有太多没落家庭的女子沦为娼妓，也许一个也没有。只是讲这样的故事，会让听的人满足于现状吧。

历史的事实，其实是这样：娼妓以音乐为职业。唐代音乐机构，有太常寺，掌礼乐；有梨园，专为皇宫演奏服务；有教坊，教坊乐工从民间招募，来源复杂，教坊职能，不仅服务宫廷，还服务民间。

教坊中有精通音乐的乐工，也会供奉善于写诗填词的文人。

薛涛可以进教坊，做写诗填词的工作。

如果不是女校书，一个娼妓，岂敢向西川诸将，劝诫“莫贪羌族马”？

孔雀之殇

正是这不同于中原的风土人情，加之贞元、太和时期特殊的少数民族问题，让薛涛关注到民风民俗，她作《题竹郎庙》诗：

> 竹郎庙前多古木，夕阳沉沉山更绿。
> 何处江村有笛声？声声尽是迎郎曲。

竹郎庙在何处？《乐山县志》载：“今治北三里有竹公溪，溪上有祠，曰竹王三郎祠。”竹郎是何人？《后汉书·南蛮西南夷列传》：“夜郎者，初，有女子浣于遁水，有三节大竹流入足间，闻其中有号声，剖竹视之，得一男儿，归而养之。及长，有才武，自立为夜郎侯，以竹为姓。”

《题竹郎庙》描写了少数民族以歌舞“迎竹郎”的热闹情景。

其实，每一个人，都有自己眼中看到的风景，也有自己看风景的独特视角。

每一个人，都有自己的世界，而不必是别人世界里的附庸。

然而，薛涛不论在诗里写出了多么精彩的世界，她也终究改变不了，她在别人的世界里的地位——她只是一只特别的笼中鸟而已。她如同孔雀。

太和六年（832年），薛涛去世。

李德裕作诗悼念，遂有刘禹锡和诗哀悼。刘禹锡《和西川李尚书伤孔雀及薛涛之什》：

玉儿已逐金镮葬，翠羽先随秋草萎。
唯见芙蓉含晓露，数行红泪滴清池。

清晨荷花上的露珠，滴落清澈的池塘。世间的美好终究逝去。薛涛走了，她的才情也一同陪葬。人间唯有秋草枯萎。

25

人间见鬼

——诗鬼李贺与魑魅魍魉横行的世道

怪力乱神，儒者自辨

诗鬼李贺，为何写鬼?

北风萧瑟落木处，似有鬼哭残枝间。这世间有鬼。见过的人，都心知肚明，只是无从与未见过的人说清罢了。也许每个人心中，都住着一只鬼。能正视自己心中的鬼，方能看清这世道人心。

子不语怪力乱神。韩愈作《道统论》，于佛老思想横流的世道，重倡儒家道统的重要性。李贺早年深得韩愈赏识，韩愈曾作《讳辩》，为时人构陷李父名含“晋”字与“进士”之“进”犯讳做辩。

李贺的诗里有太多鬼怪。如“娇魂从回风，死处悬乡月”，又“秋坟鬼唱鲍家诗”。摹写鬼怪的他，莫非是在思想上，与韩愈所提倡的儒家思想背道而驰吗?

那些因妒才而陷害李贺的人，心中莫不是住着心魔?那道德价值崩坏的世间，莫不是魑魅魍魉横行?若无乌云蔽日，怎反衬乾坤本来朗朗?所以李贺写鬼，只因他遭遇的世道，本就有鬼。写人间的鬼怪，只为彰显能辨出人皮下的鬼脸的那份心中澄澈。

李贺诗写遍人间鬼怪，只因他有一颗仙人般的诗心。

李贺仙才，古人已有论断。

清黎简认为:“论长吉每道是鬼才，而其为仙语，乃李白所不及”。

李商隐作《李长吉小传》，记述了李贺临死时的一个奇闻:

长吉将死时，忽昼见一绯衣人，驾赤虬，持一板书若太古篆或霹雳石文者，云："当召长吉。"长吉了不能读，(歘欠)下榻叩头，言阿(上弥下女)老且病，贺不愿去。绯衣人笑曰："帝成白玉楼，立召君为记。天上差乐，不苦也！"长吉独泣，边人尽见之。少之，长吉气绝。

李贺梦见上天差神人相召，这是说李贺死后，会升天位列仙班。但李贺思及母亲年迈多病，需要自己照料，死后不能尽孝，心生悲恸。

李商隐生惺惺相惜之心，叹道：

呜呼！天苍苍而高也，上果有帝耶？帝果有苑圃宫室观阁之玩耶？苟信然，则天之高邈，帝之尊严，亦宜有人物文采愈此世者，何独眷眷于长吉而使其不寿耶？噫！又岂世所谓才而奇者，不独地上少，即天上亦不多耶？

若是真有上天，真有那天帝建起了琼楼玉宇，可是天帝你为何不顾人间真情，硬生生从世人心中抢走了李贺？世间才子千千万，为何你偏生要这在世间饱受苦难的李贺！你说天上没有苦难，天上的苦，世人又从何得知？于是我们只得自我安慰：兴许是李贺才华冠绝古今，以至于天上地下，都是少有的。

世人心中，终觉遗憾。于是《太平广记》续写了这个故事，说李贺的母亲为儿子英年早逝悲恸难耐，夜梦李贺前来：

一夕，梦贺来，如平生时，白夫人曰："某幸得为夫人子，而夫人念某且深，故从小奉亲命，能诗书为文章。所以然者，非止求一位而自饰也，且欲大门族，上报夫人恩。岂期一日死，不得奉晨夕之养，得非天哉！然某虽死，非死也，乃上帝命。"

我想，这真正的悲哀却是在于，李贺"从小奉亲命"，专研诗书文章，钻进去了，生命中自然就只有那诗书文章，竟不为谋功名利禄来装点门面了。诗人呕心沥血，却为这世间名利之徒排挤，终悲戚一死。

李贺以仙人之心，看见世人心中的鬼。他写着这些鬼，然后死去。

李贺读书，终未求得功名，报答父母，光耀门庭。可惜生死有命，不得尽孝！这是天命使然，人所无能为力者。莫非醉心诗文者，都难得善终？如此苍天不公，世道当然鬼怪横行！

于是，李贺在人间见“鬼”，写出这魑魅魍魉横行的世道！

何为鬼？《礼·祭仪》曰：“众生必死，死必归土，此之谓鬼。”《说文》曰：“人所归为鬼。”故而人死，就成了鬼。

难道人死了不是烟消云散，什么都没有了吗？

人死为“鬼”。“鬼”一开始不是“鬼魂”，只是对人在死亡状态的一种称谓。

鬼魂的世界，终是活人以自身为参照来定义的。

人死为鬼，鬼死为聻。聻死为何？是故鬼不是死亡的终极状态。人的生命是短暂的，但死是无尽的。所以，死的各个状态的存在，即各个状态的生，也是无尽的。

被人世抛弃的人，才会进入那无尽的生死世界，才会看到世间的鬼怪。

魑魅魍魉，横行世间

《岁寒堂诗话》对李贺有这样的评价：

“李贺有太白之语，而无太白之才。太白以意为主，而失于少文；贺以词为主，而失于少理。”

李贺诗歌缺乏“理”，有唐人杜牧评论可做参考。杜牧《李长吉歌诗叙》曰：

> “盖骚之苗裔，理虽不及，辞或过之……世皆曰：使贺且未死，少加以理，奴仆命骚可也。”

这是说，李贺诗中言鬼，传承自《骚》的文学渊源。如果李贺可以多活几年，将“理”融入诗歌创作，则他的艺术造诣当在楚辞之上。

清代陈本礼在《屈辞精义》说：

> “《九歌》之乐。有男巫歌者。有女巫歌者；有巫觋并舞而歌者；有一巫唱而众巫和者。”

这说明，《九歌》中的灵魂观念，贯彻在作为巫术文化的祭祀活动中，并且，这种祭祀的语言符合当时民众的文化需求，以民众作为它的接受者。

祭祀活动的目的，作为对保家卫国的精神品质的弘扬，必然会针对普通民众。这种灵魂观念，由此被教化于民。民间的灵魂信仰，得到了巩固和强化。

这种灵魂观念，既被民众接受，也被贵族接受。

然而李贺诗中的鬼怪，断然不同丁《九歌》中的鬼魂。

且看李贺《公无出门》：

天迷迷，地密密。
熊虺食人魂，雪霜断人骨。
嗾犬狺狺相索索，舐掌偏宜佩兰客。
帝遣乘轩灾自息，玉星点剑黄金轭。
我虽跨马不得还，历阳湖波大如山。
毒虬相视振金环，狻猊猰貐吐馋涎。
鲍焦一世披草眠，颜回廿九鬓毛斑。
颜回非血衰，鲍焦不违天；
天畏遭衔啮，所以致之然。
分明犹惧公不信，公看呵壁书问天。

此诗为乐府体，化自《公无渡河》，上承《楚辞·招魂》意蕴，讲述了世道人心的险恶。这险恶，于佩兰客的生存，不留余地。而诗中用典“颜回”，那英年早逝的颜回，于李贺莫不是一语成谶！

此诗是李贺对宦官专权、藩镇割据的世道的批判控诉。然而此诗的内涵，远不止于此。

颜回白头，并非血衰，鲍焦高风亮节，却因食枣，受世人指责，呕吐而死，这还有天理吗？

有的！上天怕他们被怪兽吃掉，所以让他们早死！

这于理说得通吗？被世道排挤致死的人，谁又不该活在这人间？谁又没有那存在的权利？然而死了。权且自我宽慰，死是因上天不忍其受苦罢了。

“帝遣乘轩灾自息”，那先帝尧舜圣明治世都只在书里。这世上只见魑魅魍魉吃人的险恶。然而再艰难的世道，读书人又何尝忘了自己读过的尧舜治世？这不是那不可忘的初心。这就是自己发自生命的渴望，这是每一个读书人天赋使命使然。然而这世道里的魑魅魍魉，专以读书人的魂魄为食！

于是读书人仰问苍天，一如屈子当年遭谗言被流放后，见楚国先王庙公卿祠上画着天地山川神灵等奇崛的景象，于是，写下了《天问》，对壁呵责，抒写胸中的愁思和满腔的悲愤。

历史总在前进。但是，屈子的质问，问出了亘古文人心中的愤恨。是故李贺言鬼怪，于骚何干？终究还是文人道心与人间险恶的冲突啊！

这阻碍人前进的波涛汹涌不足道哉。因为人生在世，谁又能事事顺心如意？可怕的，是那些口蜜腹剑、舔着你的手掌讨好，却为了吃掉你的那些妖魔鬼怪啊！

死亡，鬼魂，在李贺的诗里，褪去了《楚辞》里那可爱明丽的色彩。它们的艳丽绮瑰，反衬的，是它们的诡谲鬼蜮。

骚因人世对文人的抛弃，而写非人世的鬼魂的美好。李贺因人世对文人的陷害，而写人世鬼化后那鬼怪的可恶。

李贺的诗，欠缺“理”吗？诗三百，一言以蔽之，谓思无邪，是有哀而不伤的传统。但李贺的诗，总会把情感推向极致。所以，李贺的诗无“理”吗？

这说不通。

凡物不平则鸣。李贺的诗，发自他的心。心外无理。李贺的诗虽锤炼得过了，却也是有感而发，意志自生，怎可谓无“理”？世道没了天理，你要诗人从哪里找那个“理”？

这瑰丽奇绝，正是李贺诗歌的理啊！

心死之人，何以为生？

今人评李贺，于同理和共情上欠缺太多。

但凡今人论李贺，欲标新立异者，每言及心理学的情结与原型，或哲学的死亡哲学与死亡美学。

你死过吗？没死过，哪儿来的资格用死亡评价他人？李贺心死，有诗为证：“长安有男儿，二十心已朽”，又“我当二十不得意，一心愁谢如枯兰”。

人死了，就作为鬼存在着。心死了，哪儿还有世界可以安然存在？若非心死，不懂李贺。

同理与共情，是心理咨询师必须具备的。但是共情于诗歌的解读远远不够。诗歌的解读需要的，是“共境”。要进去诗人诗歌的境界，把诗人同化于自己，才有资格去体证诗人言语表达的世界。

心理学的“本能”这一范畴，曾一度泛滥。最终弗洛伊德也不得不将本能归总为生本能与死本能两大类。

李贺心已死，可是他还活着，背着古旧皮囊，骑驴外出觅句。他的心，没有真死，他正是为诗歌活着。

（李贺）母使婢探囊中，见所书多，即怒曰："是儿要呕出心乃已耳！"

果然李贺的死，是写诗呕心沥血而死。那么，李贺的死本能，就在对魑魅魍魉横行的世道的绝望心死，而李贺的生本能，则在不堪心死而向诗中求生的不懈创作中，自证自己生命的存在。

李贺是一个将自己的心寄托于诗歌的存在者。他的心不在自己的躯壳里，而在诗里。李贺是行走的诗歌源泉。这是诗人向诗歌的牺牲。在这种牺牲里，生即是死，死亦是生。生者不可以死，死者不可以生者，皆非诗情之至也！

有人分析李贺诗中的鬼怪的原型。大抵人类有原始文化的信仰以来，就有这鬼怪的意象，深入在集体无意识的领域。这是用荣格的理论来解读李贺的诗。

这种观点缺乏文化学的观照。

李贺见到的鬼怪，都在世间。世间的鬼怪，是世人心魔的彰显。人心中的鬼怪原型在文化中显现，这便不只是心理层面的问题，而是文化层面的问题了。

从鬼怪现形于文化，切入的视角不是从心理到文化的过渡，而是现形本身所能说明的文化的内在结构的问题。

历史是不能假设的。所以，用心理学来解读李贺，不就是将死去的人假设成来咨询的患者，然后违背了不能做假设的历史观吗？

向死而在，忘生忘死

在这里，为呈现李贺诗歌的艺术特点，我们重读《雁门太守行》：

黑云压城城欲摧，甲光向日金鳞开。
角声满天秋色里，塞上燕脂凝夜紫。
半卷红旗临易水，霜重鼓寒声不起。
报君黄金台上意，提携玉龙为君死。

首先，这是歌行体。《雁门太守行》是乐府旧题。

其次，这首诗的主旨历来众说纷纭，但抓住这首诗本身的艺术性来解读，自然就可以避免一些问题。没有充分史料论证的问题，本就没有意义。

我们姑且把一种观点呈现出来，不做讨论。姚文燮《昌古集注》认为："元和九年冬，振武军乱。诏以张煦为节度使，将夏州兵二千趣镇讨之。振武即雁门郡，贺当拟此以送之。"

最后，这首诗因虚实结合的写法，为后世争论的焦点，故有人据别本做一些改动。

例如王安石认为："方黑云压城之时，岂有向日之甲光？"

故清王琦注《李长吉歌诗》，改"甲光向日金鳞开"之"日"为"月"。释为：此诗言中夜出兵，至云开透漏月光与甲相映。

而杨升庵则以“凡兵围城，必有怪云之变”做解。然此说并不合理，终是以经验做泛泛之谈。

此诗结尾，说“报君黄金台上意”，可知此句之前的写景状物，皆为抒发此意。不论战事有多艰难，胜败如何难料，死便死了，只为了君王的信任与托付，哪怕必死，也要尽力一战。

于是，由此回过去读“甲光向日金鳞开”，便不会觉得是单纯写景，而是境由心生，情景交融之句。脱离了情景交融来读《雁门太守行》，就只会纠结于是否与事实相符了。读诗如此，也是可悲。

今人大多说此诗写边关将士誓死报国的决心。可是细读来，这说法又过于空疏了。

“塞上胭脂凝夜紫”，这胭脂是凝固的血。夜色为血打上诡异的紫色。这说明已经发生过战斗，且有将士阵亡。

大军围城，交锋失利，红旗半卷，鼓声不起，将士的斗志不再高昂。所以这为国捐躯的决心，是置之死地而生出来的。不是人想为国捐躯，而是不得已而为之。

但是，将士们没有选择投降或弃城逃走，更没有等死。而是要提携玉龙，背水一战。哪怕涉过易水，不复归还，也要为君战死！

这种赴死报国之心，才是李贺《雁门太守行》的核心思想。这说明的是绝境中的决心，而不是自发的决心。但这决心也不是逼不得已的，而是自愿的。

再由此读“甲光向日金鳞开”，不正是在描写这份心境和决心吗？当无畏死亡，死亡的乌云不就云开见日了吗？

是故读李贺的诗，核心不是在读他写的鬼怪，而是要读他的心意。

但凡能直视死亡，并直呈死亡的人，都是忘了世俗文化语境中的

“死亡恐惧”的人。无畏死亡，则于生死不生分别心，自然生死齐一。这样的人，心中自有逍遥自在。

李贺的诗歌里有被推向极致的痛苦，但能将这痛苦寄予诗歌以迸发的心，不正是一颗抛却了痛苦而逍遥自得的心吗？

李贺在人间见“鬼”，因为这世道魑魅魍魉横行。李贺在诗中写“鬼”，因为他的心早已在诗歌的世界里证得仙果，逍遥物外了。

士为知己者死。然而李贺终不得黄金台上受赏识。他即使看淡生死，又能如何？

26

诗剑合一

——那个孤独剑客，有着大唐丢失的道义

人剑合一

贾岛《剑客》：

十年磨一剑，霜刃未曾试。
今日把示君，谁为不平事？

这诗开始两句，是在写剑，剑用十年时间，磨砺而成，剑刃发出清霜般的寒光。这是写剑，同样也是写剑客。

十年时间，磨剑刃，也磨剑艺。剑客用十年的时间，不做别的，就一心一意，打磨剑艺，这剑艺究竟如何惊天动地，让人期待。

前两句，写技艺，后两句，写道义。

我拿这绝世剑艺给你们看，你们谁因为不平之事，都可以找我相助。这说明练剑的原因，是为维护人间道义，除暴安良。

于是，贾岛的《剑客》一诗，从高超剑艺，写到高尚道义，塑造出剑客丰满的形象。

剑，是唐代文化的热点话题。

唐代有三绝：李白的诗歌、裴旻的剑舞、张旭的草书。

世间传闻，裴旻舞剑，可以引来鬼神围观。吴道子曾待裴旻舞完剑、鬼神退去时，画那些鬼神。想来不是真有鬼神，而是借剑舞的精神，找鬼神气韵的感觉。

唐代道教兴盛，剑与道教文化结合。《真龙虎九仙经》将剑仙分为九等，并说云：“炼精华为剑，巡游四天下，能报恩与冤，是名为烈士。”这“烈士”，是唐代道门中对剑仙的称呼。

唐代剑文化繁荣，但是，唐代的剑，缺乏道义。

贾岛的时代，贪官污吏搜刮民脂民膏，朝廷权贵在党争中相互消耗。这是一个不公平的时代。民众对于遭受的不平，无能为力，于是，只有期盼剑客。剑客的道义，在于锄强扶弱。

与贾岛《剑客》诗，有异曲同工之妙的，是孟郊的《游侠行》：

壮士性刚决，火中见石裂。
杀人不回头，轻生如暂别。
岂知眼有泪，肯白头上发。
平生无恩酬，剑闲一百月。

孟郊的《游侠行》，通篇写人。贾岛的《剑客》诗，却从写剑落笔。于剑客而言，十年磨一剑，早已人与剑，合二为一，剑不异人，人不异剑。

人与剑合，是《剑客》诗的第一“合”。

“今日把示君”，如见剑客，就在眼前，了无七情，一心坚定，询问恩仇。是故《剑客》诗的语言，也有长剑霜刃的锋芒。

剑与辞合，是《剑客》诗的第二“合”。

就韵律来说，这首诗第一句，“年”与“剑”宽韵相同，都是ian，但年是平，剑是仄，读去音声如一剑起落。

剑与律合，是《剑客》诗的第三“合”。

以上三合，可见贾岛诗的“瘦”，与孟郊诗的“寒”的差别所在。

当《剑客》里的所有，不论人物、器物、内容、形式，统统合于剑的时候，剑客的坚定里，生出了孤决。

这份孤决，属于中唐，不属于盛唐。且看盛唐王维的《少年行四首》其一：

新丰美酒斗十千，咸阳游侠多少年。
相逢意气为君饮，系马高楼垂柳边。

盛唐的少年游侠，有着富贵家庭与大好前途，可以享乐，可以把“游侠”当作浪漫的事，以游侠的身份，体验世间的快乐。

中唐的社会，向上通路开始越来越窄。官场斗争凶险，如白居易，都巴不得做“池中之物”，民间的乌鸡，谁又能飞上枝头变凤凰？贫民才子，就像白居易在《秦中吟》里写的贫家女，就算姿色不逊于富家女，也终究在生活的压迫中沦为“小姑之奴”。

剑客除了剑，别无其他。剑不用，与无剑何异？贾岛空有满腹诗才，却无处发挥，与那求问不平事的剑客何异？

剑客与诗人合，是为《剑客》诗的第四“合”。

一生苦吟

贾岛素以苦吟著称。

曾因吟诗，有一句“僧敲月下门”，不知该用“推”还是“敲”，反复揣摩，竟冲撞了韩愈的官队。韩愈问原因，建议用“敲”。

后人以为，推与敲，不是非此即彼，而是各有各的意思，就看诗人自己想表达什么。

例如王夫之的《姜斋诗话》说：

“僧敲月下门”，只是妄想揣摩，如他人之说梦，纵令形容酷似，何似毫发关心？知然者，以其沉吟“推”“敲”二字，就他作想也。若即景会心，则或“推”或“敲”，必居其一，因景因情，自然灵妙，何劳拟议哉！

大意就是，诗由具体情景而发，如果你推门，就写推，如果敲门，就写敲。

假如此僧两手不得空，岂不是要作“僧踹月下门”？若是个火爆脾气的僧人，又有急事，那就该写成“僧砸月下门”了吧。

那么，推和敲，真的都可以吗？

让我们来读这首《题李凝幽居》：

闲居少邻并，草径入荒园。
鸟宿池边树，僧敲月下门。
过桥分野色，移石动云根。
暂去还来此，幽期不负言。

此诗首联与颔联，都是幽静孤僻的景，鸟宿，则没有鸟鸣，整个诗境里，声响绝无，寂寞至极。唯有“敲”，带来声音，才让诗境活过来，明白这幽居是某人的幽居。

有人贬低贾岛的诗歌，谋篇立意不及炼字炼句。上面的分析，就是一个反驳。

贬低者如司空图，在《与李生论诗书》说："贾浪仙诚有警句，视其全篇，意思殊馁，大抵附于蹇涩，方可致才，亦为体之不备也。"

南宋方岳的《深雪偶谈》，论贾岛的苦吟，极为中肯透彻，他说："贾阆仙，燕人，生寒苦地，故立心亦然。诚不欲以才力气势，掩夺情性，特于事物理态，毫忽体认。深者寂入仙源，峻者迥出灵岳。古今人口数联，固于劫灰之上泠然独存矣。至以其全集，经岁逾纪咀绎，如芊葱佳气，瘦隐啸吟，徐露其妙，令人首肯，无一可以厌致。"（按：贾岛，字阆仙，一作浪仙。）

方岳认为，贾岛天生地立心寒苦，他不愿用艺术手法和写诗套路，去掩盖自己的真性情在诗中的表达，所以贾岛对于事物和道理，都切身体证，感受入微。于是，不只是传世名篇，贾岛诗集里的每一首诗，都让人在仔细品读后赞叹。

我想，贾岛的苦吟，是因为他与诗，相依为命。

试想，如果没有诗，贾岛还剩什么？如果没有诗，贾岛又是什么？

没有诗，贾岛什么都没有，什么都不是。

写诗如修道。

《唐才子传》说贾岛对待诗的仪式：每至除夕，必取一岁所作置几上，焚香再拜，酹酒祝曰："此吾终年苦心也。"痛饮长谣而罢。

如果没有诗，贾岛该如何祭奠自己流逝的生命？

孤独作诗

中唐以后，诗歌也有了自己的名利场，可以论门派、分党系、溯渊源。

贾岛自然也要有自己的徒子徒孙。

《唐才子传》就记载了贾岛的死忠粉：

李洞，家贫，吟极苦，至废寝食。酷慕贾长江，遂铜写岛像，戴之巾中。常持数珠念贾岛佛，一日千遍。人有喜岛诗者，洞必手录岛诗赠之，叮咛再四，曰："此无异佛经，归焚香拜之。"

李洞崇拜贾岛，称其为"贾岛佛"，就像念阿弥陀佛往生西方极乐一样，以为念贾岛佛可以进入贾岛的创作心境。对贾岛的诗集，要焚香礼拜。

唐末五代的《唐摭言》，倒是提供了一条清奇的思路："元和中，元、白尚轻浅，岛独变格入僻，以矫浮艳，虽行坐寝食，吟味不辍。"

元稹和白居易，带起来的"元和体"，或者用现代的说法，叫"新乐府运动"，也许根本不构成什么"运动"，充其量不过是元稹和白居易两个人的狂欢罢了。

中国古代诗歌的风格特点，至此完全形成。这个特点，就是风格的系统性。

元和时期，学元白者颇多，然而诗歌浅薄轻浮，与元白所倡的诗道，背道而驰。失败的新乐府运动不构成"运动"。

异化的元和体，构成了反衬贾岛诗的大背景。

倾尽一生所有，只为诗。

唯有如此，诗才能真正拥有自己的世界。

明代许学夷，是一位倾尽一生读诗的人，他的《诗源辩体》说：

“贾岛与孟郊齐名，故称‘郊岛’，郊称五言古，岛称五言律……岛五言律气味清苦，声韵峭急，在唐体尚为小偏，而句多奇僻，在元和则为大变。东坡云‘郊寒岛瘦’，唐人诗论气象，此正言气象耳。”

许学夷认为，贾岛诗的风格，正是具有唐诗所崇尚的气象，虽然是小众风格，但放到白居易和元稹那会儿，就是一股逆流，是巨大的变革。

如此成就，不值一钱。

贾岛生命中最后的时光，在四川度过。

临死之日，家无一钱，唯病驴、古琴而已。

27 得失之间

——《昭惠周后诔》里有另一个李煜，尤待舞人归

不是昏君——别歪曲史实来批判李煜

“天下神器不可得”，所以，一国之君，从未拥有一个国。国君只是国的符号。既然从不曾有，又何谈失去？

李煜是亡国之君吗？是的，只是国破家亡的时候，他恰是国君罢了。力挽狂澜吗？想想还是算了，那不过是螳臂当车。不是说历史发展都有必然规律，又说识时务者为俊杰吗？

世人的价值观总是矛盾的，真是可笑极了。且问那嘲笑李煜亡国的人，你可有回天之力？世人都做不到，凭什么要求李煜是圣人？

李煜的词，有着登峰造极的艺术境界。难道这艺术境界就一定要用他的政治来反衬？

清代学者郭麐《南唐杂咏》云：“作个才子真绝代，可怜薄命作君王。”今人便粗浅地说李煜是“失败的帝王，成功的词人”。帝王的失败与词人的成功，不是于得失功过上论出两套相悖的标准吗？用双重标准说事，这逻辑可行不通。

人说李煜荒淫奢靡，后宫装饰华丽繁杂。又说李煜不理朝政，耗费财力供养僧人。更说李煜懦弱无能，面对宋兵，未曾积极抵抗。

若李煜真是个政治上的废物，南唐只怕早好多年，就已然葬送在李煜手上了。

历史让我们看到另一个李煜。

南唐建国以来轻徭薄赋，后主李煜又极为爱惜民生。金陵富庶之地，经济积淀与人文底蕴本来非同一般。南唐至李煜一朝，手工业和商业发展极好，国力兴盛，后宫能得华丽装饰，并不必花费太多钱财。

《南唐书》载：“国主命中书舍人徐铉复试舒称等五人，称等不就。国主乃自命诗赋题，以中书官莅其事，五人皆见黜。”

可见李煜不仅重视人才，亦于人才筛选上费了心思。本来君王才华横溢，自然于臣子的才能，可以做到慧眼识珠。李煜在朝政上的用功处，可见一斑。

对李煜治国的评价，不应当只看结果。去看他治国的才智，恰可得旁观他作诗填词所倚仗的才智，此二才智，于李煜一人而言，便是同一个才智。

且抛却帝王功过，从头去，遇见另一个李煜吧！

泪向宫娥——亡国之君的仁人之心

那年正月，金陵北风的寒意里，添了兵刃上的森然。梅林画亭，再无人闲看月的圆缺。风滚过战场便裹着血，霜下梅香里嗅得腥。悲愤、抗争与无力，终醉入酒一盏，从此只称旧河山。

正月那日，他唤来教坊工人，再演一回往日箫笙，于是一别是一生。他可曾命人弹一曲琵琶，弹曾经的霓裳羽衣？只今又谁舞翩跹？他醉了，再无人邀舞。再奏一次别离，一如往昔。

“离恨恰如春草，更行更远还生。”

用一场歌舞升平，庆此后不复帝王之累，旧梦早已碎。他褪去衣冠，迎向风雪，交割余生。

他写下《破阵子》，中有三句：“最是仓皇辞庙日，教坊犹奏别离歌。垂泪对宫娥。”

后来有史家鄙夷地抓着“垂泪对宫娥”不放，认为李煜在亡国之际，不为江山恸哭，却对宫娥垂泪，斯人真是荒淫无道之君，活该他亡国。

可曾想过，亡国之后的宫娥，该有怎样的遭遇呢？被宋兵压在身下，或者被抢掠财物时砍上几刀？

亡国了，最苦的是谁？不是供在宗庙里的牌位，也不是投降的将领，更不可能是李煜本人——因为他起码不是别人家的妻女。亡国了，越是社会底层的人，越苦！

所以李煜为她们垂泪！他若仍为君王，又岂能护不住她们？要是李煜在亡国时，只哭泣自己的江山，他莫不就是贪恋荣华富贵之人吗？哀民众之苦，才是真正为亡国而哀。

终于，“世事漫随流水，算来一梦浮生。”

浮生既然如梦，那过往的悲伤，岂不是不能真正伤人？不是啊。“醉乡路稳宜频到，此外不堪行。”醒了，看到的，是让人更加难以接受的绝望。“往事只堪哀，对景难排。”醉着，勉强好着。

李煜的处境，左右横竖，都是不对。

学诗与易——《昭惠周后诔》之后，李煜才写出了真情

也许，多年后，李煜才知自己已遗失在那时，那时佛殿上，猫碰落的琉璃灯碎作一声惊响。

幼子在襁褓中，受惊吓殒命。这打击，让周后的病情更重了。

周后在临终前，自己向口中放入了玉含。

那个曾伴李煜身旁、李煜曾以为会伴他一生的她，不在了。

陆游《南唐书》言周后早逝，李煜悲哀：

“后主哀甚，自制诔刻之石，与后所爱金屑檀槽琵琶同葬，又作书燔之与诀，自称鳏夫煜，其辞数千言，皆极酸楚。”

李煜传世文章，有一篇《昭惠周后诔》，忆与周后新婚，却又阴阳相隔，言之悲恸：

“茫茫独逝。舍我何乡？昔我新婚，燕尔情好。媒无劳辞，筮无违报。归妹邀终，咸爻协兆。俯仰同心，绸缪是道。执子之手，与子偕老。今也如何，不终往告？”

此文之前，李煜的诗词，辞藻华丽，但用情不够真切。言物而情不能寄于其中，则物与我不得和解。

于是在“凤箫吹断水云闲，重按霓裳歌遍彻”之时，只能道出“归时休放烛花红，待踏马蹄清夜月”这等寻常诗句。

即使病了，写诗也很套路，一点都不走心。且看《病起题山舍

壁》中的句子:“谁能役役尘中累，贪合鱼龙构强名。”

然而，至“林花谢了春红，太匆匆”之时，已然情景交融，物我两忘，复将世间悲苦一语道破:“自是人生长恨水长东”。

这便是天人相感应。景与情，若要分而言之，便永不得交融。唯独自“有感必有应”视之，才知情景本来是一个。所谓感应，为《系辞》中的一个重要问题。可知李煜《昭惠周后诔》中用典《周易》，其所学非虚。

故此诔文亦足见李煜在诗词技巧之外，读书的功夫。恰是此文，让李煜一反往常，去用他诗文中不曾用的《诗》与《易》，于是花间词派的调调，在诗书的积淀与真情的流露中洗尽。由此，李煜的词，才真正独树一帜。

再看李煜《昭惠周后诔》:

“万物无心，风烟若故。惟日惟月，以阴以雨。事则依然，人乎何所？悄悄房栊，孰堪其处？”

你离开了。风烟依旧是风烟，今日又与往日何异？世间万物，本来无心。有心的人，看万物，便是别样的。这日月阴雨依然，人却不复如故！你在哪里？我又该在哪里，才能等来你？万物无声，而我却片刻难与它们共处。它们无声，却无时无刻不在提醒着我，我的余生已无你。

感应中的情与景，已经难解难分。

且看李煜的《蝶恋花》:

遥夜亭皋闲信步，乍过清明，早觉伤春暮。

数点雨声风约住，朦胧淡月云来去。

桃李依依春暗度，谁在秋千，笑里低低语。

一片芳心千万绪，人间没个安排处。

这《蝶恋花》中的桃李，并不在琐碎处着墨，也不在矫情处牵强，只道一语“依依”，因那时节恰是春暗度了，将要迟暮了。这是用拟人，让物与我相互感应。

“人间没个安排处”。一片芳心，不过在人间匆匆而过，怎得安排？

李煜失去了周后，便失去了自己，他写下《昭惠周后诔》，却又找到了另一个自己。李煜所有的失去，都会让他找到另一个自己。

得失之间——李煜词真正独有的韵味

童年里，李煜曾有一个自己，被遗失。那个李煜，走失在身不由己的童年。

直到周后初与李煜相伴的岁月，李煜也在为生存担忧。他摆出一副求佛问道的姿态，让当时身居东宫的兄长，不便对他下杀手。传说李煜的眼睛天生异象，有两个瞳孔，让他的太子哥哥忌惮。

李煜便在那时走失，写不走心的诗词，听无所谓情意的小曲。

善舞的周后，在世时，曾整理失传的《霓裳羽衣曲》，亦曾邀李煜一同醉舞。她离去了，他又一次丢失了自己。当李煜再也找不回自己的时候，他能否在岁月的流逝里找回曾经的周后？

世人都说，因为李煜和周后的妹妹、后来的小周后好上了，活活气死了周后。李煜的《昭惠周后诔》却有着情真意切，让人看到另一个李煜。当李煜与小周后携手前行时，有另一个李煜，留在《昭惠周后诔》里，尤待舞人归。

李煜的一生，都在失去，从失去自己，到失去周后，再失去南唐，最后失去生命。当李煜失去一切时，失去李煜的小周后，也失去了自己的生命。

人究竟要失去多少，才会不再失去？

读李煜一首《乌夜啼》，若见一方世界，在撕裂，其中一位少年，享受着不堪忍受的醉意，摇晃着走向前：

昨夜风兼雨，帘帏飒飒秋声。
烛残漏断频倚枕。起坐不能平。

世事漫随流水，算来一梦浮生。
醉乡路稳宜频到，此外不堪行。

词中的李煜，总是独自一人。望天地间风风雨雨的，是他自己；在宴席上酩酊大醉的，是他自己。他的痛有诗词倾诉，他的伤却无人替他痛。

只是在现实生活中，李煜毕竟不是一个人承受，他有小周后相伴。《南唐书》载：

“国亡，从后主北迁，封郑国夫人，太平兴国二年，后主殂，后悲哀不自胜，亦卒。”

据说李煜的死，因为一首《虞美人》词：

春花秋月何时了，往事知多少。
小楼昨夜又东风，故国不堪回首月明中。

雕栏玉砌应犹在，只是朱颜改。
问君能有几多愁，恰似一江春水向东流。

拥有的，本不属于我，那是春花秋月，它们属于春与秋。失去的，本就理所当然地失去了，如一江春水，兀自东流。

过往是泥潭，陷入其中的人，无所谓得失。人在泥潭里吸入的，终归是己身不能吸纳的烂泥。人在泥潭里失去的，也终究会化作烂泥。

读《虞美人》里的得失，便觉有另一个李煜，走出了得失的泥潭，孤身一人把诗写在那得失之间。

李煜词独有的韵味，就在得失之间。

他失去的，并不曾属于他。他有怀念的，但他是一个不懂怀念的人。他在得失之间一无所得，亦茫然若失。

他是李煜——曾失去了本不属于他的国，写下了属于另一个自己的诗。

28 泪眼问花

——有我之境坍塌在欧阳修的《蝶恋花》里

问花不语——感应引出的丰富层次

“泪眼问花花不语，乱红飞过秋千去”，出自欧阳修的《蝶恋花》。这两句的妙趣，要抽丝剥茧般地体味，这才品得出其中层层叠叠、环环相扣的情思。

让我们慢慢读《蝶恋花》：

庭院深深深几许，杨柳堆烟，帘幕无重数。
玉勒雕鞍游冶处，楼高不见章台路。

雨横风狂三月暮，门掩黄昏，无计留春住。
泪眼问花花不语，乱红飞过秋千去。

最后两句，是全诗精华。那么，为何要问落花？

含泪四望，无人可问，唯有落花随风，亦如自己孤独怅惘。无人可问，但终究想问。有时询问未必求个答案，许多问题也本无答案。提问是为了抒发，所以这问题，终究要问。既然无人可问，唯有落花，那么，就问这如我一般的落花吧！

未必所有的问题，都一定要应答以言语。没有回答，有时就是另一种回答。

问花花不语，问花的行为，本不就是对问题本身作答吗？当我们提出问题的瞬间，我们心里或许已有答案。这时，有风骤起，飞花红乱。

乱红飞过秋千。往日我坐在秋千上，他推着秋千，几乎把我推上了天。我在跌落前的瞬间，觉得岁月有他相伴，便无比心安。如今我想问他，而他已远在天涯。我便怀念起秋千上，瞥见的院墙外的风光。

如今秋千无人坐，空有乱红飞过。推秋千的他已远去，往日的欢乐却留在心里。然而曾经欢乐的庭院，早已没了欢乐。看着冷清庭院，忽想问：庭院深深深几许？

清人王又华的《古今词论》引毛先舒的观点，也在论这两句词中意味的层次：

永叔词云“泪眼问花花不语，乱红飞过秋千去。”此可谓层深而浑成。何也？因花而有泪，此一层意也；因泪而问花，此一层意也；花竟不语，此一层意也；不但不语，且又乱落，飞过秋千，此一层意也。人愈伤心，花愈恼人，语愈浅而意愈入，又绝无刻画费力之迹，谓非层深而浑成耶？

毛先舒读词如斯，自是他所独到处。他写的《丽农词序》里，有几句，虽论说他推崇友人的词的原因，也恰可说明他这读词方法的缘由：

……故虽作一词，皆有大气精思贯其表里，而足以益人性情如此。

欧阳修这两句“泪眼问花花不语，乱红飞过秋千去”，不也有大气与精思，贯通于词句的表与里吗？细读来，自己的性情不也灵动起来了吗？就是这体味，抓住了这两句词中美妙的情思层次。那么，这层次究竟如何得来？

于是，我想提出这样一个问题：词句中的我与花，究竟有怎样的关系？

我与花，不是比喻关系，也不仅仅是寄托，而是感应关系。

我心之所感，有乱红与之相应，之所以能物我相互感应，是因物我皆有共通的内在。于是一感一应，难分难离，形成了“意境”。若是没有我之所感，物便不得以落红随风之凄婉做回应；若无秋千在那儿空荡荡，我又从何处感念有你的旧时光？是故有感有应的关系里，物我难分。

王国维的《人间词话》判“泪眼问花花不语，乱红飞过秋千去”为“有我之境”，又说：“有我之境，以我观物，故物皆著我之色彩。”

只是，这落花的红，携着花过秋千的风，莫非本来无情？只怕未必他们的色彩，都是我心中色彩的投影吧！你说落花无情，我便问你如何证明？你又怎能证得？这世间万物在诗境里，究竟有情与否，是不可证伪的命题。所以，那有我之境，是有我与物相互感应之境啊！

当我哀伤得忘了自己，便是整个世界都在替我哀伤。

当整个世界都在哀伤，我才蓦然发现，那哀伤的，原来是我自己。

泪眼问花花不语，何为乱红、飞过秋千去。

又读沈谦《填词杂说》，中有一论颇为精妙，以为是对“泪眼问花花不语”最贴切的诠释：

词不在大小浅深，贵于移情。晓风残月，大江东去，体制虽殊，读之皆若身历其境，惝怳迷离，不能自主，文之至也。白描不可近俗，修饰不得太文，生得真色，在离即之间，不特难知，亦难言。

无我之境——和有我之境难以截然划分

有人说，诗经里的“美人”，多用来比喻谦谦君子。由此想来，那填闺中词的词人，吟咏推敲间，是否会化身为那闺中待字的女子，对镜贴花，正豆蔻年华？也许对醉翁而言，填词便是饮酒，在填词时化身另一个人，写得如痴如醉。

这首词里全无欧阳修本人的影子，所以吟咏时的醉翁，不是醉翁。

若一定要拿“有我之境”与“无我之境”说事儿，谁填闺中词的时候，不是忘了自我？

但凡说起词的文艺理论，总绕不过《人间词话》。“境界说”是《人间词话》内容的核心。

词以境界为最上，有境界则自成高格，自有名句。既然“境界”是词之最上，填词爱好者若一开始就从境界入手，却是不妥。

境界本来羚羊挂角，这会让境界还没到“境界”的人无迹可寻。若是硬要寻得，那便不是真正的境界。故于彼而言，“境界”就是一片没有江河流注的海，看得到浩瀚无垠，却摸不清来龙去脉。

“境界”是个被佛学引入中国古代思想的外来术语。自道生讲佛性多以境界作阐释，至禅宗以“心”与“境”来论“心性本净”，这“境界”便生根在中华文化里了。其精髓倒是在最难啃的唯识学里。

依佛学来看，心识为能缘，境相为所缘。凡“境界”都有个“次第”，若初学者一来就攀缘“境界”，终是在学造空中楼阁。不可与夏虫语冰，而夏虫自已说的冰，也不是真正的冰。写诗的修行马虎不得，去勉强“境界”，就叫“走火”了。

“境由心造”的观点，是佛学缘起性空的一方面。故这一思想，可以追溯至《阿含经》关于缘起和因果的思想。

于是诗词的“境”究竟也是“藏识”的幻化，万法唯识而已，如此才有诗词里的三千大千。毕竟“物自体”和“实体”这类思辨生出的玩意儿，不可能在形象化语言构成的诗词文本中体现，这样，诗词倒是以一种形象生动的、不同于理性带来的“境界”，照见了世界的“真实”。

《人间词话》里的境界论，被现在的“学者”和情景论混淆、又被他们用“表现论再现论”的话语胡乱诠释。

诗词的境界，属于心识的相分与见分，外境与根身合而有识，识的相分不是外境，而景在古代诗论指外境。诗词境界属心心所法，境界的相见二分是所缘缘，诗词境界刹那生灭相续，是为等无间缘，而表现和再现都只是诗词创作的增上缘，不足以说明诗境何以为诗境。诗境中有一法缘起，即是万法缘起，若无此圆融无碍，便不算好诗。而一首诗必是一个境界，如此契合心一境性。但诗境终究是迁流造作，以“行”为相。行有善、恶、无记，故诗不可能都是没有善恶的“唯美”。

也许，《人间词话》的“境界”本来就是对“境界”的误读。

飞过秋千——《蝶恋花》里的一往情深与失落

那年你携我手，走过山高水流，走过笙箫清幽，却走不到良辰如旧。你迎我走过长长街巷，花轿和着唢呐跌跌宕宕，我揭盖头一角、瞥红烛火轻轻摇摇晃晃，待你拥我入眠，从此一世安康。

你领我走进深深庭院重重门，又似突然蒸发，留我在庭院深处，独听关门声“砰、砰、砰”。我已不知该向何处将你牵挂。我住在你的庭院深处，我住在你往日与我的回忆深处，走也走不出。

我想遥望院墙外的你，那院中的景物都挡住了我的视线。其实我不用眺望，也知你在何处。我只是想望见我心中的那个你。

章台柳，章台柳，昔日青青今在否？我家庭院里杨柳堆烟，凝碧处春光正浓。你偏生不爱！在你游冶处，有我登高楼亦不得望见的章台路。我若望见章台路，更看见路上寻寻觅觅的你，我难道就能开心吗？

你将我锁在庭院深深处，你却在庭院外看繁华春意。

你将我锁在回忆的深处，你却在她人处开始新故事。

> 庭院深深深几许，杨柳堆烟，帘幕无重数。玉勒雕鞍游冶处，楼高不见章台路。
>
> 雨横风狂三月暮，门掩黄昏，无计留春住。泪眼问花花不语，乱红飞过秋千去。

我如今的青春，浪费在曾经的回忆里，我终将一事无成。春华秋实，在我渐老的年月里，却没有你。只有乱红，飞过秋千去。

29 般若之汤

——正宗的东坡肉与苏轼的儒家道统

般若之汤——失灵的世界里的脑筋急转弯

喜欢在晴天读书，在雨天写诗。为何？我说不出个所以然。只是天朗气清，就想翻翻书。

大雪一到，银杏叶便铺开一路金黄。仿佛世间所有穷愁潦倒，都可做尘埃被落叶隐藏。朔风掩心伤。

正读着苏东坡的《诵经帖》：

东坡食肉诵经，或云："不可诵。"坡取水漱口，或云："一盌水如何漱得！"坡云："惭愧，阇黎会得！"

诵经不是嘴上过一遍，而是修心。僧人因苏轼吃猪肉而诵经，便说不能诵，苏轼就说，我漱漱口。僧人又说，漱不干净。漱不干净背后的逻辑，就是说，问题不在吃肉这个名相，而在持戒这个发心。既然是发心，诵经自然是心的事，于是与嘴上吃的肉无关了。僧人被苏轼绕进了坑里。苏轼得意扬扬地说："和尚你懂的。"

且不说东坡的偷换概念，只觉得东坡竟是如此喜欢吃肉，而且还要极力为吃肉做辩解。记得有句话，说是："食不可无肉，居不可无竹。"又忆起儿时看过的两句题画诗："穷不卖书留子读，老来栽竹给人看。"唉，那无肉亦无竹的读书人，怕是多了去了，没什么不可的。

再看《东坡志林》里一段妙语：

僧谓酒为"般若汤"，谓鱼为"水梭花"，鸡为"钻篱菜"，竟无所益，但自欺而已，世常笑之。人有为不义而文之以美名者，与此何异哉。

比名不副实更可怕的，是粉饰邪恶。但如果有一天，连邪恶都懒得粉饰，敢于赤裸裸暴露于天下，这邪恶怕是无药可救。粉饰是最后一点良心未泯。若要以苏轼之道，还治苏轼之身，那吃肉诵经的苏轼，不也是“人有为不义而文之以美名者”乎？

苏轼定然不曾以自己的话，批评过自己，否则也不会说那么多有趣的话。这就是宋代文人的有趣之处。在他们眼里，持戒诵经可以玩脑筋急转弯。他们眼里的世界，是一个“失灵的世界”，他们心中没有坚定的信仰，如神灵主宰世界一般，经纬一切。

在失灵的世界里，传统文化的精神堕入了虚无，余下的，只有“阇黎会得”与“般若之汤”式的娱乐。

食猪肉诗——世人都做错了东坡肉

东坡爱吃肉，传下东坡肉。东坡曾经杭州为官。杭州西湖畔楼外楼的东坡肉颇有名头，然而口感却失掉了东坡肉的精髓。因为他们的肉过了油。

烧肉过油，好处颇多，坏处也能彰显，那就是让肉变得很柴。比“如同嚼蜡”更让人不堪忍受的，就是“如同啃柴”了。

血统最纯正的东坡肉该怎样做？

东坡先生《食猪肉诗》给出了回答：

黄州好猪肉，价贱如粪土。

富者不肯吃，贫者不解煮。

慢著火，少著水，火候足时他自美。

每日起来打一碗，饱得自家君莫管。

注意了，东坡肉是煮出来的！文火，水要少，慢炖。火候到了，口感与滋味自然美了。调味都在其次，不提也罢。

这才是东坡肉，是最原始的东坡肉。

它做法简单，不需要油炸，也不要求复杂的调味。它只要文火慢炖。但是，它考火候，它需要用心去“候”，用时间去等待。

对待自己的人生，不正应该如此吗？

东坡肉是东坡先生在黄州做的菜。

宋代人周紫芝，在《竹坡诗话》中记载：“东坡性喜嗜猪，在黄冈时，尝戏作《食猪肉诗》”。

东坡先生在黄州的生活并不宽裕。友人为他谋了块东坡上的地，他可以自己种地。

西湖畔的东坡肉，却是味道浓郁厚重。东坡诗为证：

“苏堤醉柳何须酒，小巷微风送酱熏。”

只是黄州的食蔬都要自己种植，又哪来闲钱置办许多椒桂酱料？

由此想来，黄州版本的东坡肉，调味是极简的风格。

洛蜀党争——《定风波》里的“想得通”

北宋元祐年间，发生了“洛蜀党争”。洛党以程颐为代表，蜀党以苏轼为代表。洛党在学术思想上，形成洛学，即二程的理学。蜀党则拥蜀学。洛学与蜀学有根本分歧。两派都认为，圣学的道统，传到了自己手上。

道统是唐代韩愈《道统论》提出的儒家传道脉络。程颐认为孔孟之道由自己的理学继承；苏轼认为欧阳修是宋代韩愈，传承了孔孟之道，而苏轼自己是欧阳修翻版，所以自己继承了儒家道统。

蜀学与洛学在具体问题上也有截然不同的观点。洛学认为“性善情恶”，主张“克己复礼”。蜀学认为“性动生情，本无善恶”，主张“顺应人情，以定礼节”。对于文与道的关系，韩愈认为“文以明道”“文以载道”，进而洛学则极端地认为“作文害道”，蜀学又两端见解地认为“文与道俱”。

其实，苏轼是个万金油，性情本无，这是佛老思想，不是儒家思想。性生情，而情可以顺，本质上是法家以人情皆趋利避害、追名逐利、自私自利的另一种表达。所以，说“性本无”可以是佛老思想，而说“性生情、顺乎情”则是法家思想。佛老与法家，不是儒家。可见苏轼贪心，又要生产佛老与法家的产品组合，还要占着儒家道统的品牌定位。

所以，道统问题的答案就是，苏轼的蜀学不是儒家道统。

儒家礼乐教化，是古代“文化”的定义。礼乐是文，用以教化，这就是文化。礼乐教化，是儒家王道的体现。克己复礼，就是“作文”，如果作文害道，那么克己复礼也会害道。诗文成为娱乐享受，是礼乐的异化，所以，可以反对诗文的娱乐化，但不能认为作文会害道。然而程颐必须以“作文害道”教导弟子，才能让人专心道学。所以，儒家道统面对具体时代的具体问题，未必会产生符合道统的思想。于是，只能说，洛学本身也不是道统，而是回溯道统的途径。

洛学的“作文害道”，其实是对“道”的矫枉过正。

那么，洛学的对头蜀学，是否正确地处理了文与道的关系呢？让我们举苏轼的代表作《定风波》为例，进行分析：

莫听穿林打叶声，何妨吟啸且徐行。
竹杖芒鞋轻胜马，谁怕？一蓑烟雨任平生。

料峭春风吹酒醒，微冷，山头斜照却相迎。
回首向来萧瑟处，归去，也无风雨也无晴。

这首词，有个小序，讲了创作背景：“三月七日，沙湖道中遇雨。雨具先去，同行皆狼狈，余独不觉，已而遂晴，故作此词。”这段话的大意，是说，突然淋雨，大家都不爽，就我爽，我爽一会儿，雨就停了。这话的意思，十分矫情。如果真的“独不觉”，就不会在意“已而遂晴”。以“已而遂晴”为善报，便叫“独不觉”成了作秀。

文人的口是心非，从来都无法用文字掩盖。

《定风波》第一句，以“莫听”开头，这是个祈使句，祈使句是命令或要求他人做某事。这种句法唐诗里就有，但读着很让人不舒服。听不听，是别人的自由。你说莫听，而那爱听的人仍然爱听，那么这句“莫听”，就纯粹是浪费笔墨。

吟啸徐行，芒鞋胜马，烟雨平生，确实看得出词人的豪放。但这些意象本身，并无更多与豪放气相关的风格、韵味、意趣、清韵。所以豪放很是单薄，犹如村夫咆哮，有气势，少内涵。

下半阕“料峭春风吹酒醒，微冷”，料峭就是微冷，难道写词也要像训诂疏证一般，说一句，还要自得解释一下？那种用“微冷”解释“料峭”的姿态，很有官老爷做派。最后，整首词通读下来，很是乏味，全在反复表达一种天空飘来五个字——“那都不是事”的情绪。我们固然可以用经历宦海沧桑后的豁达心性来理解这首《定风波》，但这首词的文本本身却无法将我们引向人生与心性这般深层的意义领域里。

于是，我们会这样理解苏轼所说的“文”：苏轼将文与道并举，实则让文与道由一个统一体割裂出对立的两端，这是一种并不存在的二元对立。于是，苏轼所作的文，缺乏了道的无迹可寻与造化之妙，显得空疏而匮乏。

《中庸》曰：“天命之谓性，率性之谓道，修道之谓教。”文以明道，则文是世人的修道，所以文是教化，是道体之用，用不离体，所以文不离道，断不能以文与道并俱。难道看见一个人，长了一张脸，就说看见的是一个人和一张脸吗？

蜀学的“文与道俱”，其实是对“道”的车裂凌迟。

然而这首《定风波》，却是一首好词。

说来蜀学与洛学之争，终究是蜀党与洛党的党争。魏晋以来，政治舞台上的门阀士族之争，随着门阀的落败，转变为财阀朋党的争斗。苏轼的蜀学，其实并不必较真儿，官场上的思想斗争，都是政治斗争的延续，而苏轼不过是财阀集团的代言人而已。所以苏轼在《定风波》里写自己官场生涯带来的心境，便是写得极为到位：

不投入丰富的个人感情，不计较细微的情境变化，不思考世界最根本的缘由，只要自己想得通，就好。

30 药名入诗

——陈亚的《生查子·闺情》与心病可以诗药医

药名入诗——诗歌里有趣的谐音

中国古典诗歌，与中医颇有渊源。这首先要说到的，就是一个有趣的诗歌现象——以中药名入诗。

梁简文帝萧纲有一首写宫女怨妇的诗，录于《艺文类聚》。诗曰：

朝风动春草，落日照横塘。
重台荡子妾，黄昏独自伤。
烛映合欢被，帷飘苏合香。
石墨聊书赋，铅华试作妆。
徒令惜萱草，蔓延满空房。

这首诗里，春草（白薇）、横塘（断肠草）、重台（重楼）、合欢、铅华、萱草皆是中药名。

以药名入诗，有两个切入点。

一个切入点，是用中药名自身所蕴含的意象的意义。例如“横塘”，便是用这“塘”的意象，“合欢”便是合欢二字本来的意思。

这样以药名入诗，不仅用语雅致，也得妙趣横生。且这草木名状的事物，添了人在草木间而心生的那种淡淡凄婉。

另一个切入点，就是药在文化中被人使用，进而具有的与行为和生活相关的文化内涵。

比如“苏合香”，是香树脂经压榨、煮制、萃取而得的香料，有温通开窍、活气理血之效，出自苏合国，故以此为名。

汉代佛教的传入，带来大量香料与调香术。例如“返魂香”，即后世所说“安息香”，亦有说是“苏合香”的，便是外来香品，在我国古代文化中既在宫体诗文中出现，也用于彰显身份地位。就身份地位的象征而言，与先秦“香草美人”的文化传统异曲同工。

房间里合欢被，无人相伴而寝，空有苏合香穿帷而来，香气高雅，反衬托人心孤寂。这便是中药名的文化意蕴所带来的意味。

以药名入诗，是诗歌趣味的一种表现形式。要增加诗歌的趣味，就需要用一种独特而别致的语言，来讲述我们日常生活中的事件。

我们通过诗来看世界，自然就会看到不一样的世界了。

如若没有这许多的药名，人的食事里就只得玉盘珍馐可写，再无这百草世界的葱茏与衰败。这岂不是让天地变得窄小了吗？

人给世间草木以名称，去言说它们的四性五味，仿佛把它们当作同在这世间存在的同伴。是故百草使人不再孤独地生存。诗歌咏唱着药名，一如为生存中的孤独而呼朋唤友。

人生如药——药名诗里豁达淡泊的文化隐喻

宋代诗人陈亚长于中药之家，他的药名诗作颇丰。

陈亚是江苏扬州人，生卒年不详，约北宋宋真宗时在世。咸平五年（1002年）进士，仕至太常少卿。家中藏书数千卷，名画数十轴。

《宋史·艺文志》载陈亚有“《药名诗》一卷”，可惜已佚。《全宋诗》收录有《生查子·闺情》一首，颇有韵味：

> 相思意已深，白纸书难足。
> 字字苦参商，故要槟榔读。
> 分明记得约当归，远至樱桃熟。
> 何事菊花时，犹未回乡曲。

这词用药名，是妙在谐音。

其中直接用中药名字的，有槟榔、樱桃、菊花、当归，这些是药食同源的食材。

又有用谐音替代原本药名的，例如意已（薏苡仁），白纸（白芷），难足（兰竹参），苦参，远至（远志），回乡（茴香）。

更有药名与诗中用字仅隐隐联系的，比如故要（故子）、榔读（狼毒）。

这中药名谐音的妙趣，是中国古代诗歌独有。

可见中药名入诗，有以下三种情况：1. 用药名所指的实物作为诗歌意象；2. 用药名字面意思表达诗歌的意思；3. 用药名的谐音表达含蓄的意思。

药名是生活气息颇浓的语言，恰恰合了陈亚诗词造语浅近的特点，而谐音让意蕴深远，便烘托了陈亚诗词用情深厚的意味。

但凡中药，有“四气五味”。四气是药性，五味是药味。《神农本草经》云：“药有酸咸甘苦辛五味，又有寒热温凉四气。”药性一般来说，是与病症相对立，例如“疗寒以热药，疗热以寒药”。古人的药理学无法深入微观的化学反应和生理变化层面，所以只有以个体主观感受的“寒热温凉”来描述药性。

陈亚这首《闺情》，不仅引药名入诗，还以药性合诗情。例如第一句“相思意已深”，薏苡仁，性凉，味甘，入脾经。中医认为思虑伤脾，所以相思伤脾，就以薏苡仁来解。第二句“白纸书难足”，白芷，性温，味辛，归肺经，能祛风通窍，正和了白纸写信，传书寄情的意思。写信寄托的，是忧伤，忧悲伤肺，故以白芷对治。

中药名入诗，如此来读，就现深意，更让人回味。

“字字苦参商”，这参商指的是参星与商星，二者在星空中此出彼没，古人以此比喻彼此对立，不能相见。在此基础上，加一“苦参”，连起来读，就是“苦参—参商”，让人觉得字字不舍，却彼此不见，写信时的言语呜咽、字字牵念，如亲身体会。

药名诗，其实是一种隐喻。诗中所有的药名，都在言说着诗情，又没有直言诗情，却又都以医药本身的文化意蕴，阐释着这世间的药与病。所以，药名诗真正的妙处，不在谐音，而在隐喻。

这世间若是安康平顺，谁会去买药吃？以药的苦味加进诗的甘甜，熬着，便有了人生于世五味杂陈的滋味儿了。从药与世界，看人生的病苦，却不把病苦说破，这反而是以药的苦写出了心中的乐观淡泊。

且读陈亚这首《生查子·药名寄章得象陈情》：

朝廷数擢贤，旋占凌霄路。
自是郁陶人，险难无移处。
也知没药疗饥寒，食薄何相误。
大幅纸连粘，甘草归田赋。

郁陶，是忧思积聚的样子。没药和甘草，是中药名。平心而论，这首词，明显不如上一首《闺情》。药名诗，往往就是和闺情宫情恋情，最容易契合，也最容易写出趣味和韵味。可以这么说，若是药名诗不做谐音和双关来写情，就会艰涩乏味。

在前人用药名华丽丽地入诗炫技之后，陈亚能在《生查子·闺情》中写出典雅古朴的意味，倒是更贴近了中药名本身给人的古朴感觉。这是陈亚的独到之处，大抵只有从小浸没药香中的书生，才能从中药名里品出这审美趣味来。

诗词本身有韵律要求，再加上药名入诗，还要意趣新、情思切，更是难上加难。是故药名诗里的名篇，千百年来极少。

历史是一种集体记忆，记忆的容量有限。不是每一个写诗填词的人，都会被后人记住。假如不作药名诗，陈亚还会出现在宋诗的历史中吗？历史不能假设，那么，我们换一个说法，正是因为把药名诗这个细分市场的诗做到极致，陈亚才能在宋诗史上享有一席之地。

有人有酒，问君是否有故事。有人有药，问君是否愿听他那苦涩的诗。君笑罢，摆手说“我没病”。世人都没病，病的，是这世界。

心病诗药——以诗歌作为心理治疗的方法

与药一样苦的，还有情。可是情的苦，是真在心里苦，苦得舌头上没得言语呢。

冯梦龙就写了段中药名的情书，读来也甚是有趣：

想人参最是离别恨，只为甘草口甜甜的哄到如今……你果是半夏当归也，我情愿对着天南星夜夜的等。

这等着等着，便觉着甜言蜜语，都是谎话。你就算食言了，我心所属，也奈不得你何。纵然心里骂你，却骂不出伤你的话儿，就拿着这些个药名打趣了。以药名入诗，便就是用以药名入诗的趣味，来做自我心理疏导啊。

想来心中的苦，不就是苦得像药吗？心伤了就苦，说明心伤给自己带着药呢。心药该去哪家药铺买呢？买不到的。心药就在自己的心伤里啊。

现代的心理学家，提出过阅读疗法和写作疗法，两种心理治疗技术。诗的阅读与写作，可以在心理治疗技术的框架内，发挥治疗作用。

中医经典《黄帝内经》提倡“不治已病治未病”，诗恰是治未病的。

《黄帝内经》反对用强药，强药被称作“毒药”。内经提倡以汤液醪醴、针灸按摩治疗疾病。这个前提，是上古天真时期，人的体质不同于现在，对治疗方法的反应很敏感，所以收效很明显。

在这些治疗技术中，有“祝由”一种，是用巫术咒语施治。唐代药王孙思邈著《千金方》，后有《禁经》两卷，内容便是咒语治疗与治疗者的咒术修行方法。

再看古代的咒语，大多是诗歌的形式。古代巫师施咒，多以歌咏唱。故咒语必然是诗歌。

如果翻译成现代心理学的话语，这种咒语就是心理暗示。这种心理暗示能被人接受，正是在于诗歌的韵律感，能引起人的心理共鸣。

这就是在操作层面来说，诗歌心理治疗技术是以心理暗示为基础。

诗歌的韵律节奏能引导心理能量的流动。心结或说情结，本质上是一种能量的郁结。

我们吟咏着被世俗取笑的诗歌，那些诗歌里没有黄金屋，更无颜如玉。我们像诵经的僧侣般虔诚地吟咏，而诗歌给不了我们那些世俗所亏欠的幸福。

幸福终究是心理上的感受。我们为自己的心，求诗。

诗是一种信念的寄托，是一种意象的境界。它那么不现实，所以，才那么真实。它真实得没有了世俗的烦恼。它是烦恼的冰化作了菩提的水，我们一低吟，便有一颗吟诗的心，自证清净。

诗歌或许从未治愈我们什么，它只是让我们看到了我们心中本来的美好。

明代张景岳注释《黄帝内经》，写出了《类经》，里面有一段话，读来甚是喜爱：

> 春三月，此谓发陈，（发，启也。陈，故也。春阳上升，发育庶物，启故从新，故曰发陈。）天地俱生，万物以荣，（万象更新也。夜卧早起，广步于庭，广，大也。所以布发生之气也。）被发缓形，以使志生，（缓，和缓也。举动和缓以应春气，则神定而志生，是即所以使也。后彼此。）生而勿杀，予而勿夺，赏而勿罚，（皆所以养发生之德也。故君子于启蛰不杀，方长不折。予，与同。）此春气之应，养生之道也。

如今看来，中医虽然有临床医学基础，却不能证伪，所以，中医不同于现代医学，中医不是科学。心理学除了以神经科学和认知科学为基础的“科学心理学”外，都有伪科学的嫌疑。我却更愿意将中医视为一种文化，或者说，一种生活方式，而不是科学。我们并不必让自己“科学地”活着，让自己按别人的“科学”方式生活，这本身就是病态。

这世界有病，而诗中有药。且慢慢读药名诗，读到药香溢出书香，从此苦中甘甜。

31 道学入诗

——朱熹的《观书有感》

观书有感

读书，是古代读书人本分的话题。读书人多了，一个话题总能七嘴八舌。要说我辈琢磨读书一事，从一开始，都绕不过朱熹对读书的理解。

南宋理学家朱熹，写过两首《观书有感》，其一，家喻户晓：

半亩方塘一鉴开，天光云影共徘徊。
问渠那得清如许？为有源头活水来。

诗的字面意思，如同大白话一般容易懂。

半亩面积的方形池塘，如打开的一面镜子，倒映着白日的光彩与云朵的身影，日光阴晴与云影流动，都在池水的镜子里清晰照见，清晰得仿佛天光与云影，本来就徘徊在池水里一样。

“半亩方塘一鉴开”，是比喻，“天光云影共徘徊”，是拟人。

朱熹用拟人的方法，赋予天光云影以人的行为，让他们的行为，发生在镜子的世界里，从而让镜子如同现实一样真实。镜子的反映，并不是真实，因为镜子会把现实的左边，映像成右边。但是朱熹这么一写，就让人看到，池塘水如镜子般清澈得和外物没有分别。

清与浊的分别，在于清是纯粹，浊是杂染。纯粹，就不会有反映与被反映的分别，不会有实体与幻象的对立，不会有主体和客体的决裂。天光云影的徘徊，正是没有分别与对立的清。

既然这么清，看的人自然会问，问它为什么如此清？

原因很简单，因为有源头活水，不断流入。

《吕氏春秋》说："流水不腐，户枢不蠹，动也。"源头活水，使池塘清净，是很普遍的道理。

至此，这首《观书有感》，便完成了对读书感悟的隐喻表达。

所谓隐喻，是一种不见本体、只写喻体，但本体的本质因此而更充分地显现于读者心中的比喻方法。中国古代哲学尤其擅长以隐喻，通达于难以用语言直接描述的道理。

那么，朱熹借清池活水的隐喻，表达了自己的什么读书感想呢？

世人大多说，表达的，是读书的重要性和持续读书的必要性。

这首诗，可以有这些意思，但这些不是朱熹真正的意思。朱熹说："读书是第二义。"朱熹并没有人们想象的那样强调读书的重要性。

讲读书的重要性，其实毫无意义。读书的方法，多种多样，有的人的读书方法，是错的。读书重要和正确读书方法，不能分开来说。

做第二义

宋代印刷术发展，让读书人可以购买印刷的书籍。

苏轼《藏书记》有云："自秦汉以来，作者益众，纸与字画日趋于简便，而书益多，世莫不有。然学者日以苟简，何哉？余犹及见老儒先生，自言其少时欲求《史记》《汉书》而不可得。幸而得之，皆手自书，日夜诵读，唯恐不及。近岁市人转相摹刻诸子百家之书，日传万纸。学者之于书，多且易致如此，其文词学术，当倍蓰前人。而后生科举之士，皆束书不观，游谈无根，此又何也。”

苏轼说，从秦汉以来，人们写的书，越来越多，但现在读书的人，读得越来越精简。为什么呢？苏轼曾见到年老的儒生，老儒生说以前的书，很难找到，找到以后，就赶紧用手抄写，生怕还给别人之前，读不完。现在有了印刷术，每天可以印出来几万张书页。这么多书，理论上说，现在的学术水平，应该远高于以前。但是，现在的人反而不去读书，全凭自己想当然地去说事情。

承载文本的媒介变了，大多数的读书人对书的态度就变了。媒介对大众阅读习惯的影响，从古代就已经开始了。

北宋苏轼说的问题，到南宋朱熹，依然存在。《朱子语类》里记录了朱熹的观点：

“一般人都不曾读书，便言我已悟得道理，如此便是羞恶之心，如此便是是非之心，浑是一个私意。”

读书，是为了改变自己，让自己的心，接纳书中的知识与道理，进而有心性的提升，才会让人不同于之前，以至于行为言谈，都有进步。这是“读书为己”。书多了，就容易让人攀比，比谁读得更多，谁的解读更自我。最后就是在别人面前相互炫耀，于自己并无真正收获。这是“读书为人”。

真正的读书，是读文本，假读书是读媒介。于是，“读书是自己的事”，在这里，就是说，读文本是要提升自己，所以要放下我执；但面对媒介的影响，读书人却要保留清醒的自我意识，明白自己是在读文本。

这却不是要说媒介进步对读书不好。媒介本身没有善恶。只是这物理属性的媒介，容易勾起人的罪而已。

一心读书

《幽梦影》里，把读书描绘出了额外的情趣：

读经宜冬，其神专也；读史宜夏，其时久也；读诸子宜秋，其致别也；读诸集宜春，其机畅也。

但读书人若专挑冬日读经，就为着避开夏季神涣，便知这人纵然念一辈子的冬天经，也治不好涣散的毛病了。

《幽梦影》不是论读书，而是讲段子。

不同季节读不同的书，真是一句打趣的话。将书喻作友人，尽不如以书作爱人。

读书须专心，专心如结发。虽说一生当只爱一个人而一生可以读不止一本书，但一天专宠一书，却是必须的。

《诗经》曰："鸤在桑，其子七兮；淑人君子，其仪一兮；其仪一兮，心如结兮"。

荀子《劝学篇》由此说："故君子结于一也。"

元代程端礼著有《读书分年日程》一书，依朱子读书法，讲理学的进学规程。

朱子读书法六条：循序渐进、熟读精思、虚心涵泳、切己体察、着紧用力、居敬持志。

《读书分年日程》便是从循序渐进开始讨论。第一篇开始即言：自八岁入学以后，读《小学》正文，所用的方法，是每天只读一本书，不可看多了背杂了想乱了。

这样日读一书，一生如是。

《读书分年日程》中详细论述如下：

“日止读一书，自幼至长皆然。此朱子苦口教人之语。随日力、性资，自一二百字，渐增至六七百字。日永年长，可近千字而已。每大段内，必分作细段，每细段，必看读百遍，倍读百遍，又通倍读二三十遍。后凡读经书仿此。”

读书的能力，是随着读书日渐增长的。这是自然而然、水到渠成的事情，强扭不来。读书的本事，自是无法装裱，要货真价实。只不过，读书也不可能尿检，究竟喝了怎样的鸡汤兴奋剂，终不得而知，更于真心读书是无关紧要的。

问题在于，慢也不是装出来的。之所以慢慢读，是因为要读得仔细。读书必然生疑，初读多是一头雾水，再读才会有问题产生。有清晰的问题，才有深入思考的入手处。否则不论想得再多，都是一笔自欺欺人的糊涂账。

“凡倍读熟书，逐字逐句，要读之缓而又缓，思而又思，使理与心浃。朱子所谓精思、所谓虚心涵泳；孔子所谓温故知新，以异于记问之学者，在乎此也。”

读书心性

让我们重读一次《观书有感》其一：

半亩方塘一鉴开，天光云影共徘徊。
问渠那得清如许？为有源头活水来。

书中是圣人之言。朱熹说："圣人之言，即圣人之心，圣人之心，即天下之理。"作为源头活水的，其实不是书，而是书中的"理"。

半亩方塘，如镜。心可以反映世间万物，所以，心也如镜。半亩方塘，即是人心。

心虽然能反映外物，却不会被外物污染，心体本来清净，所以，在方塘之镜里的，都是光和影，而不是真正的天和云。

"问渠那得清如许？为有源头活水来"，便是在说，读书，须读通书中的道理，自己的心，在明白道理之后，才会清净而不受污染。

在朱熹的这首诗里，心与理，并不是截然对立的关系。如今一些人，对宋代诗歌，有着偏见，以为宋代诗重理，唐代诗重情。理学家的这首《观书有感》，读来不也有对书的衷情吗？闭目揣摩，诗中的隐喻，并不是空洞的说教，而是有千丝万缕的奇妙，让人可以顺着找到心与理的关系。

32 别是一家

——李清照的《声声慢》

春到长门

也许人生所有经历，终究无一事如意。

曾经的他们，生活在自己的小世界里。他在太学读书的时候，每逢假期，总会典当衣物，取半千钱，步入相国寺市场，购买碑文和果实，带回家，与她一同，相对展玩、咀嚼。他们说，自己是上古葛天氏的遗民。

那时的他们，生活在安贫乐道的小世界里。

他的名字中规中矩，赵明诚，明德的明，诚信的诚，一听就知道他有个敦儒的父亲。

赵明诚是个旁人眼里理想的好丈夫，他有着世家子弟的身份，少年进士的功名，前程似锦的仕途，文玩为伴的雅致，这些都是幸福生活的条件。但不是幸福生活本身。

十八岁的时候，李清照嫁给了赵明诚。她二十岁的时候，赵明诚出外任官，一别两年。

那两年的时光，李清照的家，如同冷宫寂寞。春草萋萋，人无归期。那春寒时节里，有几朵红梅吐芳，其余都是骨朵；思念或浓或淡，都随去日在记忆里散落，如花开未匀，如归人难寻。

她将碧绿的茶饼，轻碾作尘，她的相思，是玉磨成了粉。晨起仍走不出乍醒时的离梦，梦里音容，尤在房间中。她点茶扬起茶花，残梦如泡沫破灭，这才见眼前的茶瓯里，依旧碧绿是春色孤寂。

不见君子，不见花月。唯有花影入重门，月影透疏帘，独不见归人身影。黄昏翻过阴阳，身边看不见的人，又成了心中挥不去的影。李清照叹一声：真是好黄昏！

两年的时光，却已是三个春季，你与我，辜负这美好春光。请回来吧！为这个春天，留一份归来的心意。李清照祈祷着，祈祷赵明诚的归来。

李清照写下了《小重山》：

春到长门春草青，红梅些子破，未开匀，碧云笼碾玉成尘，留晓梦，惊破一瓯春。

花影压重门，疏帘铺淡月，好黄昏。二年三度负东君，归来也，著意过今春。

李清照不是一个逆来顺受的女子，所以她不愿默默忍受丈夫未归。她却又是一个太需要人依偎的女子，所以她不愿丈夫未归。

二十几岁，是她最美的时光，而他，不在她身旁。

《小重山》里，她平静的话语中的一切，都美得不完美，她所有平常生活中的一切，都有着完美被打破的惊心动魄。

李清照的情思，在反复牵念里，锤炼成一缕春风，吹开红梅、吹绿芳草。能写一首动人的词，唯有如此春风般的思。

李清照，是一个有着自己的小世界的可爱女子。

她的才学性情，很是可爱，她眼中的世界，更加可爱。

她能直观世间风物，那些风物，仿佛能向她述说它们的情绪，她又从它们的情绪里，看出它们有趣的性格。

她过目不忘、饱读诗书，才学不逊于当时才子，却从不在自己的词里掉书袋子，她词里的景物，都是她的老朋友。

珍藏散尽

卷土重来的权臣蔡京，终于斗败了赵家。赵明诚父亲去世，赵明诚罢官回乡。

屏居青州乡里十年，是李清照与赵明诚最惬意的岁月。

夫妻二人，每次觅得一书，就会同共勘校，整集签题。寻得书、画、彝、鼎，也会观摩赏玩，指摘疵病。每夜一同，燃尽一烛，方才休息。

李清照天生的好记性，每天吃完饭，她就与丈夫赵明诚，坐在家中归来堂，烹茶。夫妻喝茶，也找了个小情趣：随手指一堆书，说某事在某书、某卷、第几页、第几行，以说中与否，来争个胜负，作为饮茶先后的依据。

李清照一说中，便会举着茶杯大笑，笑得茶杯打翻，茶水倾覆怀中，弄得自己反倒喝不了茶。她甘心如此，慢慢变老。

喜好清雅的读书人，多少都有些洁癖。李清照每每翻书，书稍稍有些损伤污染，必定自责，修补损伤，涂改污染，最后却回不去书籍本身的平整干净了。

于是，李清照受不了这瑕疵，也烦了修补涂改，干脆不吃荤腥，免得沾染油污，不着重彩浸染的衣服，免得脱落颜色，甚至连各种首饰，也一并去除，免得挂伤了书页。书房里连刺绣的工具都没有了。

不曾想，他的爱好，成了她的珍宝，他的梦想，有她一同实现。赵明诚“自少小，喜从当世学士大夫，访问前代金石刻词”，有“尽天下古文奇字之志”。

两个人的世界，终于变成了一个世界。

他的梦，她比他更加珍爱。

宋钦宗靖康元年（1126年），金兵攻破汴京。宋高宗建炎二年（1128年）十二月，金兵攻破青州，李清照家十余间屋里的古籍文物，全部化为灰烬！

次年，赵明诚奉旨入建康，重新接受官职任命。与李清照分别的时候，他精神饱满，双目有神，他很是期待进京。

分别之际的她，忽然心中难受，向他问询：“如果金兵入侵，这些古籍文物，该怎么办啊？”

赵明诚在行去的船上，遥遥答道：“从众吧。该扔就扔。”说罢乘船而去。

我知道，这个世界，现在变了，却不曾想，你早已变了。

李清照纵然有男儿的才学，却终究是一个女子，她读遍书中千年浮沉历史，却终究不曾亲历颠沛流离。她想留住曾经的心血，她想留住心中的梦想，那些古籍文物，有她全部的美好。而今，她无力守护，只有面对现实的残酷。

进京之后，赵明诚一病不起，写信告诉李清照。李清照唯有悲泣，仓皇不忍问后事。八月十八日，赵明诚取笔作诗，绝笔而终，然而诗中并无丝毫对妻儿的恋恋不舍。

她终于难耐军兵抢夺、盗贼偷窃、官僚侵占，古籍文物失落殆尽！比金兵更卑劣的，是自己同民族之人的贪婪。所幸她还能活着。

李清照失去了曾经所有的美好，唯有腹中诗书，不离不弃。

那天，她独自登上高阁，望战火烧过处的残烟稀薄，听暮鸦归巢后的军营号角，写下一首《忆秦娥》：

临高阁，乱山平野烟光薄。烟光薄，栖鸦归后，暮天闻角。

断香残酒情怀恶，西风催衬梧桐落。梧桐落，又还秋色，又还寂寞。

秋来香断，人去酒残，看着西风吹落梧桐。看着梧桐落，又是秋色，又是寂寞，便这样无力地看着，呆呆地看着。

原来这世间所有的美好，终将消散而寂寞。原来曾经爱一个人，只为爱过之后，可以忘不掉。

论词以史

明杨慎说："宋人中填词，李易安亦称冠绝。"都说李清照的词写得好。好在哪里？又是众说纷纭。最后不像在说李清照，倒像拉李清照站自己的队，给自己的理论作背书。且请放过这位凄凄惨惨戚戚的女子吧。

说李清照的词写得好的人，并不都说李清照的写词理论好。李清照写过一篇《词论》，历来文人学者对其褒贬不一。

《词论》到底论了词的什么？

第一个问题，词如何发生？李清照讲了唐代李八郎唱歌的故事："转喉发声，歌一曲，众皆泣下，罗拜曰：此李八郎也。"

这个故事里的歌者，歌唱着词，让听众情不自禁地感动流泪，对他肃然起敬。而这种歌词，尚不是文人都可以创作，因此可以说明词从文化中发生的原生态的天然状态。这个故事说明：

词必须能用于歌唱，可以在歌唱中感人的词是好词，好词感人是人的自然情动，与歌唱者的身份背景社会地位无关。感动真情，才能让词与词人具有社会影响力。所以，词的生命力，在于可歌唱与动真情。

接着，李清照总结了晚唐花间词派时期，词的第一次异化，她说："自后郑、卫之声日炽，流靡之变日烦。"

花间词派的出现，意味着天然状态的词，有着应用场景和目标市场的改变。词因可歌唱和动真情，而成为贵公子宴饮中的娱乐节目。这时，词的跨场景、跨圈层传播，导致了词的异化，词的动真情异化为娱淫情，可歌唱异化为可声色。这里，李清照讲的是词在传播中的异化，尤其是向娱乐方向传播，导致的异化。

五代欧阳炯的《花间集·序》就说："绮宴公子，绣幌佳人，递叶叶之花笺，文抽丽锦；举纤纤之玉指，拍按香檀。不无清绝之词，用助妖娆之态。"

传播会让词更广泛地融入人的社会生活，让词成为一种时尚潮流。于是，参与词的创作的人，会越来越多，这引发了不同风格的词的涌现。

词有自性

于是，历史来到了李清照写《词论》的宋代。这个时代，有各种名人的各种风格，各自引领着各自的风潮，李清照对各潮流逐一评论，观点如下：

评李煜：语虽甚奇，所谓“亡国之音哀以思”也。

评柳永：词至柳永，体制始备。虽协音律，而词语尘下。

评张先：虽时时有妙语，而破碎何足名家！

评欧阳修、苏轼：皆句读不葺之诗尔。又往往不协音律。则不可歌矣。

评王安石、曾巩：若作一小歌词，则人必绝倒，不可读也。

评晏殊：无铺叙。

评贺铸：少典重。

评秦观：少故实，譬如贫家美女，虽极妍丽丰逸，而终乏富贵态。

评黄庭坚：故实而多疵病，譬如良玉有瑕，价自减半矣。

李清照把宋词史上值得写的每一个人，都挑剔了一遍。正因如此，历来怼《词论》者络绎不绝，讥讽之语甚嚣尘上。

李清照的评论，正是接着词的天然状态和传播异化来讲，所以，她评论所依据的第一层标准，就是不符合词这种体裁的可歌唱的属性，以及开倒车的娱淫情的异化。

她评论所依据的第二层标准，则属于风格涌现时期。风格涌现，则不同风格互为参照物，一种风格的特征，在另一种风格的对比下，就会变成偏颇失正。涌现的时代，是一个词的风格的坐标系，词的不同风格，在共同构成的坐标系里，暴露了自己的不足。文学创作，没有权威，不能用一套标准自上而下地把自己当成必然的规律，来规范作品的创作。

例如秦观词少故实而失富态，黄庭坚词多故实而义不畅，二者都难将古人诗书里的言与事用得恰到好处。李清照以评论的方式，让人直观地体证她所要说的词论，即“词别是一家”。

恰到好处，是词的“中和”。中和不是没有风格，而是风格突出的同时，不能有弊病，一如圣人行中庸之道，不偏不倚，皆和于节。词自身固有的性质，让词具有自己的特殊性，区别于其他体裁。这种贯穿词的历史、贯穿词的创作的一切细节的特殊性，无法直接定义，所以只能通过历史与评论的阐释，最后概括为“词别是一家”。

词的历史，到李清照，经历有四个阶段：天然发生—传播异化—风格涌现—回归自性。李清照的词，是回归自性的词。词的自性包括：符合词的韵律要求、可歌唱、动真情、雅俗共赏、风格鲜明、不失中和。词的自性的形成，让词的评论，在思想上与经学相通；与经学相通，即是词在思想文化上融入了诗与道的领域。

李清照的《词论》，有深厚的史学功底。李清照自己说过她对史学的专研：“自来家传周易、左氏传，故两家者流，文字最备。于是几案罗列，枕席枕藉，意会心谋，目往神授，乐在声色狗马之上。”

李清照的家学，治易学与史学。以易观史，可以读出历史变迁发于幽微之端，可以从兴衰胜败中明白进退位势之理，也可以在忧患生死中看见心性德行的操守坚持。

由此来看，李清照首先不是词人，也不是现代人封的“文学家”。她首先是一个读书人，而且她做的学问，与宋代流行的理学不同，是史学，而且是结合金石学的史学。金石学是以历史文物作为史料，去印证历史，探究史实。

对文物的仔细鉴赏，让她具有了敏感细腻的认知能力，对历史兴衰的了解，让她具有了多愁善感的性情，对知识的清晰记忆与深厚学识，使她的创作能坚持自己的特色。

寻寻觅觅

打动赵明诚的美好，曾是李清照的才情，而他，终不能为她的才情，守护一生。

南宋王灼，著《碧鸡漫志》，说李清照在赵明诚死后，“再嫁某氏，讼而离之，晚节流荡无归”。

赵明诚死后，李清照没有一直守寡。她又与人结婚，但不合适，到官府诉讼离婚。最后，李清照晚年没有归宿与依靠，生活得无拘无束。后人非议李清照，又多有从她的婚姻来说事的。我却以为，李清照首先是读书人，其次是词人，最后才是女子，而且不必一定是封建礼教压制下的女子。她一直有着自己的小世界，她该在里面安好。

李清照将晚年的愁，写进《声声慢》：

寻寻觅觅，冷冷清清，凄凄惨惨戚戚。
乍暖还寒时候，最难将息。
三杯两盏淡酒，怎敌他、晚来风急？
雁过也，正伤心，却是旧时相识。

满地黄花堆积。憔悴损，如今有谁堪摘？
守着窗儿，独自怎生得黑？
梧桐更兼细雨，到黄昏、点点滴滴。
这次第，怎一个愁字了得！

这首《声声慢》，都说开头十四个叠字用得绝妙，妙得前无古人，请问，到底妙在何处？

宋罗大经《鹤林玉露》认为妙在“奇”，他说：“起头连叠七字。以一妇人，乃能创意出奇如此。”

宋张端义《贵耳集》认为“引赋格入词”，说：“本朝非无能词之士，未曾有一下十四叠字者，用《文选》诸赋格。”

明茅映《词的》认为“写情景极致”，他说：“这用十四叠字，后又四叠字，情景婉绝，真是绝唱。”

清陆蓥《问花楼词话·叠字》认为“气机流动”，论曰：“二阕共十余个叠字，而气机流动，前无古人，后无来者，可谓词家叠字之法。”

开头的叠词里，首先是主体的迷失。从寻寻觅觅到凄凄惨惨，读之不必是李清照的寻觅凄惨，而可以是任何读者的寻觅凄惨。且说何人不曾寻寻觅觅，不曾凉风时心中凄凄惨惨？没有特定主体，便是写世间一切人。世间一切人如此，便是世道如此，方知自己独自的寻寻觅觅，终难奈何世道的无情，只寻得是冷冷清清的结果。

于是从主体的迷失里，有了叠词的回环相扣。行为的寻寻觅觅，最后不达目的，没有结果，便自然生出处境的冷冷清清，在处境里热情退去，情绪黯淡，自然情由境生，生出来凄凄惨惨戚戚。这些叠词，各从不同对象落笔，又在境行果的合一、情与景的不二中回环相生，让人若知所谓，又似不见所言，这是以叠词作大写意之笔，得神似而忘形。

是故在叠词的回环相生里，生出了写神之笔。诗词写情景交融，不如写神。写情景交融，有特定的境界，局限了人的精神，而神，却是人心的能力，可以感知外物，通达天地，接连古今，贯彻昭冥。《声声慢》开头七个叠词，引读者的心神，由具体而抽象，由行为而情绪，由主体而情境，从每个人的心中，唤起只有自己才经历的往事旧情，这就是传神。

想来李清照写《声声慢》，未必为了让后人称一声“奇”，后人读词，都是隔岸观火而已，才看到形式，略过了内容。这开头好，接不好，就废了。且看李清照怎么接着写。

《声声慢》开头十四个字，接一句“乍暖还寒时候，最难将息”，就把万千情绪，过往愁思，尽收当下具体事上。乍暖还寒，是气候多变，但不是气候难将息，而是身体病弱，难以将息，而病弱的身体，对气候的多变，更加敏感，这便又给开头的叠词所营造的情境里，增添了哀伤与艰辛。于哀伤与艰辛，方能让叠词营造的意义，更进一层，开拓出新的意境，笔力深。

明明就身体不好，最难将息，你还喝酒，真是不知道好好照顾自己！你以为都不知道你喝那三杯两盏淡酒，是为了借酒消愁吗？这事儿倒让你说得，像是为了抵御风寒似的。可你都无所谓了，最难将息，总不能不好好将息吧！你还反问一句：“三杯两盏淡酒，怎敌他、晚来风急？”你的聪明，就用来堵别人的嘴吧。而你的《声声慢》里，正因你“晚来风急”的反问，多了意趣。你这么有趣的女子，还喜欢喝酒，喝点酒，就更有意思了。

大雁飞过，伤心哀鸣，这情景，曾经有过。于是那大雁，定然是旧时相识。雁是旧时雁，不复旧时人。

余生没有愁，除了愁，是更折磨人的苦。那些苦，怎一个愁字概括得了。

33 古无诗人

——没有疯的徐渭，是中国古代第一的诗人

疯子没疯——徐渭发疯一事的历史疑点

中国古代文化史上，有个了不起的“疯子”，他就是徐渭。让我们回到历史现场，看看他是否真的是“疯子”。

四十五岁时，他疯病发作，用生锈的铁钉扎进自己双耳，鲜血迸流，深及数寸，他竟然没有死。

更奇绝的自杀方式，是明代诗坛公安派掌门人袁宏道给他作的传里记载的：他“或自持斧，击破其头，血流被面，头骨皆折，揉之有声”。

前前后后总共九次自杀的尝试，方法各异，他竟然没有死。他是个杀人犯，他不该死吗？

这个心理畸形、身体畸形、人生更是畸形的人，就是徐渭。他为自己做的年谱，就叫《畸谱》。

徐渭的疯，不仅在自杀。他还在四十六岁的时候，杀了自己的妻子张氏。《畸谱》中只有一句话带过：“杀张下狱，隆庆元年丁卯。”

然而他的疯病，却是因为怕死！

据《明史》载：徐渭“藉宗宪势，颇横。及宗宪下狱，渭惧祸，遂发狂”。

宗宪，是胡宗宪，攀附严嵩。严嵩倒台后，徐渭害怕被攀附严嵩的胡宗宪牵连。那么，这个“遂”，就留存了这样一种可能：徐渭惧祸，故意装疯。

别人或许会因这种处境，装疯卖傻。但徐渭不像装的。因为他杀了人，这种情况下，装疯只会助他的敌人敲定他的死罪，并不能帮他开脱。

在过去的人生遭遇里，他自幼就开始和人打官司。他是个容易招惹官司的人。

他同父异母的长兄去世，家产被无赖尽数侵占；他打官司，他岳父花了三百两左右的白银帮他打点关系，最终还是败诉了。都不知道这是不是徐渭的人品问题了。

对徐渭家产那场官司，人家官府也是有理有据：因为他是上门女婿，户籍便不在徐家；且他长兄抵押家产借高利贷，死了还不起，自然该拿家财抵债。

于是地方官竟然秉公执法了。

话题又说回徐渭杀妻的案子。按说徐渭该杀人偿命。可巧赶上大赦天下，关了八年，就给放出来了。

这八年，他竟啃下了《周易参同契》这烧脑的万世丹经之祖，并为之作注。其与友人间信件往来问答《周易参同契》的问题，竟逻辑缜密，条理清晰，不仅不像疯子所为，甚至比普通人还要头脑清醒！

他的注释是从义理逻辑上入手，大反传统丹道一派的牵强附会，亦有别于朱熹的义理发挥。能做出这样的学术研究，虽不能证明徐渭没有疯，但起码可以说明他在没发疯的间隙时是非常理智的！

用这种方法做学术，对徐渭自己的思想而言，无疑提升巨大！徐渭师从心学门人，而他自己的特质禀赋，易使心学误入狂禅。但有了这番学问功夫，自然有“理”来平衡了。

猜忌杀妻——史料关于徐渭杀妻的诸多疑点

不仅徐渭发疯，十分可疑，就连古人对徐渭杀妻的史料记载，也有诸多疑点。

同乡陶望龄为徐渭作传，写到徐渭杀妻一节，说：

“渭为人猜而妬。妻死，后有所娶，辄以嫌弃。至是又击杀其后妇，遂坐法。系狱中，愤懑，欲自决。”

从这段文字来看，徐渭杀妻，不是因为他发疯，而是因为他猜忌易妒。发疯是精神病，猜妒是心理疾病。徐渭真的有心病吗？

若按古人对“心病”的解释，李肇《国史补》里倒是有一段讲“心病”的：“夫心者，灵府也。为物所中，终生不痊，多思虑，多疑惑，乃疾之本也。”

徐渭是有这心病吗？这心病“终生不痊”，却未见徐渭聘妻子张氏前有过什么疑妒。徐渭杀妻，疑妒并不足以成为动机。

关于徐渭杀妻的动机，市井流言却是另外的版本，如冯梦龙《情史》说：

……见一俊僧，年可二十余，拥其妇于膝，相抱而坐。渭怒，往取刀杖，趋至，欲击之，已不见。

首先，老婆偷人被捉双，那就是过错方嘛，一纸休书的事，何必杀人？

其次，徐渭不是控制不住自己的暴力的人。

徐渭不是手无缚鸡之力的文弱书生。他自幼是个熊孩子，和同窗的张氏兄弟玩耍，玩的可是人张家的马，不着鞍辔，直接骑！张家是世袭武官，那马儿，可是战马！徐渭学过剑，只可惜没学成。其时倭患，友人斩杀了倭寇，将作为自己战利品的倭刀赠予徐渭。那时身为教书先生的徐渭兴奋不已。

故而徐渭家中有刀杖，便不足为奇。但真正习过武却又教书的人，倒是更能管住自己的暴力。当然不排除徐渭是例外情况。只是习武或性情，都不足以说明他杀妻的动机。

另有一些“笔记”，不是话本小说，却像稗官野史一样讲故事，里面记载着徐渭的各种八卦逸事。

这样的叙事，倒是将“徐渭”在叙事中变成了一个符号，然后可以安置于各种叙事结构的主角位置。当一种文化开始演绎一个历史人物，这个人物在文化文本中就失去了他自己本身，而存在于对他这个符号的诠释中。

自《孟子》以来，人们读诗，都讲“知人论世”，认为一个人的诗歌，要结合他的人生经历和历史时代，才能充分理解。但是，当我们读到徐渭的时候，我们发现，一个人的身世，在史料中，有太多可疑之处。我们要如何带着这么多解释不清的人与世，去给一个人的诗找一个确切的解释呢？

所以，“知人论世”，会在对历史信息严肃的反思与追问中，彻底失效。

我们带着“徐渭发疯”的“知人论世”，根本不可能读懂徐渭的任何作品。读诗，是从诗读到史，不是从史套向诗。

观徐渭的画，虽自然率性，其运笔落墨却法度森严，暗合道理，一派冲和苍笼、生生不息之气象。如此大道造诣，怎会是出自疯癫之人?

徐渭疯了，但不是一直疯着。他写诗作画的时候，不仅没有疯，甚至还在证明着他没有疯，甚至，这个证明对他也可能是一种治疗，让他走向痊愈，走向彻底没有疯!

所以，我们研究的，是写诗作画的徐渭。这个徐渭，没有疯!

最美年华——徐渭与妻子的当时相见

徐渭一生最美好的时光，是和他的第一位妻子一起度过。

徐渭考中秀才那年，他的表兄在北京遇到了潘克敬。潘克敬是绍兴富商子弟，在锦衣卫任名法给事。

潘克敬一听说徐渭的“神童”事迹，就认定他是支蓝筹股，便询问徐渭详细情况，得知徐渭未娶。恰好自己的女儿待字闺中，就有意于徐渭。

当时正好徐渭长兄主持家事。这败家子儿没个管理能力的经济头脑，偏偏喜欢炼丹求不死，家财耗得也差不多完了。

按说当时徐渭那样的人家，娶妻彩礼钱少说要二三百两银子。徐渭的大哥一哭穷，那潘克敬却也不介意，就问徐渭愿不愿意入赘。

徐渭本来就和他大哥不和，因为他大哥不想他再耽误在科举之路上了。想想看，当上门女婿也好，起码潘克敬支持自己科举。

婚礼那天，徐渭才知道自己捡到宝了。

婚礼当天的情景，在徐渭回忆往事的诗——《嘉靖辛丑之夏，妇翁潘公即阳江官舍，将令予合婚，其乡刘寺丞公代为之媒，先以三绝见遗。后六年而细子弃帷，又三年闻刘公亦谢世。癸丑冬，徙书室，检旧札见之，不胜惋，因赋七绝》中有描写。

对，你没看错！诗的标题就算一篇小序了。

其二云：

华堂日晏绮罗开，伐鼓吹箫一两回。
帐底画眉犹未了，寺丞亲着绛纱来。

其五云：

掩映双鬟绣扇新，当时相见各青春。
傍人细语亲听得，道是神仙会里人。

“各青春”具体多少岁呢？徐渭二十一，潘氏十四。

那年大摆筵席，锣鼓笙箫，她在镜前梳妆未成，那证婚的寺丞便身着绛纱赶到了。似乎都盼那良辰快一点到。新人的心里，也敲着鼓呢。

新婚的器物都置办的新的。映衬你双鬟的绣扇是新的。初见你妆成的模样，竟是我从未见过的美丽。仿佛有你的日子，我的一切都可以美妙起来，一切重新开始。

这韶华美妙，终究留不住。这些美好事物，那对风华佳人，都是“当时”物与人。当时相见，各青春，四目相对，怦然心动。却如今，阴阳相隔。

徐渭与潘氏，是相依为命。他们能懂得彼此。

潘氏自幼丧母，依靠继母罗氏抚养长大，对继母和家中老少以及童仆都小心谨慎，唯恐惹出是非。

好在潘克敬心里爱着这小丫头。有次还给了她十两银子，担心她和徐渭的零花钱不够用。潘氏担心惹人闲话，就把这银子给她亲哥了。

徐渭的身世还不如她。徐渭是他父亲续弦苗氏的陪嫁丫鬟所生。他出生百日，丧父。他十岁那年，苗氏让他亲生母亲滚蛋。苗氏却又待徐渭极好，胜似亲生。徐渭那同父异母的大哥，不仅与苗氏不和，也与徐渭不和。

就这同病相怜，让潘氏懂得体贴徐渭，言谈举止，皆顾及徐渭的感受。这个治愈系的小娇妻，让徐渭真正惜情。

潘氏除了对徐渭好，她还有别的选择吗?

古无诗人——对徐渭诗歌理论的诠释

世人大多认为，明代诗坛，最精彩的是“前后七子”、公安派、竟陵派。

前后七子推崇“文必秦汉，诗必盛唐”。前后七子，喊着复古的口号，但没修得古人的性情。

例如李梦阳的《秋望》:

黄尘古渡迷飞挽，白月横空冷战场。

闻道朔方多勇略，只今谁是郭汾阳？

写边塞战场之景，缺乏细腻深情之处，故宏大而显乏力，是诗里的豆腐渣工程。尾联用朔方节度使郭子仪的历史典故，但用典仅仅浮于人名和头衔层面，没能将故史翻出新意以解释当下隐蔽。

公安派反对前后七子的拟古论，强调诗要写出自己的性灵，不要用前人的套路。

竟陵派认为，公安派喊的是性灵，写出来的却是俚俗肤浅，于是提出自己的“性灵说”，说白了就是做人高冷些。

荆州公安县的袁宏道，崇尚佛学禅宗，提倡“性灵说”，与离经叛道、提倡“童心说”的李贽十分投缘。

且读袁宏道的《玉泉寺》：

红霞抹额将军拜，白石横烟幼妇眠。
閒与故人池上语，摘将仙掌试清泉。

与友人池上闲谈，口渴了就摘叶子饮清泉，这是人之常情，而字句间别无新意与妙趣，读来便贫乏了。这诗句，真读不到“性灵”的境地。大抵“性灵”这个KPI，定得太高了。性灵派拿着性灵说攻击别人，可他们自己的诗，也没有性灵。

不过，湖广竟陵诗人钟惺的诗，倒是很接近“性灵”，他有一首《夜归》：

落日下山径，草堂人未归。
砌虫泣凉露，篱犬吠残晖。

霜静月逾皎，烟生墟更微。

入秋知几日，邻杵数声稀。

这诗情景写得细腻，有唐人意味，文笔清新宁静，境界动静相宜。虽不及性灵，却足够灵气。

然而，一个诗人撑不起一个诗派。一个诗派改变不了一个世代。

从前后七子，到公安派，最后竟陵派，这是明代的“诗之三变”，这三派都想给写诗找套路，结果“自缚缚人”，走进套路的死路。

徐渭论诗曰：

“古人之诗，本乎情，非设以为之者也，是以有诗而无诗人。迨于后世，则有诗人矣。乞诗之目，多至不可胜应，而诗之格，亦多至不可胜品。然其于诗，类皆本无是情，而设情以为之。夫设情以为之者，其趋在于干诗之名。干诗之名，其势必至于袭诗之格而剿其华词。审如是，则诗之实亡矣！是之谓有诗人而无诗。”

徐渭认为，古人作诗，因情而发，所以诗才具有诗之实。今人作诗，只有诗的形式，没有自己的真情，就是只有诗的名没有诗的实，所以明代只有“诗人”而没有“诗”。诗人终究需要自然中的真我，需要心，才能作出有真情的诗。

徐渭认为，诗人，是明代的产物。这是一种极端的表达方式。

清代马世俊《丸阁集诗序》，论及“隆、万间，山阴徐渭独以苍郁古挺之调，扶二百年之衰”。

二百年之衰，此说何来？马世俊认为，虽然明诗以“七子”为鼎盛，然而他们的诗“馆阁之气多于泉石，学问之气多于性情”，故言“恐七子亦无辞耳”。

徐渭之诗，为明代之冠。在徐渭的世界里，至明代方才有真正的“诗人”。故徐渭是中国古代第一的诗人。“徐渭是中国古代第一的诗人”，这也是一个极端的表达，我们以此，对徐渭的“古无诗人”致敬！徐渭在这里成了一种文化符号，它标志着诗人与诗的合理同一。

诗人，在中国古代，并不是一个职业。那么，中国古代文化中的“诗人”是什么？徐渭的“古无诗人”，是打开这个问题的钥匙。

然而徐渭并不以自己为“诗人”。当然在他的诗歌文本里，他也不是一个疯子。去掉“诗人”与“疯子”的标签，有谁会潜心涵泳，读徐渭诗中的“心”？他的破屋有一副对联：

几间东倒西歪屋，

一个南腔北调人。

图书在版编目（CIP）数据

清闲浮生慢读诗 / 刘杲著. -- 北京：中国工人出版社，2020.4
ISBN 978-7-5008-7337-2

Ⅰ.①清… Ⅱ.①刘… Ⅲ.①古典诗歌—诗歌欣赏—中国 Ⅳ.①I207.2

中国版本图书馆CIP数据核字(2020)第051295号

清闲浮生慢读诗

出 版 人	王娇萍
责任编辑	宋 杨 严 春
责任印制	黄 丽
出版发行	中国工人出版社
地 址	北京市东城区鼓楼外大街45号 邮编：100120
网 址	http://www.wp-china.com
电 话	（010）62005043（总编室） （010）62005039（印制管理中心） （010）62379038（社科文艺分社）
发行热线	（010）62005996 82029051
经 销	各地书店
印 刷	天津中印联印务有限公司
开 本	880毫米×1230毫米 1/32
印 张	14
字 数	365千字
版 次	2020年10月第1版 2020年10月第1次印刷
定 价	58.00元